EN CHERCHANT SAM

Ils s'étaient juré que si l'un d'eux venait à mourir, les autres iraient jeter ses cendres au Mexique, à Quauhnahuac, sous le volcan de Malcom Lowry. Le genre de serment que l'on fait lorsqu'on a dix-sept ans, l'Amérique au cœur, et que l'on se croit immortel... Mais quand, trente ans plus tard, Manu débarque à New York avec les restes de Michel dans une urne funéraire, Sam a disparu sans laisser d'adresse. Et trop de gens semblent lancés à ses trousses, pour des raisons obscures.

Cependant Manu n'a plus grand chose à perdre : son meilleur ami s'est suicidé, sa femme l'a quitté, il a vendu sa librairie... alors pourquoi ne pas chercher Sam ? Ainsi commence un long périple, sur les traces de Sam, des boîtes de blues de Clarksdale jusqu'aux milices du Montana, en passant par un Sud de cauchemar. Les souvenirs d'enfance se brouillent, les témoins se contredisent, bientôt l'image de Sam devient aussi incertaine que ses traces – tandis que Manu s'enfonce dans une Amérique hallucinée, qui le conduira plus loin sans doute qu'il ne voulait aller, jusqu'à un ultime face à face...

Et l'histoire s'achèvera au Mexique, comme ils l'avaient rêvé jadis. Mais ils ne savaient pas, alors, que le temps ne nous fait jamais de cadeau.

Patrick Raynal dirige la collection « Série Noire » chez Gallimard. Il est l'auteur de plusieurs romans policiers dont Arrêt d'urgence, Fenêtre sur femmes, Né de fils inconnu *et co-auteur du scénario tiré des aventures du « Poulpe », adapté pour le cinéma et réalisé par Guillaume Nicloux en 1998.*

DU MÊME AUTEUR

Fenêtre sur femmes
Albin Michel, 1988
« Le Livre de poche », n° 7306

Nice-Est
Calmann-Lévy, 1988
La Baleine, 1997

Arrêt d'urgence
Albin Michel, 1990
« Le Livre de poche », n° 7596

La Clef de seize
Éditions Canaille, 1994

Arrêtez le carrelage
La Baleine, 1995
« Librio noir », n° 207

Né de fils inconnu
Albin Michel, 1995
« Le Livre de poche », n° 17020

Un ornithorynque dans le tiroir
Éditions de la Loupiote, 1996

Un tueur dans les arbres
Albin Michel, 1996

Nice 42e rue
Fleuve noir, 1985
La Baleine, 1997

Blue movie
La Baleine, 1997

La Plaine
Éditions du Ricochet, 1998

Le Poulpe, le film
La Baleine, 1998

Patrick Raynal

EN CHERCHANT SAM

ROMAN

Flammarion

TEXTE INTÉGRAL

ISBN 2-02-037619-9
(ISBN 2-08-067512-5, 1re édition)

Au 6 rue de Jarente,
au 4 bd du Temple,
au 1211 Sunset Boulevard,
au 44 rue Fessart
et à Alain Rémond.

I

— Vous avez quelque part où dormir ?

La voix était douce et la formule plaisante. Accoudé au gros juke-box du Lion's Head, je luttais sans beaucoup de succès contre le sommeil quand Rebecca mit sa main sur mon épaule. Elle avait la quarantaine un peu forte, le sourire humide et l'air assez à jeun pour me croquer tout cru. Je la trouvai plutôt laide mais pas au point de m'ôter l'envie de jouer le rôle du gibier.

— Vous voulez prendre un verre d'abord ? me demanda-t-elle sans attendre ma réponse à sa première question.

Le *d'abord* me fit sourire. Elle avait une façon de compenser sa laideur par une hardiesse qui me la rendit aussitôt séduisante.

— J'ai peur d'avoir vraiment très sommeil, fis-je avec un sourire modeste.

— Vous êtes anglais ? répondit-elle sur le ton d'une légère déception.

— Français, mais j'ai appris l'anglais à Londres.

— Français... répéta-t-elle en roulant des yeux.

Et elle m'entraîna à l'angle de Sheridan Square et de la 7e Avenue, d'où nous sautâmes dans le premier taxi en maraude.

Elle embrassait bien et, comme souvent chez les femmes un peu fortes, son corps était d'une agilité surprenante. Un œil dans le rétro, l'autre sur la circulation compacte du vendredi soir, le chauffeur n'en perdait pas une miette.

Je me suis laissé faire dans la chaleur brutale de ma première soirée à New York.

Depuis que Sam s'y était installé, j'avais souvent fait le projet de venir le voir à New York. Femmes, défonce et bonne musique, le portrait que dressait Sam de sa ville d'adoption ne manquait pas de charme mais j'avais repoussé ma venue année après année, prétexte après prétexte, sans doute par flemme, sûrement par peur. Je ne suis pas un voyageur. L'idée de partir me fascine deux mois avant l'action, ensuite elle me déprime jusqu'au renoncement. Celle qui fut ma compagne pendant vingt ans ne m'a jamais beaucoup aidé. D'origine bretonne, elle aimait se définir comme une bernique, ces petits coquillages en forme de chapeau chinois qui se collent au granit une fois pour toutes et attendent de finir en ragoût. Pourtant, elle était partie ; d'un seul coup et sans laisser d'adresse. De quoi me faire perdre le nord et l'envie de rester tranquille. Pour être précis, c'est le double choc du départ de Sophie et de la mort de Michel qui m'a poussé chez Sam et c'est l'absence de Sam qui m'a valu de passer cette première soirée new-yorkaise dans les bras de la grande Juive aux lèvres préhensiles.

— Tu m'as l'air distrait, fit Rebecca à mi-parcours. Qu'est-ce que tu faisais au Lion's Head ? Ne me dis pas que tu es écrivain.

— Pas du tout. Je suis... enfin, j'étais libraire.

Elle eut l'air un peu déçu, me demanda si j'étais riche et, sans attendre de réponse, se remit à me mordiller l'oreille tout en me massant habilement pour que je demeure ferme mais inassouvi. Du grand art.

Sam m'avait beaucoup parlé du Lion's Head, le bar intello du Village. Après m'être cassé le nez sur la porte de son appartement de la 8e Rue, c'est là que j'étais venu l'attendre. Intello, l'établissement l'était certainement. Les photos de James Joyce et d'autres écrivains accrochées sur les murs ne laissaient aucun doute là-dessus, pas plus que la foule de journalistes et de plumitifs de toutes sortes qui s'engouffraient dans le bar à l'heure du rush. Un peu avant, le barman m'avait administré ma deuxième douche froide de la journée :

— Sam le Français ? Le guitariste ? Il vient souvent mais ça fait un bout de temps que je l'ai pas vu. Attendez-le un peu... On ne sait jamais.

J'ai attendu en regardant les autres et en prenant ma première leçon d'alcoolisme américain : commander un verre, le payer avec une grosse coupure et laisser la monnaie devant soi pour que le barman vous resserve jusqu'à épuisement de la cagnotte. En cas de soif intense, on recommence l'opération. J'ai bu deux billets de vingt avant d'aller somnoler un brin sur le juke-box où m'avait pêché Rebecca.

Elle habitait dans la 79e Rue, entre Amsterdam et Columbus. C'est du moins ce qu'elle m'expliqua avec la délectation maso typique des New-Yorkais quand ils parlent du quartier où ils habitent.

— Spanish Harlem. À l'est, vers Colombus, c'est encore à peu près tranquille. De l'autre côté, vers Amsterdam, c'est l'enfer du crack... Enfin, un des enfers... Je hais ce qu'est devenue cette ville. À la première occasion, je fous le camp.

J'appris par la suite qu'elle était née à Manhattan et qu'elle faisait des crises d'asthme dès qu'elle s'approchait de la frontière du New-Jersey.

Elle me sauta dessus dans le vestibule et j'avais le pantalon sur les chevilles en atteignant l'orée du salon. Nous fîmes l'amour entre le fauteuil et le canapé. Je ne me souviens plus des détails ni de comment je fis pour m'arranger avec le jetlag et les martinis du Lion's Head, mais il me reste un souvenir ébloui de ce premier contact avec New York.

— Je vais t'aider à retrouver ton ami, me dit-elle quand nous eûmes retrouvé un semblant de souffle.

— Comment ? Il a résilié son bail et il ne met plus les pieds au Lion's. Je n'ai que ces deux points de chute.

— S'il est ici nous le trouverons, fit-elle avec une belle assurance. En attendant, tu t'installes chez moi.

J'ouvris la bouche pour protester mais elle s'était déjà emparée de mes bagages.

— Tu voyages lourd, dit-elle en soupesant mon sac. On dirait que t'as l'intention de rester un moment.

— Pas à New York, fis-je avec réticence.

— Ça, c'était avant de connaître New York, sourit-elle en empoignant le petit sac, celui où j'avais rangé Michel. Qu'est-ce que tu trimballes là-dedans ? On dirait un vase.

— C'est un vase, murmurai-je.

— Un cadeau pour ton ami ?

La suite de nos relations le prouva amplement, Rebecca aurait fait un grand flic. Elle posait ses questions sans gêne ni retenue et elle était dotée d'un flair de détecteur de mensonges.

— Il y a de ça, convins-je évasivement.

— C'est pas un cadeau d'homme. Ne me dis pas que tu es gay.

— J'ai l'impression de t'avoir prouvé le contraire.

— Ça ne prouve rien du tout. Tu ne serais pas le premier à renier ta foi contre un hébergement gratuit.

Elle me fixait d'un air mi-inquisiteur, mi-amusé. Je me suis dit que je n'avais aucune raison de lui cacher la vérité.

— C'est une urne funéraire...

— Tu veux dire que tu te balades avec un mort ?

— Seulement ses cendres.

Elle posa doucement le sac et resta un long moment sans rien dire.

— Gosh ! T'es vraiment un type bizarre, toi. C'est ta femme, hein ? Elle vient de mourir et tu ne peux pas t'en séparer, c'est ça ?

— C'est un de mes deux meilleurs amis... avec Sam.

Elle me sourit et deux grosses larmes se mirent à couler sur ses joues. Bouleversée comme une midinette plantée dans un Harlequin, elle prit mon visage dans ses mains et le fourra contre sa poitrine.

— C'est beau, sanglota-t-elle. Deux amis qui se rejoignent pour donner une sépulture au troisième. Je t'aiderais à trouver Sam, mon chéri, et nous irons tous ensemble jeter les cendres dans l'océan, à Coney Island.

— Non, soufflai-je entre les seins de Rebecca. Pas à Coney Island, à Quauhnahuac.

— C'est pas à New York, ça, fit-elle en me rendant à l'air libre.

— Non, c'est au Mexique.

En le racontant à Rebecca, au cœur de Manhattan, mon projet me parut encore plus baroque qu'au moment où, le nez humide et coincé dans le giron d'Agathe, la femme de Michel, je l'avais conçu dans la solitude de mon appartement parisien. Sophie m'avait quitté, Michel venait juste de mourir et Sam vivait à six heures d'avion de chez moi. J'étais seul, désemparé, déprimé. Comme on dit en Bretagne, j'avais plus goût à rien. Je parlais de tout lâcher, de brader ma librairie et de partir sur les routes, au hasard, comme un beatnik tardif au ventre un peu mou et au cheveu rare. C'était juste une manière de me faire plaindre un peu plus mais Agathe avait pris la balle au bond.

— Génial ! avait-elle fait en battant soudain des mains comme une gamine, c'est exactement ce qu'il te faut. De l'air, beaucoup d'air... Mais pas au hasard. Tu te souviens de votre serment ?

— Lequel ?

— Le seul. Celui du cimetière...

Je nous ai revus tous les trois, une nuit, dans un cimetière, jeunes et soûls, partageant une pochée de sel, un citron et une bouteille de mezcal que nous avions ouverte à la mémoire de Malcolm Lowry et d'*Au-dessous du volcan*, dont nous venions tous d'achever la lecture et qui nous semblait l'œuvre la plus importante du génie littéraire de l'humanité tout entière. C'était en 1967 et nous n'avions pas encore tâté aux plaisirs plus corsés de la révolution et de ses désillusions. Toujours est-il que nous nous sommes juré sur ce que nous avions de plus sacré qu'à la mort du premier d'entre nous, les deux autres iraient répandre ses cendres à Quauhnahuac, au-dessous du volcan.

— C'est idiot, fis-je en sachant déjà que je ne pouvais plus reculer.

— Pas tant que ça. Pense à Michel. C'est le volcan ou le potager de notre maison de campagne...

Vu comme ça... J'ai fini par convenir que la place de notre pote était plus dans la glaise d'un mythe que dans celle d'un carré de choux-fleurs.

Il ne me restait plus qu'à trouver Sam.

2

À l'angle de la 79e et d'Amsterdam, une bande de gosses multicolores avait ouvert la vanne d'une bouche à incendie. Ils se tortillaient sous la douche glacée en glapissant de joie sous le regard absent d'une poignée d'adultes qui, assis sur les marches des perrons d'immeuble, sirotaient leurs bières emballées de papier kraft. Le brun délavé des murs de brique tirait vers le rose contre le bleu du ciel ; ensemble, ils jouaient une symphonie à mi-chemin entre Gershwin et Hopper. J'ai pris une rapide photo de la scène avant de me diriger en sifflotant vers l'entrée du métro.

— Hey, *man* ! Où tu vas comme ça ?

Ils étaient deux à me courir après, deux jeunots efflanqués comme des coyotes dans leur T-shirt déchiré.

Je me suis arrêté net. Dans ma tête, la symphonie s'est mise à déraper vers une tonalité nettement plus rock'n roll.

— Vers le métro, j'ai fait en souriant à fond de dentier. Je vais prendre le métro.

Ils souriaient aussi en m'entourant d'un mouvement souple qui me privait de toute retraite. Leurs dents avaient encore l'éclat candide de l'enfance, pas leurs yeux.

— On t'a vu prendre la photo, *man*. T'es rapide mais on t'a vu quand même.

J'ai pensé très vite à mon Nikon, au poids que je leur rendais, à leur jeunesse et aux lames qu'ils cachaient sûrement quelque part. De l'autre côté de la rue, les mômes continuaient à pomper l'eau de la ville.

— C'est les gosses, j'ai dit en cherchant ma salive. Les gosses et la bouche d'incendie... Ça ressemble à un film...

Ils se sont retournés, ils ont regardé le manège des gosses comme s'ils le voyaient pour la première fois.

— Juste des gosses, a fait le plus grand des deux d'un air étonné.

— Ouais, a dit l'autre en se détendant légèrement. Des gosses qui jouent avec l'eau...

— C'est mon premier matin à New York... Comme dans les films que j'ai vus en France...

— Tu viens de France ! se sont-ils exclamés d'une seule voix comme s'ils comprenaient soudain l'étrangeté de mon comportement.

— Paris, ai-je confirmé d'un ton détaché.

— Désolés, *man*. On ne savait pas. On croyait que t'étais un flic.

— Ouais. Un enfoiré de flic ou un putain d'espion du propriétaire.

Ils m'ont accompagné jusqu'au métro en me demandant des nouvelles de la tour Eiffel, du foot, « le vrai jeu, *man*, celui qu'on joue avec les pieds », et de la Sécurité sociale, « Le mec de ma sœur raconte qu'en France les docteurs viennent chez les gens pour les soigner sans leur prendre d'argent. »

Ils avaient l'air si heureux de croire que le bonheur existait quelque part que j'ai tout confirmé sans noircir le tableau. Je leur devais bien ça. Ils m'avaient fourni ma première trouille new-yorkaise, mon premier rush d'adrénaline, ma première rencontre avec le mythe.

En me quittant, l'air vachement sérieux, ils ont tenu à me mettre en garde.

— Fais quand même gaffe, *man*, cette putain de ville est pleine de méchants dingues.

— Ouais. Regarde devant toi et ne réponds pas à ceux qui t'arrêtent dans la rue.

Avant de sombrer dans le sommeil, Rebecca m'avait promis de m'aider à retrouver Sam. Elle en faisait une question de principe. C'était, m'avait-elle affirmé, une manière de rendre hommage à un homme capable de ne pas s'arrêter aux apparences d'une femme « séduisante, mais pas tout de suite. C'est comme la pub pour le rasoir à deux lames, si tu vois ce que je veux dire. Encore faut-il que le poil veuille bien se redresser avant que je le cueille et c'est loin de marcher à tous les coups... » Je ne méritais pas d'autres hommages que ceux que Rebecca m'avait rendus jusque tard dans la nuit, mais j'avais besoin d'un coup de main et elle était certainement ce que je pouvais rêver de mieux à New York.

« Je suis comme toutes les célibataires d'âge moyen de cette ville, accro au boulot. Un verre ou deux après le bureau, un mec de temps en temps, un cinoche, une biture. Pas besoin de sortir de Manhattan pour si peu..., m'avait-elle expliqué avec ce sourire de petite fille bravache qui m'avait si vite séduit, ... et mon patron me doit assez de jours de congé pour que je puisse t'aider à trouver ton Sam jusqu'en Chine. »

Au matin, j'avais trouvé un mot sur la table de la cuisine, juste à côté du café chaud, des toasts et de l'orange pressée : *Je serai libre à midi mais je ne t'en voudrais pas de ne plus l'être. Dans tous les cas, ferme bien la porte en sortant et rapporte-moi la clé à l'Oyster Bar. C'est à Grand Central Station. T'as qu'à demander, tout le monde connaît.*

Reb.

Je suis descendu à la station de la 42e et j'ai marché le nez au vent. Aucun risque de se perdre dans cette ville quadrillée comme une grille de mots croisés. Manhattan, c'est horizontal pour les rues, vertical pour les avenues. On traverse d'est en ouest, on monte ou on descend du nord au sud. Les odeurs, les bruits même, changent de nature avec la direction, mais l'impression d'avoir pénétré dans la capitale du tiers-monde ne vous lâche plus.

Une devanture m'a donné l'envie d'un chapeau. Je me suis acheté un panama blanc et j'ai marché vers Grand Central en épiant mon reflet dans les vitrines. Mon chapeau me donnait l'air alerte des intellos un peu oisifs des films de Woody Allen. Je me sentais bien, en phase avec une intuition nouvelle de la réalité. J'ai pensé paresseusement à Sophie, à sa crainte d'affronter le monde, à nos discours convenus sur l'inutilité de voyager, au temps que j'avais perdu, à celui qui me restait et c'est passablement déprimé que j'ai retrouvé Rebecca dans la salle de l'Oyster Bar.

— Alors, comment tu la trouves ? fit-elle avant que je n'aie eu le temps d'ôter mon panama.

— Qui ? demandai-je avec un pointe d'angoisse.

— Ben, la gare. Ne me dis pas que tu ne l'as pas vue.

— Si, bien sûr. Je viens de la traverser.

— C'est tout ce que tu trouves à dire ? lança-t-elle avec un petit sourire excédé.

À vrai dire, je l'avais traversée comme j'avais l'habitude de traverser les grandes gares, en cherchant mon chemin avec inquiétude. Les gares et les aéroports m'ont toujours fait l'effet d'être des lieux fréquentés par des gens pressés qui savent tous où aller alors que je cherche désespérément l'indice qui me mettra sur la voie. Celle de New York m'avait paru immense et passablement effrayante avant que je ne tombe sur l'enseigne bleue de l'Oyster Bar et que je ne m'y raccroche comme un marin apercevant un phare.

— C'est la plus grande du monde, articula patiemment Rebecca. Une véritable cathédrale.

J'ai cherché des yeux un portemanteau et j'y ai accroché mon panama.

— Je me suis acheté un chapeau, dis-je en regardant l'effet qu'il faisait quand j'étais pas dessous.

— J'ai vu. Tu restes ou tu viens juste rendre la clé ?

Sa voix s'était durcie, son sourire avait l'air d'une lézarde dans un mur de pierre. Je me suis assis en face d'elle et j'ai pris sa main.

— Ta gare est merveilleuse, Rebecca, et toi tu l'es aussi. Même quand tu joues les forteresses imprenables.

Elle rosit légèrement, chercha quelque chose à dire et fut sauvée par l'arrivée du garçon. Sans me consulter, elle commanda des huîtres, du homard et un pouilly californien qu'elle tint à goûter elle-même.

— C'est le goûteur qui paye, dit-elle en faisant tourner le vin et en tenant le verre par le pied. Ne proteste pas. À New York, les femmes ont gagné le droit de goûter le vin et de payer la note.

J'en savais assez sur elle pour ne pas m'étonner de la vigueur avec laquelle elle expédiait le vin et la nourriture. Sans cesser de me regarder, elle mangeait et parlait en même temps, ponctuait ses questions sur ma vie à Paris de petits bruits de bouche, de soupirs et de gémissements.

— Parle-moi de Sophie, dit-elle en pulvérisant une pince d'un maître coup de mâchoire.

— Elle est partie. C'est tout ce que je peux en dire pour l'instant.

— Avec un autre ?

La question idiote. Marrant comme les gens tombent toujours dedans à pieds joints dans toutes les conversations de ce genre. Comme si ça changeait quelque chose au sentiment d'échec et de solitude.

— Pourquoi tu demandes ça? dis-je sèchement. T'as une préférence?

Elle a sucé l'intérieur de sa pince avant de me répondre. Le garçon rôdait silencieusement autour de nous en matant le niveau de la bouteille. La salle s'était remplie de types en cravate et de jolies femmes aux rires aiguisés. Je me suis soudain senti très loin de chez moi.

— Aucune. Simple curiosité féminine.

— J'en sais rien. Je ne me suis même pas posé la question...

Sophie était partie le lendemain de la mort de Michel; sans rien dire, comme l'eau s'en va d'un vase trop plein. Je cherchais toujours à comprendre et la présence éventuelle d'un autre homme n'expliquait pas grand-chose. La veille de son départ, j'avais déjà renoncé aux questions en voyant la tête de Michel éparpillée sur les murs de son bureau par la double détente d'un fusil dont j'ignorais l'existence.

— ... C'est comme pour le suicide de Michel. Je suppose que ce genre de chose vous arrive pendant qu'on regarde ailleurs.

— En direction de son nombril, par exemple. Au fait, j'ai retrouvé la boîte où Sam jouait encore il y a deux mois.

Le nom du groupe de Sam, The Wrong Case, était encore affiché sur les murs du Dan Lynch's, une boîte de blues irlandaise dans le bas de la Seconde Avenue. Je me suis souvenu d'une lettre où Sam m'expliquait qu'il avait maintenant son propre groupe et qu'il lui avait, bien sûr, donné le nom d'un bouquin de James Crumley. Je me suis approché de l'affiche. C'était une photo en noir et blanc prise dans une station-service déglinguée du Sud. Sam posait au volant d'un cabriolet des années soixante pendant que le reste du combo buvait de la bière devant le capot ouvert. La photo devait dater de deux ans.

— C'est lequel ton pote ?

— Celui qui est au volant.

— J'en étais sûre. Il te ressemble.

J'ai haussé les épaules. Sur la scène, les musiciens attaquaient le final de *Dust my Broom*. Sam ne me ressemblait pas. À vrai dire, c'est moi qui ne ressemblais pas à Sam. Peut-être un peu, au début, quand nous rêvions tous les trois d'être Coltrane, Lowry et Guevara. Michel était devenu prof, moi libraire, seul Sam avait pris la route.

— Conneries ! j'ai dit méchamment. Je suis pas un môme et rien ne t'oblige à te conduire comme une infirmière.

— Sans blagues !

Elle a brandi son majeur dressé sous mon nez en s'efforçant d'avoir l'air en colère. Le barman nous a regardés en rigolant, le grand Noir en costume noir qui gardait l'entrée a levé le nez de son journal.

— Essaie de continuer tout seul pour voir, elle a fait, avant que l'intro du morceau suivant ne la réduise au silence.

Depuis que j'avais découvert la photo d'Emmett Grogan au dos de l'édition française de *Ringolevio*, je ne pouvais pas voir Sam sans penser à Grogan. C'était bien au-delà de la ressemblance physique, quelque chose qui évoquerait le destin de deux frères nés ensemble mais pas au même endroit et qui ne se seraient jamais rencontrés. Michel et sa femme étaient de mon avis, Sophie détestait Sam et me pardonnait mal de l'aimer. Moi, je suis sûr que j'avais raison. Sur l'affiche, Sam était le seul des Wrong Case à me sourire. C'était son sourire de cour de récré, celui qu'il prenait chaque fois que je lui disais chiche, un sourire sur lequel j'avais des droits et des jalousies, et c'était à moi qu'il l'avait destiné. Quand il était môme, il passait ses vacances à gratter des messages délirants qu'il fourrait dans des bouteilles avant de les jeter dans l'océan. « Ça ne peut pas louper, disait-il. Le destinataire comprendra forcément puisque le message est pour lui. » C'était un peu obscur mais il y avait derrière ce raisonnement une logique implacable qui nous impressionnait.

— Qu'est-ce qui te fait rire ? demanda Rebecca qui devait commencer à trouver que son verre à bière manquait de conversation.

— Le nom du groupe. C'est le titre d'un roman de Crumley. Sam adore les bouquins de Crumley...

Ça ne lui disait visiblement rien.

— C'est un type qui vit dans le Montana et...

— Le Montana, ricana-t-elle. Personne ne vit là-bas. Je veux dire, personne de sérieux.

— Ben lui, il y habite quand même et le groupe de Sam a pris le nom d'un de ses livres. C'est comme ça. Ce qui est marrant c'est qu'en français, le bouquin s'appelle *Fausse Piste*... Tu comprends ?

— Tu viens de retrouver ton pote sur une affiche marquée *Fausse Piste* et tu crois que c'est un message qu'il t'a envoyé avant que tu commences à le chercher. C'est bien ça ?

— Quelque chose comme ça, j'ai bredouillé, un peu ébranlé par sa vitesse de raccordement.

— Et tu me traites d'infirmière quand je te dis qu'il te ressemble... !

Son regard m'a rappelé celui de ma mère chaque fois qu'elle cherchait à me faire recoller au monde réel. Un mélange de tendresse et de patience amusée.

— C'est une vieille affiche. Je suis sûr que le patron te la donnera.

À la fin du set, j'ai fait signe au barman.

— L'affiche des Wrong Case, je peux la prendre ?

— Attendez, je vais demander au patron. S'il l'a laissée, c'est peut-être parce qu'il y tient.

Il s'est dirigé vers un balèze blond d'une quarantaine d'années qui m'a souri en l'écoutant.

— Bel animal, souffla Rebecca en voyant le balèze s'avancer vers nous.

Il s'appelait Steve et il avait gardé l'affiche par amitié pour Sam Tordjman. Ça nous rapprochait un peu mais il n'avait pas la moindre idée de l'endroit où Sam se cachait.

— Il a payé le groupe, leur a dit qu'il se cassait et il a disparu. C'est tout ce que je sais.

— Il faut pourtant que je le trouve, j'ai dit, soudain abattu par la tâche qui m'attendait.

— Suivez-moi, a fait Steve. Vous allez me raconter votre histoire.

On est allés boire de la Kilkenny et du Bushmill dans l'arrière-cuisine du bar. Steve m'a écouté jusqu'au bout en mordillant sa moustache d'un air pénétré.

— Et s'il a quitté New York ?

— J'ai vendu ma librairie avant de partir. J'ai de quoi voyager.

— Avec les cendres du troisième en bandoulière ?

— Pourquoi pas ? Il l'aurait fait pour moi.

Rien n'était moins sûr. À vrai dire, j'avais beaucoup de peine à imaginer Michel trimballant mes cendres à travers l'océan pour accomplir une promesse de gosses, mais je n'avais jamais pensé non plus au double canon qu'il s'était enfoncé dans la bouche. Sa mort avait bien été le seul événement capable de nous faire voyager tous les deux.

— Vous avez une idée ? ai-je demandé à Steve. Une femme, un autre ami, quelqu'un à qui il aurait pu se confier ?

— Il parlait souvent de partir dans le Sud. Le delta du Mississippi... Le retour aux sources du blues. C'était le genre de truc qui le faisait délirer quand il avait un coup dans le nez.

— Pas de femmes ?

— Si. Une seule, en fait...

Nous sommes allés manger chez Katz's, un *deli* de la Bowery dont Rebecca vantait les pastramis. La grande salle était vide et sinistre, des jambons factices pendaient au plafond, une jeune fille seule pleurait silencieusement à une table et les chiottes pour hommes n'avaient pas de portes.

— Je ne me souviens pas qu'elles en aient jamais eu, me dit Rebecca avec son sourire de New-Yorkaise. Il faut être catholique pour s'arrêter à ce genre de détail.

J'ai mâchonné mon pastrami en regardant dehors. Une bande de clodos en haillons se jetaient sur toutes les voitures stoppées par le feu rouge. Ils frottaient les pare-brise à grands coups de chiffons gras et les automobilistes les payaient prestement avant que leurs vitres ne deviennent complètement opaques. Ils revenaient alors vers le trottoir en comptant leur butin.

— Tu n'aimes pas ça ? fit Rebecca en désignant mon assiette.

À vrai dire, je n'en savais rien. Ça ressemblait à un immeuble fourré au corned beef pour la forme et, pour le goût, je n'avais pas de métaphore sous la main. Dehors, deux clodos nous regardaient en se passant une bouteille.

— Qu'est-ce qu'ils boivent ?

— Du Thunderbird, probablement. Un mélange d'alcool à brûler et de vinasse.

Je me suis demandé si le Thunderbird avait le pouvoir de dissoudre le pastrami.

— J'ai pas très faim. Tu crois que je peux leur donner ce truc ?

Elle a haussé les épaules.

— Pas devant le patron. Emballe-le dans ta serviette. Tu leur donneras en sortant.

Les clodos m'ont maté en grimaçant. Sans doute pensaient-ils que je gardais mes friandises pour la maison. Un camion est passé en faisant hurler ses vitesses. D'un seul coup, le bourdon m'est tombé dessus.

Sandie, c'était le nom de la copine de Sam, travaillait comme serveuse dans une boîte de jazz de la 7e Avenue, le Sweet Basil. Greenwich Village était plein de gens très bohèmes et de pauvres multicolores. À l'angle de Sheridan Square, deux gamins noirs jouaient du blues sur une vieille gratte électrique et une contrebasse faite d'un manche à balai et d'une caisse de bois. Je les ai écoutés en cherchant d'où me venait ce sentiment de déjà vu. La nuit était tiède, dans une fissure du trottoir, au ras d'un immeuble, une tige de verdure se balançait doucement. J'ai reconnu un plant de tomates. Sans doute les restes d'un sandwich avalé à la hâte, innocemment, par quelqu'un qui, comme nous tous, se souciait peu des conséquences de ses actes.

Nous sommes entrés au Sweet Basil à la fin du premier set. Sur scène, les musiciens bavardaient en fumant et buvant. Une serveuse affairée nous plaça à une table. Elle était jeune et jolie et portait un crayon crânement posé sur l'oreille gauche. Elle posa deux verres d'eau glacée devant nous.

— Qu'est-ce qui vous ferait plaisir ce soir, *guys* ? a-t-elle fait avec un sourire engageant.

— Vous êtes Sandie ? j'ai demandé.

Elle a froncé les sourcils.

— Vous voulez être servi par Sandie ?

J'ai senti confusément que je venais de commettre un impair, une de ces gaffes de touriste qui vous ravale soudain au rang de plouc indécrottable.

— Non, j'ai balbutié. J'aimerais juste lui parler.

— OK, je vous l'envoie.

Elle est repartie avec notre commande. Son derrière moulé par un jean marquait le tempo de la musique.

— *Guys* ? On dirait qu'elle t'a pris pour un mec ?

— *Guys* est un terme unisexe, m'a expliqué Rebecca avec un grand rire. Surtout dans la bouche d'une serveuse.

J'ai digéré l'information en me demandant si ma hantise du voyage ne venait pas d'une multitude de détails comme celui-là. La trouille de ne pas comprendre, d'être décalé, de ne pas capter ce qui fait que, soudain, les gens vous regardent en rigolant. Il faut sans doute un peu de courage pour accepter d'être tout à coup un étranger. Un peu de courage ou beaucoup d'inconscience, et moi je n'étais guère conscient que de mon encombrement. « Que tu es encombrant, mon pauvre Manu ! », me disait ma mère chaque fois qu'elle me trouvait dans ses jambes. Je l'ai toujours soupçonnée d'être plus sensible à l'élégance littéraire de la formule qu'à son sens, mais je m'étais quand même efforcé de passer inaperçu, de glisser dans la foule avec le moins de remous possible. J'utilisais la discrétion et la bonne éducation comme des paravents. J'étais gris et je tenais à le rester. C'était avant de me risquer à voyager. Ici, j'étais aussi chatoyant qu'un paon en rut.

Sandie est venue à notre table. Elle a souri tristement en entendant le nom de Sam et elle nous a donné rendez-vous au Buffalo Road à la fin de son service.

Mon nouveau chapeau était dans la note du Buffalo Road. Personne ne s'est retourné à mon entrée et j'ai commandé deux margaritas avec une sûreté qui m'a fait rougir de plaisir.

Sandie est arrivée au début de la troisième tournée.

— Alors c'est vous, Manu ?

Elle avait défait ses cheveux et je lui ai trouvé l'allure plus jeune qu'au Sweet Basil. Elle souriait mais on sentait qu'elle se forçait un peu.

— Sam se demandait quand vous vous décideriez à venir...

Elle m'a regardé avec un petit air penché.

— ... Vous voilà, mais c'est trop tard, il est parti.

Elle ne savait pas où. Il était juste parti comme elle savait qu'il le ferait un jour :

— C'était le genre à ça. Il est resté cinq ans, mais c'est pas le temps qu'ils restent qui compte. Ce qui compte c'est la façon qu'ils ont de ne jamais s'installer tout à fait. Jamais les pattes et les ailes en même temps. J'ai payé pour le savoir, c'est toujours à eux que je m'accroche et quand je dis que je m'accroche...

Elle a fumé clope sur clope en racontant sa vie. Ça ressemblait à la plupart des films que j'avais vus. L'enfance dans un des nombreux trous du cul du monde – le sien était du côté de l'Iowa mais il ressemblait sérieusement au mien, l'appel du large et l'atterrissage sur le ventre. C'était pas catastrophique, c'était juste une position d'attente qui durait depuis quinze ans. Un rôle dans une pièce off Broadway, une pub de temps en temps...

— La carotte qui vous pend à portée de dents et la salle pour survivre. Regardez les filles autour de vous. Nancy essaie de percer dans la photo, Liz écrit ses scénarios même quand elle est aux chiottes, Clara pense qu'elle est la nouvelle Ida Lupino et le barman a déjà publié deux bides.

C'est Clara, une grande brune à l'air tragique, qui nous servait et ça m'a fait quelque chose. Il fallait bien plus qu'un simple grain pour oser se mesurer à Ida Lupino.

— Je vois guère que Sam qui ait échappé à la salle. Il a tout de suite gagné sa vie avec la musique...

Elle a laissé sa phrase en suspens comme un oiseau sur une patte. Je ne savais même pas ce que faisait Sam. Du blues, oui, mais comment ? Je ne l'avais plus entendu depuis qu'il était parti. Je me tapais du blues toute la journée et je n'avais même pas eu la curiosité d'écouter mon pote. Sandie et Rebecca me regardaient comme si elles lisaient mes pensées dans un phylactère.

— ... Il était déjà bon en arrivant, reprit Sandie, mais l'air de New York l'a complètement décrispé. Quand je l'ai rencontré il en était à se choisir un agent... Vous savez ce que c'est qu'un agent new-yorkais ?

J'ai fait signe que non.

— Tant pis... C'est pas un truc qu'on peut expliquer... Ce que je veux vous dire c'est que Sam a toujours choisi où il ne voulait pas jouer sans que le fric soit un problème... Rien n'était un problème pour Sam.

Elle m'a regardé en plissant les yeux derrière la fumée de sa clope. Son maquillage commençait à foutre le camp sous les paupières.

— Je ne sais pas où il est, Manu. La seule chose que je sais, c'est qu'il ne reviendra pas.

— Une autre femme, peut-être ? ai-je demandé en rougissant.

— Peut-être...

Elle a haussé rêveusement les épaules en regardant ses copines.

— J'en sais rien... C'est la première question que les gens vous posent. Comme si ça changeait quelque chose...

J'avais envie de disparaître sous la table. Le regard de Rebecca évitait le mien.

— Je suis désolé. C'était une question stupide.

— Inutile, surtout. Sam n'est pas du genre à laisser des explications. Pour ce que j'en sais, il a peut-être seulement changé de quartier. Ça vous étonne ? Vous êtes son pote, non ?

Elle ramassa son sac et fila vers les toilettes.

— T'en fais pas, dit Rebecca en me prenant la main. On finira bien par le retrouver.

Je ne m'en faisais pas. Tout ce qui avait constitué ma vie mourait ou disparaissait dans une succession d'événements et de décisions mais je ne m'en faisais pas. Peut-être que le vertige avait eu enfin raison de l'angoisse ? Peut-être que le monde s'était enfin mis à tourner ?

— Je peux vous donner deux points de chute, dit Sandie en revenant à la table.

Ses yeux brillaient comme des émeraudes dans son make-up refait. Elle a griffonné quelque chose sur une serviette.

— Le téléphone de son agent et celui de Tom. Un grand copain de Sam, mais surtout son dealer de confiance. Si Sam a quitté New York, il lui a sûrement demandé des adresses.

— Des adresses de quoi ?

— Je t'expliquerai, a fait Rebecca en se levant.

J'ai payé l'addition et j'ai remercié Sandie. Elle a levé son verre et m'a expédié un baiser du bout des doigts.

— Coke, herbe, amphés, downers... Comment tu crois que ça marche, un musicien ?

Encore un aspect de Sam que je n'avais pas envisagé. J'avais fumé des tas de joints avec lui mais je croyais que ça lui avait passé en même temps que moi. Quand j'avais acheté ma librairie.

Rebecca m'a tendu le téléphone.

— Tiens. Tu veux quand même pas que ça soit moi qui lui parle ?

J'aurais bien voulu mais je n'ai pas osé le demander.

Tom tenait boutique à l'angle de Bleeker et de Christopher Street. On a croisé des tas de types qui se tenaient par la main, des types chatoyants et tristes comme s'ils avaient choisi de combattre le deuil par le rire. Je savais que nous traversions le quartier gay et je me suis une fois de plus étonné d'une malédiction qui frappe ceux dont le nom évoque la joie.

L'appartement de Tom était petit et légèrement oblique. Tom nous expliqua que le terrain avait glissé et les immeubles avec. Il nous invita autour d'une table ronde sur laquelle trônait une espèce de petit moulin à café noir. C'était un type immense et souriant, le genre d'homme à qui l'on a tout de suite envie de plaire, pas du tout ce que j'attendais d'un dealer de New York. Il a ouvert son moulin, ramassé un peu de poudre sur une carte de visite et placé la petite pyramide sous le nez de Rebecca qui a aspiré le tout.

— Pas pour moi, j'ai fait avant qu'il ne recommence l'opération.

— Celle-là est pour moi, il a souri en pompant vigoureusement d'une narine.

Il avait un nez énorme et assez tordu. Je me suis demandé s'il fallait y voir quelque syndrome.

J'allais parler de Sam quand on frappa un coup à la porte. J'ai immédiatement cherché une issue de secours.

— *No sweat !* rigola Tom.

Il a appuyé sur un bouton situé quelque part sous la table et la porte s'est ouverte sur un grand type en queue de cheval et T-shirt coupé aux épaules.

— Andrew... Rebecca... Manu...

Andrew nous salua d'un « *nice to meet you* » machinal

avant d'aspirer sobrement le tas de poudre que Tom lui présentait. Il en acheta pour un gramme et se retira aussi discrètement qu'il était entré.

En un peu plus d'une heure, une dizaine d'autres suivirent. Des barmen, serveuses, musiciens, artistes en tous genres, qui connaissaient bien Tom et n'étaient pas du tout gênés de se livrer devant nous à une opération réputée clandestine. Tom se montrait généreux en matière d'échantillons gratuits. Il les dispensait *larga manu* et sa carte de visite enneigée me passa souvent sous le nez sans que je ne me décide à basculer dans le vice. Rebecca, elle, y allait carrément. Les yeux en escarboucles, les narines frémissantes, elle pompait la poudre comme une publicité pour aspirateur. Je me suis rattrapé sur le bordeaux de Tom et, plus timidement, sur les joints d'herbe qui tournaient de temps en temps. Je me sentais plutôt bien. J'étais toujours aussi persuadé que la police de New York allait nous tomber dessus d'un moment à l'autre mais, bizarrement, cela ne m'inquiétait pas trop. Dehors, les sirènes hurlaient avec une constance qui laissait penser qu'un tiers de la ville brûlait pendant que les deux autres tiers fonçaient à tombeau ouvert vers les hôpitaux et les commissariats. L'une d'elles serait fatalement pour nous. C'était dans l'ordre des choses.

— Je ne vends qu'aux gens que je connais. Jamais de junkies ou de types qui me déplaisent, précisa Tom quand une voiture de flic s'immobilisa en hurlant juste sous nos fenêtres.

— C'est comme mon beau-père, j'ai dit. Enfin, mon ex-beau-père... Il est commerçant lui aussi. Il vend des fromages au marché de Rennes.

— Ah ! a fait Tom poliment. Et il donne aussi un morceau de fromage à chaque client ?

— Bien sûr. Il fait comme toi, il se rattrape sur le

papier d'emballage. Il l'achète au prix du papier et le revend au prix du fromage.

Dehors, les flics repartaient en faisant claquer leurs portières. Des rires et des éclats de voix résonnaient dans l'air tiède.

— Alors, c'est un vrai commerçant, a approuvé Tom en rigolant. Il gagne sur l'ensemble sans rien prendre à chacun. C'est toi qui tiens une librairie à Paris ?

— Oui. Je vends du papier au prix des mots, si c'est ça que tu veux dire.

— Sam me parlait souvent de toi. De toi et de son autre copain. Celui qui enseigne le grec et le latin au pays de Montaigne et de Rabelais.

Dans sa bouche, le métier de Michel prenait une allure incroyablement exotique. J'ai pensé à l'urne qui m'attendait chez Rebecca et mon cœur s'est soudain serré.

— Enseignait... Il est mort.

— Je suis désolé... C'est ce que tu es venu annoncer à Sam ?

— Oui...

J'ai pas pu continuer. New York, les flics, les margaritas, l'herbe, le bordeaux, tout me tournait dans la tête et se mêlait au souvenir de Michel et de Sophie. J'avais envie de pleurer. Je me sentais perdu et ridicule.

— Michel est chez moi, dit Rebecca sans me regarder. Dans un vase funéraire...

— C'est un peu compliqué, la coupai-je. En fait, c'est un truc de gosses sans grand intérêt.

Tom m'interrompit d'un geste. Il préleva un peu de la poudre du moulin et, avec la carte de visite, traça une ligne blanche sur la table.

— Essaie avec ça, dit-il en me tendant une paille. C'est plus facile quand on n'a pas l'habitude.

— Pourquoi faudrait-il que j'essaie ?

— Pour savoir ce que c'est. Si tu veux vraiment retrouver Sam tu vas devoir le chercher dans des endroits où cette merde est plus qu'un simple ausweiss. J'aimerais autant que tu n'arrives pas complètement puceau.

J'ai regardé la ligne comme si c'était un avatar visible de la frontière que j'avais franchie en avion. Je savais tout de la cocaïne – la coke, comme ils disent dans les films et les romans, j'avais lu Crumley, Harrison et les autres, je connaissais ses rites par cœur et j'avais constaté ses effets chez Ferrara ou Cassavetes. J'étais aussi savant sur le sujet qu'un puceau bossant dans un sex-shop pouvait l'être sur les femmes.

— N'aie pas peur, sourit Rebecca. C'est juste un truc que tu vas adorer.

Ce fut comme si on m'avait creusé une autoroute à travers le nez, les sinus et le cerveau. Ça piquait un peu en passant et ça avait l'arrière-goût d'une séance chez le dentiste. Rien d'exceptionnel à part ça, si ce n'est que le monde avait l'air un peu plus net qu'avant et que les mots pour le dire venaient sans effort.

— Je sais que ça a l'air dingue, dis-je en finissant de raconter mon histoire, mais il fallait que je le fasse. Pour Michel et pour moi. On en crevait de ne pas être comme Sam, de s'asseoir indéfiniment sur nos rêves pour empêcher nos ailes de pousser.

— Jolie formule, pouffa Rebecca. J'aime bien l'idée des ailes qui poussent par le cul.

Réflexion faite, moi aussi. J'aimais surtout sa façon de dire *cul*. Comme si elle pensait vraiment à ce qu'elle disait.

— Tu l'as prévenu de ton arrivée ? demanda Tom.

— Non. C'était un peu compliqué à écrire ou à dire au téléphone... J'ai préféré venir comme ça.

En fait, c'était une idée d'Agathe.

« Pose l'urne dans son salon sans lui laisser le temps de discuter. C'est la seule façon de l'obliger à te suivre. »

Comment prévoir qu'il avait, lui aussi, décidé de disparaître ?

Tom traça trois autres lignes sur la table et je sniffai la mienne sans même y penser. La pièce avait progressivement changé d'aspect. Le contour des choses était maintenant plus net, presque acéré.

— Sam a filé dans le Sud, dit Tom. Un de ses vieux rêves... Refaire la route du blues, jouer dans le delta du Mississippi...

— T'es sûr ?

— Il est passé me voir avant de partir. Il voulait des adresses dans le Sud. Je lui ai donné celle d'un type de Memphis.

— Il est parti comme ça ? Sans prévenir personne ?

— Prévenir qui ? Son agent, à la rigueur. Je ne le vois pas se préoccuper de qui que ce soit d'autre.

— Il avait des ennuis ?

Il haussa les épaules en souriant.

— Possible... Il en avait déjà sûrement en arrivant, non ?

Encore une question que je ne m'étais jamais posée. Sam avait le chic pour toujours parler de lui sans jamais parler de sa vie.

— Tu sais ce que je crois ? sourit Tom en servant une nouvelle tournée.

— Non.

— Que t'en sais pas beaucoup plus que moi sur ton pote.

Rebecca a tenu à prendre le métro pour rentrer.

— C'est bien plus que du tourisme insolite, précisa-t-elle. C'est un véritable rite initiatique. Personne ne peut prétendre connaître New York s'il n'a pas voyagé de nuit sur le *Local Broadway*.

— Qui prétend prétendre quoi que ce soit ?

— Toi. Tu cherches la sortie avant de savoir où est l'entrée.

Ça voulait sûrement dire quelque chose mais je n'ai pas compris quoi. Rebecca avait tant fait honneur à la coke de Tom qu'elle semblait sortir d'un bain d'électricité pure. Je ne l'ai pas contredite, bien que je me souvienne de sa manière fébrile d'utiliser le siège arrière d'un taxi.

Sandie nous vit passer devant le Buffalo Road. Elle nous fit signe et courut nous rejoindre sur le trottoir.

— J'avais peur de ne pas vous revoir. Je connais quelqu'un qui en sait beaucoup sur Sam. Un drôle de cuistot français, Alain Teissere. Je ne sais pas pourquoi je n'y ai pas pensé avant. Il tient un restau à l'angle de la 11e Avenue et de la 53e Rue. Le Zeeq's, c'est dans l'annuaire.

Le métro sentait l'urine, le vomi et le chaud. Pour arriver au quai il fallait enjamber quelques épaves urbaines en divers états de décomposition. Les rames de l'Express Uptown passaient dans un bruit terrifiant de ferraille.

— Ne regarde personne, conseilla Rebecca. Ça vaut pour toute la ville. Remarquer quelqu'un c'est commencer à le défier.

À côté de moi, un grand Noir psalmodiait une litanie de malédictions. J'ai tendu l'oreille en regardant devant moi.

— Je hais les Blancs, marmonnait le type. Je hais ces putains de Blancs et je finirai bien par les crever tous.

Il n'y avait pas grand monde dans la rame du Local Broadway mais nous étions bien les seuls à arborer une normalité aussi provocante. Rebecca se mit à babiller à tue-tête pour couvrir le boucan des roues sur les rails. J'ai regardé le tracé de la ligne sur le plan. Elle grimpait très haut, tout droit dans le cœur de Harlem, et les gens qui la prenaient avaient l'air de quitter une zone de combat pour une autre. On aurait dit que les guerriers fatigués d'une multitude d'armées en déroute s'étaient rassemblés là, attentifs à ne pas rompre une trêve fragile. Les portes de communication entre les voitures étaient ouvertes. Un flic blond taillé comme un menhir arpentait la rame. Ses boucles dorées s'échappaient de sa casquette et laissaient apercevoir une oreille percée d'un anneau d'or. Il nous jeta un regard de biais en passant et continua sa route en s'accrochant des deux mains aux barres du plafond.

— On dirait un gorille dans la jungle, ai-je dit quand il fut trop loin pour m'entendre.

— C'est à peu près ça...

Elle avait l'air heureuse d'être là. L'air conditionné avait séché la sueur du dehors et j'avais l'impression d'être un arc électrique sur une clayette de frigo.

« Sam a avalé New York comme un gros cachet d'amphé et il s'est mis à chercher autre chose, m'avait dit Tom. Il y a deux ans, il a fait une tournée dans le Sud. Il en est revenu quasi fou. Il disait qu'il avait rencontré des types qui valaient les plus grands, des types qui avaient appris avec Muddy Waters ce que lui-même avait appris de Robert Johnson ou de Sonny Boy Williamson. Ça le minait... À son retour, il s'est entraîné comme un dingue. Il s'est immergé dans la musique originale du Delta comme s'il voulait aller en téter les racines. Il a fini par devenir vraiment bon. On venait l'écouter de partout et les critiques ont commencé à dire que son toucher était digne de celui de John Lee Hooker ou de Lightnin' Hopkins... »

C'était bien là le genre d'hommage qui rendait Sam cinglé. Un jour, pas plus de six mois après qu'il eut acheté sa première guitare, il a shooté son ampli par la fenêtre parce qu'il n'arrivait pas à reproduire un enchaînement de Keith Richard. C'était pas du perfectionnisme, pas même de l'orgueil ou de la vanité, juste le sentiment d'être un type condamné toute sa vie à admirer les autres sans comprendre ce qui les rendait plus grands que lui. Sam n'était jamais satisfait ; il prenait chaque éloge sur ce qu'il était devenu comme une peau de banane glissée sur le chemin de ce qu'il voulait être. L'ennui, c'est qu'il ne savait pas ce qu'il voulait être.

« Le soir, quand je m'endors avec un joint ou un coup dans le nez, j'ai l'impression que j'ai été élu pour quelque chose, mais que le type qui m'a choisi a oublié ce que c'était quand il s'est aperçu qu'il n'était qu'un imposteur se prenant pour Dieu, m'avait-il confié une nuit où nous remettions le monde en chantier. C'est vachement inconfortable. J'ai besoin qu'on me dise que je suis bon mais je le prends toujours comme une attaque de paraplégie. »

— À quoi tu penses ?

À rien. À ma librairie, à la manière dont j'essayais de vendre les bouquins que j'avais lus et aimés, aux métaphores parfois brutales et souvent obscures que je rédigeais à l'usage de mes clients. Elles venaient toutes seules, maintenant. Elles s'entrechoquaient dans ma tête comme des bribes de sens dans un bain de chaos.

3

Le Zeeq's était vide quand j'y suis entré. Teissere m'attendait derrière le bar, un imposant chef-d'œuvre de bois sculpté conçu pour aligner une forêt de buveurs.

— C'est lui qui m'a fait vraiment craquer pour le Zeeq's, fit-il en suivant mon regard. Il m'a porté chance. Je croyais le quartier *out* pour de bon mais il s'est mis à se remplir de studios de télé et de cinoches...

Je l'ai écouté me parler de sa réussite. À l'entendre, elle était vraiment inespérée. Sans s'attarder sur ce qui l'avait précédée, il laissait entrevoir un chemin plus pavé de merde que de fleurs. Ça ne m'a pas beaucoup étonné. Teissere avait la tête à ça. Avec sa barbe hirsute, son sourire dézingué, ses canines pointues et ses yeux globuleux pétant d'intelligence, il avait l'air de ces types qu'on voit dans les romans sur le vieil Ouest ; ces trappeurs qui débarquent de nulle part mais dont on sait qu'ils appartenaient à l'Histoire avant de venir l'oublier.

— J'ai connu Sam à ses débuts à New York. Il avait vendu sa guitare pour payer son voyage et il ne souhaitait pas en toucher une autre... Drôle de type. Il parlait tout le temps de musique comme un musicien, mais pas moyen de savoir ce qu'il valait. Tout le monde le prenait pour un menteur, sauf moi. J'avais compris qu'il cherchait avant tout à changer de vie, que c'était un immigrant. Comme moi...

Je ne me souviens plus très bien comment on s'est retrouvés sur la route de Coney Island, mais je sais que l'alcool du bar et la coke que Tom m'avait donnée y avaient beaucoup contribué. Teissere avait vraiment des choses à dire sur Sam. Il le considérait comme un frère que le destin lui avait expédié sur le tard.

— Ce n'est pas le monde qui est petit, c'est sa marge, dit-il pendant que nous roulions sur le pont de Brooklyn. Sam et moi devions nous rencontrer un jour. Je l'ai su dès que je l'ai vu se balader sur Brighton Beach...

Teissere conduisait comme un pied. Pendant ses silences, son vieux break Plymouth fonçait dans une longue plainte de ferraille malmenée, le reste du temps il se traînait au beau milieu du Shore Belt Parkway sans trop se soucier des coups de gueule et de klaxon. Coincée entre la flotte boueuse de la baie de Manhattan et une théorie d'entrepôts et de baraques déglinguées, la route longeait un florilège de cadavres de bagnoles désossées ; on aurait dit un décor de J. G. Ballard. Teissere avait mis une cassette de Sam et j'avais beaucoup de mal à faire le tri entre les discours hachés de l'un et le son plein, tendu, de l'autre. Sam jouait dans le style qui l'avait toujours fasciné depuis que John Mayall, Eric Clapton, Keith Richard ou Jeff Beck nous avaient fait découvrir le blues à la fin des années soixante. Un blues à la sauce Chicago, bourré à ras d'électricité, flirtant sans cesse sur la ligne de l'harmonie et de la rupture. C'était impressionnant. Je me suis dit que Tom avait raison, je ne connaissais plus très bien le type que j'étais venu chercher. À se demander même si je le connaissais tout court.

Teissere avait quitté la voie express et traversait une zone qui semblait avoir été bombardée : bloc après bloc, ce n'étaient qu'immeubles défoncés, murs écroulés, épaves de voitures. Pas un chat dans les rues jonchées de détritus.

Au bout de la jetée de Coney Island, face à l'océan, j'ai regardé les carcasses rouillées de ce qui avait été la plus grande fête foraine du monde. Comme une grande partie de l'Amérique, le krach de 29 l'avait tuée. Il ne restait qu'un majestueux tas de ferraille léché par un océan aussi attirant qu'un collecteur d'égout. Me restaient aussi les souvenirs des Drifters, de Lou Reed et de Woody Allen, qui affirme, je ne sais plus où, qu'on ne saurait lire *Finnegans Wake* ailleurs que sur le grand-huit de Coney Island.

Teissere était silencieux depuis un bon moment. Il marchait droit devant lui, et les loubards qui traînaient sur la jetée s'écartaient sur son passage ; des fois qu'il fût vraiment le psychopathe qu'il avait l'air d'être. J'aimais bien sa compagnie. C'était le genre d'homme qui n'éprouvait pas le besoin de parler ; sans doute parce qu'il passait le plus clair de son temps en conversations intérieures qui faisaient furieusement bouger sa moustache hérissée comme le dos d'un porc-épic. Nous nous sommes arrêtés devant un stand que Teissere me présenta comme celui de Nathan's, qui est, à peu près, au hot dog ce que Dom Pérignon est au champagne. J'ai mastiqué ma saucisse aux condiments en regardant la façade du vieux casino. Au beau milieu du bâtiment, en travers de ses fenêtres crevées, le mot *WARRIORS* était tagué en immenses lettres rouges. Je ne sais toujours pas si cet étendard venait du film de George Roy Hill ou s'il l'avait précédé et inspiré mais il m'a semblé parfaitement à sa place.

— Il venait là le plus souvent possible, dit Teissere. Il

mangeait un hot dog chez Nathan's, arpentait les planches de la jetée jusqu'à Brighton Beach, poussait jusqu'à Little Odessa et reprenait le métro pour Manhattan...

Il m'a désigné le gigantesque squelette de métal rongé par la rouille qui servait de tour de saut en parachute à l'époque où Coney Island n'était pas encore un tas de rouille figé par la crise et les vents marins.

— Il paraît que les mecs faisaient la queue pour se payer un valdingue de soixante mètres au bout d'un élastique. Les filles adoraient ça... Sam aussi. Je crois qu'il aurait bien aimé essayer.

La bande élastique, étendard trop lourd pour flotter, pendait encore au sommet de la tour comme un énorme bandage herniaire.

— C'est ici que c'est arrivé, dit Teissere en désignant un des bancs de la jetée. On était assis à discuter quand un groupe de rock est venu s'installer...

C'était un dimanche après-midi, tout le quartier était dehors et les New-Yorkais qui ne pouvaient pas se payer un océan plus reluisant étaient venus y respirer le retour de l'été. La promenade de planches était noire de monde, des mères de famille et leurs bébés y poussaient comme des fleurs colorées. Les gangs de jeunes en tenue d'apparat s'y croisaient en roulant des épaules.

— Le dimanche, c'est une espèce de no man's land, fit Teissere avec son sourire de vampire. On se mate mais on ne s'étripe pas, c'est une simple question de bon goût...

Le groupe avait commencé à jouer. Il portait un nom russe et venait manifestement de Little Odessa. C'étaient des gamins nés dans le vacarme de la grande ville et leur musique sonnait comme le fer contre l'acier. Sam s'était vite mis à suivre le rythme en claquant des mains sur ses genoux. Autour d'eux, les gens s'arrêtaient pour se déhancher en cadence.

— Entre deux morceaux, Sam m'a dit un truc que je n'ai pas bien compris. Une réflexion de musicos... Quelque chose de très technique à propos du jeu du guitariste... Toujours est-il qu'un type en lunettes bleues a compris et s'est mis à nous parler en français.

Le manager du groupe était suisse, fils d'évêque presbytérien, architecte et fondu de rock et de blues. Long et maigre comme un jour sans pain, passablement défoncé, il était aussi, Sam et Teissere le surent par la suite, franc-maçon prosélyte. Tout à fait le genre de type qu'on rencontre dans ce genre d'endroit ; presque à lui tout seul la justification du voyage.

— On a tout de suite aimé Albert, même s'il a pas mal agacé Sam sur le moment. En rigolant, il a pris le contre-pied de son commentaire. Il disait que c'était une réflexion de critique musical, pas de musicien...

J'aurais pu reconstituer la scène sans le récit de Teissere. Sam gobant goulûment la mouche et l'hameçon, discutant jusqu'à en devenir franchement désagréable avant de démontrer, guitare en main, que l'autre n'était qu'un crétin ignare et prétentieux.

— Il s'est levé en grinçant des dents et il a demandé plutôt sèchement au leader du groupe de lui passer sa guitare. À travers ses lunettes bleues, je pouvais voir le regard d'Albert rigoler.

— Et Sam a joué pour la première fois à New York.

— Ouais. Je me souviens plus comment ça s'est fait, mais le groupe s'est soudain mis à jouer derrière lui... *Dust my Broom*... Je m'en souviens comme si c'était hier.

Teissere me raconta la suite dans une cafétéria russe de Little Odessa, celle où ils étaient allés avec Albert après le concert sur les planches. C'était une de ces histoires qui faisaient toute l'Histoire de Sam. « La chance », disait-il toujours comme si c'était une excuse.

J'en savais assez sur la chance pour savoir qu'on n'a que celle qu'on attrape.

— Albert était dans les petits papiers de Koch, le maire de New York. Ne me demande pas comment, je ne l'ai jamais su...

Teissere lapa son cappuccino et me fit un clin d'œil avant de continuer.

— Un juif et un protestant, ricana-t-il. Ils devaient se raconter des histoires de trotskistes... C'est comme ça qu'on s'est retrouvés invités au pique-nique privé que Koch donnait tous les ans pour l'ouverture du festival de jazz de New York...

En entrant à Gracie Mansion, la résidence officielle du maire de New York, Sam réussissait à se faufiler dans la ville par la grande porte. Ça lui avait coûté un bœuf calamiteux avec Koch et Dave Brubeck jouant du piano à quatre mains, mais il avait accroché l'oreille de quelques musiciens. Je pouvais sans peine imaginer sa joie d'avoir su jouer le coup comme le maître frimeur qu'il était. Débarquer sans guitare pour arriver, sans avoir rien demandé, sur la même scène que Max Roach et Illinois Jacquet, c'était du Sam pur jus.

— J'en sais pas plus que Tom ou Sandie mais j'avais envie de te raconter cette histoire, dit Teissere dans le taxi qui nous ramenait à Manhattan. J'ai pensé qu'elle t'amuserait.

Il n'a plus dit grand-chose pendant le reste du trajet. Plongé dans sa vieille querelle intérieure, il conduisait trop vite en roulant des yeux.

— Albert pensait que Sam n'avait pas rencontré que des musicos au raout du maire, finit-il par lâcher sans me regarder.

— Qu'est-ce que tu veux dire ?

— Rien de précis. Beaucoup de gens trouvent que

l'ascension de Sam a été très rapide. Même pour un gars doué comme lui.

Il me jeta un bref coup d'œil avant d'ajouter :

— J'aime vraiment bien ce mec, Manu, mais faut reconnaître qu'il est parti vachement vite.

Et il est retourné à ses pensées. Je regardais défiler les immeubles fatigués de Hell's Kitchen et j'ai cru apercevoir la silhouette de Sam. Adossé à une façade, il m'observait en comptant une liasse de billets.

— Je donne une petite fête demain soir, dit Teissere en se garant devant le Zeeq's. Dans un hôtel des Catskill tenu par un couple de copains. Il y aura beaucoup de gens qui connaissent Sam. Amène ta copine.

Il griffonna une adresse et un numéro de téléphone sur un vieux reçu de carte bleue.

— Je viendrai vous chercher au train à Woodstock.

— Albert sera là ?

— Non. Albert est mort du sida.

Et il claqua la portière.

4

— Le Sud, mon pote. C'est sûrement par le Sud qu'il a commencé.

Jimmy était virginien et trompettiste. Sa barbiche et ses cheveux blancs et bouclés le faisaient ressembler à Buffalo Bill sur le tard. Il sirotait du Jack Daniel's on the rocks en tétant sur un joint d'herbe et il filait régulièrement aux chiottes sniffer de la coke. L'Auberge des Quatre Saisons était bourrée de Français en goguette ; tout le monde buvait, fumait des joints et disparaissait se faire des lignes.

— OK, j'ai fait. Mais ça commence où le Sud ?

— À Memphis, mon pote. Dans ce sens-là, ça commence à Memphis...

Là-dessus, tout le monde était d'accord. Même les Français. Aucun d'entre eux n'y avait mis les pieds mais ils en parlaient tous avec le plus grand respect. Les Français établis (ou réfugiés ?) à New York ne voyagent pas. Sans doute pour justifier cette pub pour piège à cafards que j'avais vue dans le métro. C'était une boîte en carton multicolore conçue comme un casier à crevettes et ça s'appelait The Roach Motel. Sur l'affiche un cafard mâle en rut proposait la botte à une femelle manifestement ravie. *Roaches can check in but they can't check out*, disait la pub.

Rebecca avait sauté de joie à l'idée d'un week-end dans les French Castkill. Elle connaissait de nom l'Auberge des Quatre Saisons et savait y aller. C'était un vieil hôtel qui datait du temps où cette partie des Castkill Mountains était devenue vraiment populaire chez les New-Yorkais friqués attirés par la beauté du paysage et les quelques auberges tenues par la colonie française du coin.

La gare de la 125e Rue est une espèce de cabane en ferraille perchée en haut d'un pont qui surplombe Harlem. C'est encore un de ces no man's land qu'adorent les New-Yorkais. Pour vivre à peu près en paix dans une ville composée de ghettos juxtaposés, il faut des règles et des points de passage ; des zones de trêve où ceux qui se croisent laissent provisoirement leurs couteaux et leurs préjugés au vestiaire. La gare de Harlem est un de ces *Check Point Charlie*. Dans un paysage de misère et de guerre, deux blanchots et leurs bagages peuvent s'embarquer pour Woodstock sans se faire détrousser et, chose importante, la plupart des taxis acceptent d'y aller.

— C'est presque miraculeux, j'ai dit en matant du coin de l'œil les trois bébés requins appuyés à la rampe d'escalier.

— Non, c'est vital. Le jour où les New-Yorkais ne pourront vraiment plus circuler, ils partiront et la ville crèvera. Comme dans le film de Carpenter. Simple question d'écologie...

Vu comme ça, c'était clair. C'était, en tout cas, une façon satisfaisante d'expliquer ce curieux équilibre de la déglingue qui vous donne l'impression d'évoluer en permanence sur le faîte d'un toit très pentu. La veille, Rebecca et un de ses amis m'avaient emmené en virée. Nous avions fini par échouer dans un rade latino sur

Broadway et la 100ᵉ. Jack, le copain de Rebecca, avait des vues sur la barmaid, qui n'avait pas l'air de le trouver désagréable. Vu de dehors, c'était le genre d'endroit où il ne me serait jamais venu à l'idée d'entrer ; vu de dedans, c'était pire. Trois types seuls buvaient en silence dans une salle éclairée en rouge-bordel et se levaient à tour de rôle pour mettre des pièces dans le juke-box. Ils n'avaient pas l'air de se connaître, ils ne se parlaient pas, mais ils nourrissaient la boîte à musique comme si c'était un plan concerté entre eux depuis longtemps. Jack semblait avoir toutes ses chances mais il n'arrivait pas à décrocher un rencart pour la fin de la nuit. La fille minaudait. Elle avait l'air de chercher un peu plus que ce qu'on lui proposait. J'ai pas bien compris ce qui s'était passé quand un des types s'est mis soudain à grogner. Engoncé dans un manteau gris, il nous regardait en transpirant comme un bœuf. La fille lui a tout de suite offert un verre, le type l'a refusé en disant que c'était à lui de payer la tournée aux étrangers.

— Sortez tout de suite, a fait Jack pendant que le type contournait le bar pour venir vers nous.

Il nous a rejoints sur le trottoir.

— Ça va tirer, a-t-il dit en nous faisant traverser le boulevard.

Je n'avais même pas eu le temps d'avoir peur et j'ai franchement cru que Jack s'était débrouillé pour s'inventer une sortie honorable. Nous sommes repassés devant le bar un peu plus tard. Une voiture de flics et une ambulance arrosaient la rue de rafales de gyrophares.

— Qu'est-ce qui s'est passé ? a demandé Jack.

Le flic a haussé les épaules :

— Je sais pas. Un type a sorti son flingue. Il a tué un client et blessé la barmaid.

Dans le train, j'ai regardé la ville disparaître petit à petit. La voiture frémissait de bruits feutrés. Les gens lisaient leur journal en silence mais ce n'est qu'en apercevant la campagne que j'ai cessé d'avoir peur.

Teissere nous attendait à Woodstock. Je m'étais préparé à prendre du rock plein les mirettes et je n'ai vu qu'une ville proprette où les hommes portent tous la queue de cheval sous un chapeau de cow-boy tandis que les filles sont fringuées mi-squaw, mi-Laura Ashley.

— Le concert n'a pas eu lieu ici mais à Bethel, m'a expliqué Teissere. Les gens de Bethel voulaient bien louer le terrain et encaisser les dividendes, seulement ils ne voulaient pas qu'on dise que ça se passait chez eux. Bethel a dépensé le fric et c'est Woodstock qui a gardé le mythe.

Un mythe qui continuait à payer si j'en jugeais à la quantité de pin's, d'affiches et de casquettes que les boutiques proposaient pour célébrer l'événement. Woodstock s'enorgueillissait aussi d'abriter l'ashram le plus grand du monde, ce qui collait parfaitement à l'image que la ville voulait donner d'elle.

Je me laissai quand même fasciner par les bottes, les chemises, les couvertures et les bijoux indiens. Teissere et Rebecca eurent beau m'assurer que Woodstock n'était pas le meilleur endroit pour les bottes de cow-boy, je craquai pour une paire de Toni Lama noires et souples comme des gants de star, qui allaient avec mon chapeau.

L'Auberge des Quatre Saisons était tenue par une Canadienne française et un Américain au cerveau un peu grillé par l'alcool, l'acide et le peyotl. Tim était un anthropologue spécialisé dans les Indiens du Mexique. Comme Castaneda qu'il affirmait connaître et mépriser.

— C'est un escroc, me confia-t-il tout de suite. Demande à ton pote Sam. Je lui ai tout expliqué.

Jacqueline faisait tout le boulot. Elle ressemblait à une fourmi avec son corps sec et bronzé et sa façon de bouger comme si le monde allait s'arrêter. Tim sortait de sa chambre pour ouvrir le bar et s'y accrocher ensuite tel un pendu sur sa branche. Officiellement, il ne buvait que de l'orangeade, mais tout le monde, surtout Jacqueline, savait qu'il planquait des bouteilles de vodka un peu partout.

L'hôtel ressemblait plus à une boîte à chagrins qu'à une machine à fric. Rien ne marchait correctement ; le court de tennis commençait à se gondoler, la piscine était vide pour cause de fuites et le jacuzzi refusait de fournir de l'eau chaude, mais le paysage était sublime.

— La nuit faut tout planquer, à cause des ours, m'avait dit Jacqueline.

Autour des bâtiments, la forêt moutonnait à perte de vue. Je glissai deux boîtes de bière dans mes poches et je m'enfonçai dans un chemin creux en me tordant les pieds dans mes nouvelles bottes. Le silence me tomba dessus tout de suite. On aurait cru que les bruits de l'auberge avait été avalés d'un coup par celui, sournois et formidable, de millions d'arbres faiblement agités par le vent. La rencontre avec un ours devenait aussi probable que celle d'un flingueur fou dans un bar de Broadway.

Je me suis assis dans une clairière sur une souche déjà occupée par un écureuil. Malgré ses manifestations de dépit, il n'était pas de taille à me virer et on s'est regardés du coin de l'œil pendant que je buvais mes bières. J'avais envie de rigoler, de crier, de pleurer, d'entamer une danse de Sioux ou une mômerie du même genre mais je me suis contenté de mater l'écureuil en picolant. J'étais comme Chateaubriand découvrant le Nouveau Monde. J'étais le premier et les mégots ou les capsules de bière jonchant ma clairière n'allaient pas me gâcher le plaisir.

La fête de Teissere était en fait celle des Français de New York travaillant dans la restauration. C'était le premier long week-end avant le rush de l'été et, à la sortie de mon chemin creux, je suis tombé sur un concours de pétanque arrosé au Ricard. Ça m'a fait un peu drôle mais je commençais à m'habituer aux contrastes.

Ils savaient déjà tous ce que j'étais venu faire à New York – surtout l'histoire de l'urne funéraire qui les ravissait, et le nom de Sam volait d'anecdote en anecdote. Au point que j'ai fini par en être vaguement jaloux. Que faisait-il d'autre que me voler encore une fois la vedette ? J'en avais aussi des histoires sur Sam, et c'étaient sûrement pas celles qu'il leur avait racontées. Des promesses non tenues, des petits lâchages, et cette façon qu'il avait de ne plus aimer les gens quand il se mettait à vouloir en séduire d'autres.

Ici, Sam était un héros, l'image de la réussite ; un mec qui s'était imposé, la guitare à la main, dans l'antre de la musique électrique. Vus en groupe, ces Français de New York avaient l'air d'intoxiqués de réussite, des grenouilles obsédées par l'échelle qui grimpait le long de leur bocal. Visiblement, ça ne leur laissait pas beaucoup de temps pour faire autre chose, et leur conversation s'en ressentait. Je me suis baladé dans la fête. Les quelques clients de l'hôtel, ravis de cette soirée folklorique, s'étaient mêlés aux invités. Ils se ramonaient la tête pour exhumer des références culturelles ringardes ou, au mieux, curieusement décalées et ponctuaient leurs phrases de mots français charcutés.

J'ai fini par trouver Rebecca dans la cuisine. Teissere lui donnait un cours particulier où les considérations de philosophie politique prenaient autant de place que la façon de remuer la queue d'une sauteuse.

— T'as l'air de mauvais poil, me dit-il. C'est les Français qui te dépriment ?

Je me contentai de sourire.

— Ils sont pas méchants. C'est juste cette ville qui est trop speed pour eux. Ils cherchent absolument à suivre son rythme...

D'un coup de poignet, il retourna une poêlée de crevettes sous le regard extasié de Rebecca.

— C'est bien plus marrant de la regarder passer. Tu devrais en parler avec Jimmy. Tu peux pas te tromper, c'est le seul qui ressemble à Buffalo Bill.

— Le Sud, c'est d'abord une idée, dit Jimmy en s'accrochant à son tabouret pour étaler un coup de houle. Ça commence à Memphis mais ça ne veut pas dire grand-chose. C'est pas un pays géographiquement correct.

— C'est comme le Mexique, intervint Tim. Tu sais où c'est, tu crois même que tu sais ce que c'est, mais tout ça c'est du vent...

Il laissa sa phrase en suspens, pour bien marquer la force du vent.

— Ça fait un bon moment que Sam pense au Sud, continua Jimmy.

Jimmy était trompettiste mais il bossait dans une petite boîte d'édition musicale et c'est là qu'il avait rencontré Sam.

— Il cherchait des trucs sur le blues. N'importe quoi... Des partitions, des bouquins techniques, des essais, des témoignages... Il croyait dur comme fer qu'il y avait un mystère derrière cette musique et il procédait par immersion...

Il loupa son paquet de cigarettes d'une bonne vingtaine de centimètres et se rattrapa au bar de l'autre main en virtuose accompli.

— Je me suis foutu de lui, au début. Pour moi, le blues c'est juste comme l'eau du bain. À quoi ça te sert de savoir qu'il y a deux volumes d'hydrogène pour un d'oxygène du moment que ça fait mousser le putain de savon ? J'ai fini par comprendre que ça lui bouffait sérieusement la tête. Il pouvait le reproduire sur le manche de sa gratte mais il n'arrivait pas à comprendre ce que c'était. Même en plein succès des Wrong Case, il avait l'impression de n'être qu'un imitateur. Un imposteur, comme il disait...

— Putain ! On voit qu'il a pas connu Castaneda, a coupé Tim. Un vrai trou du cul. Il l'était déjà avant de quitter sa putain de Californie...

Jimmy l'écoutait les yeux fermés en hochant la tête de temps en temps et j'en ai fait autant. Tim avait un peu tendance à délayer la concision de Jimmy mais, après tout, nous parlions tous les trois de la même chose.

— Sam était du genre à mettre sa tête dans l'ampoule pour voir d'où vient le courant... Moi c'est pareil.

— C'est même comme ça que tu t'es grillé la cervelle, a dit doucement Jimmy en posant sa main sur le bras de son pote. Sam était bien plus prudent que ça. Il avait l'art de se pencher par la fenêtre sans tomber.

— C'est comme ça qu'il est tombé sur le Sud ? j'ai demandé.

— Peut-être... Mais c'est pas la vraie question...

Il m'a regardé en souriant. Ce type avait dû apprendre à discuter dans un manuel de guérilla ; il ne racontait pas, il montait des embuscades.

— C'est pas *où* mais *comment* il est parti qu'il faut que tu trouves...

— Ça change quoi ?

— Tout. Suppose qu'il ne soit pas seul... ou que tu ne sois pas le seul à le chercher.

— C'est idiot... Pourquoi veux-tu ... ?

— J'en sais rien... C'est juste la question que je me poserais en premier.

— T'as entendu parler de quelque chose ?

Il a haussé les épaules en secouant ses boucles.

— Non, mais j'ai fait beaucoup de route. Chaque fois que je me suis tiré en vitesse, c'est que j'étais pas seul en cause.

J'ai essayé d'en savoir plus mais Jimmy n'avait plus rien à dire sur le sujet. Rivé au bar comme un naufragé sur son espar, il fermait les yeux en affrontant la tempête.

— Le petit nerveux en Perfecto, c'est Doumé. Je l'ai connu par Albert.

On était dimanche après-midi et Teissere me désignait un type qui venait d'arriver dans une Cadillac Fleetwood cabriolet et qui brassait plus d'air qu'un hélico de combat. Allongé dans une chaise longue, je l'ai regardé venir vers moi en cercles concentriques.

— C'est toi qui cherches ton pote avec les cendres du troisième ?

J'ai fait signe que oui et il s'est mis à me raconter comment il avait répandu celles d'Albert au large de Sing Sing, en hiver et par une nuit de chien.

— Son évêque de père n'avait pas arrêté de lui rabâcher qu'il finirait à Sing Sing. Lui, il s'était contenté de crever du sida à New York mais il tenait à ne pas faire mentir son vieux. C'est quelque chose que je peux comprendre...

Le lundi matin, je suis rentré à New York avec Doumé. Rebecca était partie la veille avec un cuistot qui venait de se faire plaquer par sa femme.

— Rien de personnel, Manu, m'avait-elle dit, mais tu es déjà parti, et lui, il reste.

J'ai réservé mon vol pour Memphis et je suis passé prendre le reste de mes bagages chez Rebecca. L'urne de Michel trônait au milieu du canapé du salon. La veille, j'avais vaguement évoqué la possibilité de mettre ses cendres dans un récipient plus facile à trimballer, une boîte Tupperware par exemple, mais Doumé en avait été littéralement horrifié.

— Ne fais pas ça, malheureux, c'est ta seule protection. Comment veux-tu qu'on soupçonne un type qui voyage avec un truc aussi con qu'un vase ?

— Mais qu'on me soupçonne de quoi ?

— De tout. D'être un flic, un truand, un privé ou même un avocat. Va savoir ce qu'ils sont foutus de faire d'un avocat étranger dans ces brousses ?

— Ça veut dire quoi ce délire... ?

Je m'étais efforcé d'oublier la parano de Jimmy et voilà que Doumé me la resservait en plus raide.

— Qu'est-ce que tu veux que j'en sache ? Il est parti comme s'il avait eu le diable au train... J'en aurais fait une star, s'il avait voulu rester. Ce type est fait pour la ville, pas pour les bars à *red necks* ou les *juke joints* crasseux du Sud...

Doumé avait tenu un club de jazz à Paris avant de filer en une nuit, à trois heures du début de son contrôle fiscal. Depuis, il entretenait cette vague réputation de criminel pour se brancher avec tous les truands venus se mettre au vert à New York. Il avait aussi infiltré une loge maçonnique française, la mafia des importateurs de pinard et quelques autres dont il parlait avec des sous-entendus ésotériques.

— Le truc, c'est de connaître du monde, dit-il en allumant un gros cigare. Tu sais ce que je fume, mon pote ? Un havane. Un havane à New York ! Tu vois ce que je veux dire ?

L'embargo total des Américains sur Cuba ne m'avait pas échappé mais je voyais mal ce qu'il y avait de miraculeux à se procurer un cigare cubain dans une ville qui vend de la came à tous les coins de rue. J'avais tort.

S'arracher la tête au crack n'est qu'un délit mineur, au pire un truc qui se règle avec le commissariat du coin ; rien à voir avec la foule de lois fédérales qu'on enfreint en fumant un havane.

— Tu peux te retrouver avec le FBI et la putain de CIA sur le dos, mon pote. C'est là qu'il faut connaître des gens. Comment veux-tu connaître des gens dans un bled où tout le monde connaît tout le monde ?

C'était bien le genre de raisonnement que Sam adorait.

— Tu lui as dit ?

— Bien sûr. Il est venu me voir avant de partir... Il avait besoin d'un flingue et de cash... J'ai essayé de le faire parler, mais tu connais Sam, il ne dit que ce qu'il veut, et là, il voulait pas... Sûrement une histoire de femme, mais pas seulement.

— Comment tu le sais ?

— On parle de Sam, non ? fit il, rigolant et tirant sur son havane. Je lui avais suggéré un nom de scène : Sam « Cuckoo's nest » Tordjman... Tu te souviens du morceau de Roland Kirk ?

— Oui, mais je vois pas le rapport avec Sam.

— T'es sûr qu'on parle bien du même ? Le mien adore faire son lit dans le lit des autres. C'est le genre de sport qui demande des réflexes, si tu vois ce que je veux dire.

Je voyais mal Sam sauter d'un balcon en slip. L'air de New York avait dû le changer passablement. Au point de s'équiper d'un flingue avant d'aller jouer le blues dans le Sud. Je me suis demandé s'il ne valait pas mieux laisser tomber tout de suite mais j'étais trop vieux pour me permettre un renoncement de plus.

— Si un jour t'es vraiment emmerdé, va faire un tour à la loge maçonnique du coin, a poursuivi Doumé. Les Américains sont aussi des veaux dans ce domaine, mais si Sam a réussi à trouver un bon maçon, tu y arriveras aussi.

— Il est franc-maçon ? j'ai demandé en ouvrant des yeux ronds.

— Qu'est-ce que tu connais de la maçonnerie, putain ? On dirait que tu viens d'apprendre qu'il était devenu cannibale !

Sam n'était pas entré chez les *frangins*, malgré l'insistance de Doumé. À l'entendre, l'ordre avait été fondé pour des hommes comme Sam et lui.

— Mozart, Voltaire, Beaumarchais, Rudyard Kipling, Ben Franklin, Ravachol... ils en étaient tous. C'est un truc pour les esprits libres, tu comprends ? Un truc qui se préoccupe plus des symboles que de la réalité. Tu vas pas me dire qu'un type qui voyage avec une urne funéraire est incapable de comprendre la prééminence des symboles sur la réalité ? Attends... Je vais te montrer.

Il a décroché son téléphone et s'est mis à convaincre un traiteur chinois de nous livrer un menu complet avec bières contre le numéro d'une carte American Express manifestement fausse. Il n'a pas fallu plus d'un quart d'heure pour que le pauvre Chinois se rende.

— Tu vois ce que je veux dire ? fit Doumé. Bien maniés, les symboles enfoncent la réalité. Le Chinois le savait bien. Qu'est-ce qu'un repas impayé contre la possibilité d'un procès pour refus de vente ?

— Tu veux dire que je viens d'assister à un exemple de la puissance maçonnique ?

— Parfaitement. On va bouffer gratis grâce à un des symboles les plus puissants de notre civilisation, non ?

C'était tordu mais imparable. Encore un truc que Sam avait dû adorer.

— Pourquoi tu crois qu'il ira voir les *frangins* en cas de danger ? Vous employez un tas de trucs secrets pour vous reconnaître, non ?

— Je lui ai tout appris avant qu'il parte. Un genre de trousse de secours, si tu préfères.

— Et c'est régulier ?

— Symboliquement, oui. C'est comme un catholique qui prend sur lui de baptiser un mourant. Rien n'empêche un initié de partager son savoir si c'est pour le bien de l'humanité.

Discuter de l'ordre du monde avec Doumé était une expérience profondément enrichissante. Les dieux, les mythes païens et les Évangiles apocryphes y valsaient, sans trop se marcher sur les pieds, avec des théories anarchistes teintées de relents de marxisme. Ce qui me plaisait surtout, c'était sa façon de mettre le tout au service d'une fraternité farouchement intangible. Doumé était sans aucun doute un robuste fils de pute – sa biographie faite de départs en catastrophe en témoignait, mais il ne l'était que pour une partie du monde. Il aimait le reste avec une générosité et un savoir-faire dont je lui suis toujours reconnaissant.

5

J'ai appris l'anglais à Londres et je le parle plutôt correctement mais rien ne prépare à ce qu'on entend dans les avions des lignes intérieures américaines. Il m'avait semblé que New York fonctionnait sur une base linguistique qui permettait la plupart des échanges. Ce consensus ne devait sans doute pas s'appliquer dans l'avion ; l'hôtesse nasillait comme John Wayne et mon voisin de droite avait l'air de cracher des noyaux de pastèque. Tous deux étaient incompréhensibles.

Pour une enclume dans mon genre, le premier voyage intérieur est aussi un saut vers l'aventure, la première plongée dans le bizarre concept d'*étranger*. Dans ce zinc des Delta Airlines, je me suis tout de suite senti aussi à l'aise que la fois où je m'étais pointé dans un nouveau lycée deux mois après la rentrée. Même si maintenant les autres ne me regardaient pas, ils savaient tous que j'étais là, j'en étais sûr. Je suis arrivé à me calmer pendant le voyage mais la rafale d'applaudissements qui salua notre atterrissage me rendit vraiment nerveux. Qu'est-ce qu'ils font quand ils se crashent ? Ils sifflent ou ils entonnent *Ce n'est qu'un au revoir* ?

– Fait chaud, hein ?

Rien à redire à ça. Il faisait si chaud que j'avais senti mes poumons se ratatiner en quittant l'air conditionné.

— Faut être pompier pour vivre ici, j'ai dit en me laissant tomber dans le taxi.

— Pompier ou africain, a rigolé le chauffeur. Mais c'est sûr que c'est pas bon pour les autres.

Il a monté la clim d'un bon quart de tour avant de démarrer.

— C'est pas Lincoln qu'a sauvé le Sud, a-t-il énoncé gravement, c'est la clim. Maintenant tout le monde travaille en été, même les Blancs. Vous allez où ?

J'en savais rien. J'avais essayé de joindre le copain de Tom mais son répondeur ne m'avait laissé aucune chance : « *Y a personne mais vous pouvez toujours rappeler* », disait-il avec un accent épouvantable.

— Je ne sais pas, peut-être un hôtel ?

— Vous êtes quel genre de touriste ? Je veux dire, friqué ou fauché ?

— J'ai de quoi me payer une chambre sans cafards, si c'est ça que vous voulez dire.

— J'espère pour vous, a-t-il fait en roulant des yeux dans le rétro. Les cafards de chez nous, ils bouffent tout cru les gandins de New York.

Il parlait sûrement de moi. Il se marrait de toutes ses dents mais, avec ses boucles d'oreilles et son bandana, il avait l'air de sortir tout droit d'un bout d'essai de Tarentino.

— Je suis pas de New York, ai-je dit bêtement et j'ai raffermi ma prise sur la poignée de mon sac.

— Sans blagues ? il a rigolé. Vous affolez pas, *man*. Je parlais juste des cafards d'ici. J'suis sûr que vous en avez jamais vu d'aussi gros. On a les cafards les plus balèzes du monde, laissez personne vous dire le contraire.

Il a continué à raconter des histoires de cafards pendant un petit moment. Il se souvenait d'une inondation du Mississippi qui les avait tous fait grimper dans les étages :

— Plus féroces que des putains de rats, *man*. T'étais obligé d'enfiler tes bottes pour aller pisser sinon ils t'auraient bouffé par le bas avant que t'aies eu le temps de te vider. (Sa voix vibrait comme les basses d'un ampli un peu déglingué.) Le meilleur, c'est le Peabody. Faut compter une bonne centaine de dollars pour une seule nuit mais y a pas mieux dans toute la ville.

— Va pour le Peabody.

Dehors, il faisait chaud et poussiéreux. La brume et le soleil aplatissaient les contours d'une ville qui ressemblait à un mirage sale et cassé.

— C'est vrai que ça ressemble pas à grand-chose, a dit le chauffeur. Il paraît que si Dieu voulait un jour donner un lavement au monde, c'est à Memphis qu'il introduirait la canule.

— On pourrait dire ça d'un tas d'autres coins du monde, j'ai fait d'un ton conciliant.

— Possible, mais y a pas beaucoup de coins au monde qu'ont inventé le supermarché, le *drive-in*, Elvis Presley et le Federal Express.

C'était vrai. C'était tout du moins ce qu'affirmaient la majorité des dépliants touristiques que j'ai lus ensuite. Ça sonnait un peu comme la revendication d'un total manque d'intérêt mais c'était bien plus subtil que ça. Célèbre avant la guerre pour être aussi la ville la plus dangereuse du pays, Memphis – et c'est vrai qu'elle ne ressemblait plus à grand-chose – vendait son passé en tranches. Les symboles de l'Amérique triomphante d'un côté, le blues et la saga des Noirs de l'autre.

Je me suis souvenu des romans de Shelby Foote, et plus particulièrement de *Septembre en noir et blanc*, en voyant les deux ponts qui enjambent le Mississippi vers l'Arkansas. C'étaient ces ponts que les trois kidnappeurs du livre découvraient en s'installant dans la maison d'où ils foireraient lamentablement leur coup.

— Tout droit, c'est l'Arkansas et Little Rock, a fait le chauffeur en quittant la 55 pour plonger vers Downtown. Le bled du Président.

Dans le roman de Foote, Little Rock était présenté comme la marmite où se concoctait l'échec de l'intégration raciale. Un gouverneur raciste et démocrate y faisait tout pour que l'entrée à l'université de neuf étudiants noirs se transforme en guerre civile. Rien de changé, le gouverneur y était toujours démocrate.

Si vous demandez à un gars du Sud où commence le delta du Mississippi, il vous répondra en rigolant : « Le Delta commence à la réception de l'hôtel Peabody à Memphis, Tennessee. » Et si vous insistez pour savoir où il finit : « Au Sud, à Vicksburg ou à Jackson, à moins que ça soit à Natchez. Mais n'y pensez pas trop. Il se pourrait bien qu'il aille jusqu'en enfer. » Le Peabody est un vieil hôtel doré et luxueux et les musiciens de blues qui ont réussi en ont fait une de leurs étapes obligées. « Être vu au Peabody, *man*, m'avait dit mon chauffeur, c'est comme crier partout que t'as vaincu la poisse... que t'as les moyens de te faire appeler *Sir* par un loufiat en tuxedo. C'est pour ça que les Noirs qui le fréquentent sont aussi puants. Ils croient vraiment qu'ils ont les miches en pure farine de froment. »

En arrivant, c'est surtout les canards que j'ai remarqués. Ils étaient toute une bande à se balader autour de la fontaine qui jaillissait au centre du grand hall d'entrée.

— On roule les tapis deux fois par jour pour qu'ils puissent se promener, m'expliqua le réceptionniste en me donnant ma clé, ça amuse les gosses et ça donne du *cachet* à l'hôtel.

Par acquis de conscience, j'ai demandé s'il y avait trace du passage de Sam dans son grand livre.

— Personne de ce nom, m'a-t-il répondu. Vous voulez que je cherche dans les établissements de même catégorie ?

J'ai fait signe que non. Depuis ma chambre, j'ai appelé le numéro du dealer. Sans succès.

Quand je suis redescendu, on avait remis en place les tapis rouges. Sans les canards et leur fiente, l'endroit faisait tout de suite un peu plus guindé. J'ai commandé un Bloody Mary au bar et j'ai payé en chargeant sur le pourboire.

— Je cherche un Français. Cheveux bruns, yeux bleus, grand et mince. Un musicien de blues...

— Je l'ai vu deux trois fois, a opiné le barman. Il traînait avec les musiciens de B.B. King. La dernière fois, j'ai dû le virer... C'est un copain à vous ?

Il m'a regardé comme pour estimer mes capacités à encaisser. J'ai fait signe que oui.

— Je l'ai entendu un soir au Rum Boogie Café. Il joue bien mais il devrait faire gaffe à ses fréquentations. Une nuit, il s'est pointé avec une bande de gamins qui jouent tous les soirs sur Hyde Park. Des racketteurs. Ils ont commencé à foutre le bordel. Ils cherchaient la cogne aux autres musiciens... Je l'ai jamais revu après.

C'était bien Sam et sa façon un peu démago de se lier aux masses populaires. À la fin des années soixante-dix, l'époque où nous recrutions dans les banlieues pour le compte de la révolution prolétarienne, Sam avait le chic pour recruter les terreurs du quartier. Il disait que les trois quarts du chemin était déjà fait vu qu'on peut toujours apprendre la théorie mais pas la colère. C'est comme ça qu'on s'était retrouvés à la tête d'une bande de trompe-la-mort qui cambriolaient voitures et magasins en arborant le portrait de Mao épinglé sur leurs blousons.

— C'est où Hyde Park et le Rum Boogie Café ? j'ai demandé.

— Sur Beale Street. Si vous vous arrêtez sur Hyde Park, préparez un billet d'un dollar. Croyez-moi, ça vaut mieux qu'avoir à sortir sa liasse.

— Beale Street est morte depuis longtemps, a dit en français une voix dans mon dos. Si vous cherchez Bluesland, c'est à deux blocks, sur la gauche.

Je n'avais pas la moindre envie de me lier avec des Français en vacances mais le petit brun qui me regardait d'un air malin en avait décidé autrement. Il se fit payer un autre verre en m'expliquant qu'il était photographe et qu'il n'était pas du tout en vacances, il faisait un livre sur le blues avec sa femme et un autre Français, un écrivain qui avait lui aussi emmené sa femme.

— Ils se reposent dans leur chambre, me confia Charles avec un clin d'œil complice. Jean-Pierre a commencé à attaquer le minibar, si tu vois ce que je veux dire. Mais je suis partant pour une virée sur Beale Street.

C'était le genre de type qui devait toujours obtenir ce qu'il voulait grâce à une détermination timide autant qu'inébranlable. Un vrai pot de colle, en fait, mais il avait la manière et, dès que sa femme nous eut rejoints, je me suis retrouvé sur Beale Street en train d'écouter le cours d'histoire de Charles.

Dans les années cinquante, la ville avait fermé les clubs de Beale Street pour en chasser la population noire. Memphis postulait alors avec succès pour le titre de ville la plus dangereuse du pays. À quelques heures du Delta, elle offrait le spectre de la réussite et la réalité du vice aux Noirs désireux d'oublier le coton. C'était le seul endroit du Sud où les musiciens de blues pouvaient trouver des studios d'enregistrement et, même s'ils s'y faisaient voler comme au coin d'un bois, ils y ramassaient plus d'argent en une seule séance qu'en dix ans de travail dans les plantations. La ville était vraiment rude. Sonny Boy Williamson s'y était fait un nom en tenant plus de trois mois dans un club qui ne garantissait « ni les instruments ni les musiciens atteints par des balles de revolver ». « C'est le seul vrai public pour un musicien, disait-il. S'ils se mettent à tirer, c'est que ta musique est mauvaise. »

La rue, la ville elle-même étaient ensuite devenues trop dangereuses et le maire blanc avait fait fermer tous les tripots. Les musiciens étaient remontés vers Chicago et Kansas City, mais Elvis avait déjà commencé à servir la musique noire à sa propre sauce et le blues n'intéressait plus grand monde.

Reconstruite à l'identique, la Beale Street d'aujourd'hui est aussi excitante qu'une pharmacie. Le blues s'y joue comme à la parade : formidablement bien mais formidablement propre. Des cars de touristes sillonnent la rue, et les guides font frémir leur public avec les histoires terrifiantes de la Sodome noire.

— Tu comprends pourquoi j'appelle ça *Bluesland* ? a fait Charles avec un sourire modeste mais satisfait avant de se mettre à photographier le groupe qui jouait sur scène.

Nous étions au Rum Boogie Café et le numéro du dealer continuait à délivrer son message laconique. Lise, la femme de Charles, tournait autour de son homme en arborant un air affairé et compétent. Il me l'avait présentée comme son épouse et son assistante mais, pour ce que j'en avais vu jusqu'à présent, elle me faisait penser à un cactus shooté à la caféine. C'était un petit bout de brune qui drivait son mari comme une course de trot. Apparemment, elle tenait aussi les cordons de la bourse et j'ai vite compris que Charles comptait sur moi pour les extras. J'ai décidé de m'en foutre. À l'usage, le couple était plutôt rigolo ; l'enthousiasme naïf de Charles pour le côté missionnaire de son projet avait même quelque chose de rafraîchissant. Il était déjà venu dans le Sud et il brûlait de retourner dans le Delta, là où « le blues se joue toujours comme une cuite du samedi soir, une défonce indissociable de la dope et de l'alcool qui fait oublier que le matin aura toujours la même sale gueule ».

Une forêt de guitares dédicacées pendaient aux murs et aux plafonds du Rum Boogie Café. J'y ai reconnu quelques noms célèbres et je me suis demandé si Sam avait été tenté de marquer lui aussi son passage.

— On est obligé de laisser sa gratte en partant ou ils ne prennent que celles des plus connus ? j'ai demandé au musicien qui faisait passer le chapeau entre les sets.

— Aucun musicien ne laisse jamais sa gratte sur les murs d'un bistrot, *man*. Ici, on te fournit une épave si ta signature en vaut au moins le prix.

Il m'en a montré une qui pendait au-dessus du bar.

— Si cette Fender était vraiment celle de Jimi Hendrix, y aurait longtemps que les p'tits gars du coin auraient braqué ce putain de rade.

— Un Français du nom de Sam a joué ici il y a quelque temps, j'ai dit en mettant une coupure de dix dans le chapeau. Ça te dit quelque chose ?

— Désolé, *man*. J'arrive juste de Chicago et j'ai encore jamais vu de Français jouer le blues. Demande à la fille qui tient la caisse. Elle en connaît plus sur les musiciens qu'un putain de dictionnaire.

— C'est qui Sam ? a demandé Lise avant que Charles n'ait eu le temps d'ouvrir la bouche.

J'ai pas répondu mais Charles est quand même venu avec moi jusqu'à la caisse.

La fille, une blonde bien en chair, ravala vite son sourire de commande en entendant le nom de Sam. Elle se méfiait visiblement des questions et n'eut que mépris pour le billet de vingt dollars que je tripotais maladroitement comme un privé débutant.

— Il a joué ici deux soirs, reconnut-elle à contrecœur. Il était bon, mais c'est des Noirs que les touristes veulent entendre. Pas des Français qui jouent comme des Noirs. Je peux pas vous en dire plus.

J'ai compris que j'étais bon pour balancer mon couplet. Quand j'en ai eu fini avec l'urne, les yeux de la fille étaient tout humides et Charles ne tenait plus en place.

— C'est une vraie histoire de musiciens, fit-elle en me regardant comme si je venais de me transformer en confiserie. Ça ne m'étonne pas de Sam. Il avait l'air si romantique.

Sam n'était resté qu'une semaine à Memphis et il n'avait pas eu besoin d'hôtel. Lucy lui avait fourni le gîte et le boulot au premier regard.

— C'est pas pour ce que vous croyez, rougit-elle. De toute façon, il avait déjà une femme... Une brune bien foutue. Je crois qu'elle était française aussi mais j'suis pas sûre vu qu'elle parlait pas beaucoup... Il a commencé par fréquenter les musiciens de B.B. King mais c'est des gars qui protègent bien leur fromage et ils n'ont rien à foutre des types comme Sam. Le blues est une industrie, ici. Un truc qu'on avale avec un plat de *soul food* entre la visite de Sun Records et celle de Graceland.

Sam avait continué vers le sud.

— Il n'aimait pas Memphis. Il trouvait que ça ressemblait à une ville fantôme. Il me faisait parler des nuits entières sur l'histoire des musiciens qui arrivaient à s'échapper du Delta. Quand je lui ai raconté comment Robert Johnson avait quitté le Mississippi avec deux types dont l'un, Calvin Frazier, avait vraiment intérêt à changer d'air vu qu'il venait de tuer deux types dans un bled de l'Arkansas, j'ai su qu'il n'allait pas rester bien longtemps. C'était ça qu'il avait envie de vivre.

— On vous a posé d'autres questions sur lui ?

— Oui, fit elle après un moment d'hésitation, mais j'ai rien dit... J'ai pas aimé le bonhomme... C'est à cause de l'urne que je vous ai tout raconté...

— Il était comment ?

— J'sais plus... Grand... costaud... l'air renfermé...

J'ai appelé une nouvelle fois le numéro du dealer. En vain. La voix du répondeur sonnait dans le vide, comme une mécanique abandonnée. Quand je suis revenu, Charles avait eu le temps de mettre Lise au courant de ma quête.

— C'est qui la « brune bien foutue » ? il a demandé.

— J'en sais rien... Une fille qu'il a ramassée sur la route...

Ou qu'il avait piquée dans le nid d'un autre... Selon toute apparence, Doumé avait raison. Sam avait filé avec la femme d'un autre.

— Ouais, a ricané Charles. Et le type qui leur court après c'est un télégraphiste...

Il s'est levé et s'est mis à me tourner autour en me mitraillant au Leica pendant que Lise notait des trucs sur un petit carnet.

— ... Il faut absolument que tu rencontres Jean-Pierre. Il voulait partir sur l'histoire d'un gars qui recherche la guitare de Robert Johnson mais la tienne est vachement mieux.

— Quelle histoire ? Y a pas d'histoire, j'ai fait en me levant à mon tour, plus brusquement que je ne l'aurais voulu.

Je suis allé payer à la caisse pendant qu'ils remballaient en hâte leur matos.

— Vous croyez pas obligé, a dit la blonde devant le montant du pourboire. J'ai juste fait ça pour Sam...

— Je sais... L'autre type, qu'est-ce qu'il voulait savoir ?

— Comme vous. Si j'avais vu Sam...

— Il a parlé de la fille ?

— Non...

Elle m'a regardé avec des yeux en CinémaScope.

— Qu'est-ce que je fais ? Je continue à rien dire ?

— Changez rien, j'ai dit avec un clin d'œil. Fiez-vous à votre instinct.

Hyde Park est un grand morceau de béton planté d'arbres et de carrés de pelouse qui coupent Beale Street en deux. Dans le bouquin de Foote, c'est là que les kidnappeurs font venir Eben, le père du gosse, pour un simulacre de remise de rançon pendant qu'ils l'observent d'une chambre du Tennessee Hotel. C'est un passage du livre qui m'a toujours impressionné, peut-être parce que je me mettais à la place de ce pauvre type qui croyait son calvaire terminé alors qu'il n'en était qu'à l'avant-dernière station.

Le groupe de gamins était bien là. Ils jouaient le *Voodoo Chile* de Hendrix sur un matos approximatif. Ça sonnait un peu crade, sans doute comme au temps de l'ancienne Beale Street. J'ai écouté le morceau en entier pendant que Charles shootait la scène au flash et que Lise lui collait au train en jouant les utilités. Une bande de touristes s'étaient aussi arrêtés. Ils tapaient dans leurs mains en reprenant le refrain sans voir le filet qui se tendait derrière eux. À la fin de la chanson, juste au moment où ils s'apprêtaient à filer, les quêteurs leur sont tombés dessus. Des racketteurs, avait dit d'eux le barman du Peabody. J'ai plutôt trouvé qu'ils jouaient le coup comme des pros en appliquant, dans une version un peu plus directe, la méthode du syndicat d'initiative. « T'as écouté, tu paies », disaient-ils aux touristes qui s'empressaient d'obéir à ces gamins noirs sortis tout droit d'un de leurs cauchemars favoris.

— Je suis pas encore parti, j'ai expliqué à celui qui me tendait la main d'un air grave. Je paierai pour tout ce que j'écoute.

— C'est régulier mais je t'ai à l'œil, a-t-il dit avec un sourire féroce. T'es avec le photographe ?

J'ai fait signe que oui.

— Il est régulier lui aussi. Il a craché dix thunes sans essayer de discuter.

— Normal. T'aurais pas remarquer un Français qui traînait dans le coin ça va faire un mois ou deux ?

— Sam ? Tu parles qu'on l'a remarqué ! Il a même joué avec nous. Snooker en était sur le cul... Snooker, c'est le chef... Attends la pause, je vais te le présenter.

J'ai suivi le concert en me dandinant une bonne demi-heure sur le blues électrique et brutal qu'ils balançaient dans la nuit de Memphis. J'étais bien, comme quand j'étais fauché et que je me bourrais de musique gratuite dans les rues de Londres ou de Paris. À côté de moi, une grosse dame en cheveux bleues et lunettes de strass se laissait gagner par les riffs rageurs de Snooker. Elle se trémoussait en souriant dans l'air tiède, les yeux fermés sur ses souvenirs. Charles et Lise finirent par me laisser contre une promesse de petit déjeuner en commun.

— Pars pas sans nous, surtout, dit Charles avec son sourire désarmant. On a une proposition à te faire.

Snooker était un grand type mince qui devait s'entraîner le plus souvent possible devant sa glace. Il égrenait ses solos en singeant Hendrix et il se penchait comme un danseur de tango sur le manche de sa vieille gratte écaillée. Il me rappelait Sam à ses débuts. « L'essentiel c'est d'avoir l'air de savoir le faire », m'avait-il dit un jour où je l'avais surpris en train de gesticuler devant l'armoire à glace d'un dortoir de colo, « le reste c'est que du boulot ».

Le bassiste se tenait, comme il se doit, respectueusement derrière son leader et le batteur regardait en l'air en faisant semblant de ne voir personne.

— Sam était vraiment un Blanc pas comme les autres, dit Snooker en buvant le contenu d'un sac de papier kraft. C'est peut-être pour ça qu'il est français. Quand on a voulu le faire payer, il a dit qu'il était fauché mais qu'il voulait bien jouer un ou deux morceaux avec nous. J'ai accepté pour me foutre de sa gueule mais j'avais tort, *man*.... *Jesus*, ce mec aurait pu me lâcher comme une p'tite merde s'il l'avait voulu.

Il prononçait le nom de Jésus comme une incantation, « *J.i.i.i.s.u.s.* » On aurait dit le cri d'un Pygmée tombant pour la première fois sur un éléphant.

Sam était revenu le lendemain et ils avaient fini la soirée au Peabody. Tous. Les musiciens comme les encaisseurs. Ils avaient tenu moins d'une heure mais c'était une jolie performance. En fait, ils se souvenaient surtout des dorures du plafond, des femmes, des costumes en soie et des canards.

— Des putains de canards qui chiaient partout comme chez eux, *man*... Faut le voir pour le croire... Des mecs en veste blanche rien que pour ramasser la putain de merde de canard...

— Il t'a dit où il allait ?

— Pas eu le temps, *man*. Les stups avaient monté une souricière dans l'appart de son dealer et il s'est fait choper... Un touriste français, ça les emmerdait plus qu'autre chose. Ils l'ont laissé filer à la condition qu'il dégage dans l'heure.

— Avec la fille ?

— Quelle fille, *man* ?

— Une Française... brune... bien foutue.

— Pas de fille dans le décor, *man*... C'est plutôt le genre de gars à se servir sur place, si tu veux mon avis.

C'était surtout le genre à changer de genre à tout bout de champ.

Je suis rentré à l'hôtel au milieu des groupes de touristes qui transitaient entre l'entrée des cars et la sortie des boîtes.

Je me suis assis au bar à côté d'une grande bringue blonde en minirobe de taffetas noir. Le barman avait l'air crevé.

— *Sir* ? fit-il sobrement.

— Comme madame.

Elle m'a regardé en souriant. Son rouge avait déteint sur ses dents, laissant une trace sanglante.

— Deux « comme madame », j'ai rectifié. Si je peux me permettre, bien sûr.

— Un gentleman ! C'est plutôt rare à cette heure de la nuit...

Elle s'est glissée sur le tabouret qui nous séparait. Elle se déplaçait avec une précision languide de couleuvre soûle. J'aimais aussi sa voix, ses longues jambes et son air de se foutre de tout. Le barman a posé deux martinis devant nous avant de s'exiler à l'autre bout du bar.

— C'est mon anniversaire, a-t-elle dit en levant son verre.

J'ai essayé d'en faire autant mais j'étais trop ému pour ça.

— Désolé, j'ai fait en épongeant le bar avec une serviette en papier.

— Pas de quoi. C'est plutôt flatteur... C'est le gaspillage de ce bon gin que je regrette.

Je suis pas vraiment une pute, dit-elle en se posant sur mon lit. Enfin... disons que je fais pas que ça...
Elle riait en ôtant la longue perruque blonde qu'elle laissa tomber par terre. Dessous, ses cheveux noirs étaient coupés ras. Comme ceux de Sophie.

6

— De toute façon, tu as besoin d'une voiture, plaida Charles.

— Je peux en louer une.

— Pourquoi faire ? On en a une et on va tous au même endroit.

C'était imparable mais j'avais envie de voyager seul. Surtout depuis que j'avais rencontré Jean-Pierre et Nickie. Je connaissais Jean-Pierre de réputation, j'avais lu ses livres et ses articles, je savais qu'il était antillais, j'avais entendu dire qu'il forçait souvent sur la bouteille et j'aurais été ravi de le rencontrer dans d'autres circonstances. Pas ce matin.

Il m'a tendu une main moite et molle, m'a présenté la blonde lumineuse qui l'accompagnait, « Ma femme. Nicole mais on dit Nickie », et il s'est assis en grinçant des dents. Grand et maigre, il flottait dans ses vêtements avec une grâce presque féminine.

Avec son enthousiasme roué et naïf à la fois, Charles leur a raconté notre rencontre et l'objet de mon voyage. Dans sa bouche, ça résonnait comme un mix entre Conrad et Barbara Cartland.

— Tu te balades vraiment avec les cendres de ton pote

dans un vase ? a demandé Jean-Pierre sur un ton parfaitement neutre.

— Ben oui, j'ai fait avec un haussement d'épaules.

J'ai cherché à rajouter quelque chose, un truc cinglant ou ironique à la hauteur des dialogues que j'avais lus chez Jean-Pierre Sainterose, mais je suis resté sec. Il me faut toujours beaucoup de temps pour trouver la bonne réponse. Généralement elle me vient la nuit, quand je ressasse les moments de ma journée en me demandant ce qui a bien pu clocher. Au début, Sophie avait adoré ça. « C'est ton temps de latence, mon chéri. Tu es un secondaire, un sage sécurisant. Laisse donc la vivacité aux primaires. » Elle était partie depuis un bon moment et je cherchais toujours comment lui demander pourquoi.

— C'est une bonne histoire, mais c'est la tienne, a soupiré Jean-Pierre. Je ne peux pas raconter l'histoire d'un autre.

— Mais rien n'empêche qu'il vienne avec nous, est intervenu Charles. Son univers romanesque s'ajoutera au tien.

Jean-Pierre n'a rien dit. Il s'est contenté de me regarder comme s'il me défiait de prétendre à un quelconque univers romanesque.

« BIENVENUE AU MISSISSIPPI », proclamait le panneau routier orné de fleurs de magnolia qui indiquait à la fois l'entrée dans l'État et l'arbre qui en est le symbole ; pas des magnolias de jardin mais des arbres géants, des sauvages aux troncs noueux et aux feuilles larges et longues comme des saucières.

Après avoir passé quelques collines, la Highway 61 débouche sur une immense étendue verte et plate qui s'étire comme un fin treillis quadrillé par le soleil du Sud. J'ai suivi paresseusement la course lente d'un train interminable en pensant à ma rencontre avec *Huckleberry Finn*. J'étais, bien sûr, fasciné mais j'avais un peu de mal à associer l'image des plantations de coton du livre à celle des bobines de fil utilisées par ma mère. Le livre comportait des tas d'illustrations sur les bateaux à aubes du Mississippi mais rien sur le coton qui, du coup, me paraissait aussi mystérieux que les arbres à pain ou les îles Sandwich.

J'avais raison. Rien ne peut préparer à une première vision d'un champ de coton, et la comparaison classique avec la neige n'est utile qu'à ceux qui peuvent imaginer une multitude d'arbustes rabougris par le soleil et enguirlandés de boules de neige. Voir le coton sur son arbre est aussi surprenant que de découvrir un petit pain sur une tige de blé. Il pousse prêt à servir et si bas qu'on en a mal au dos rien qu'à le regarder. Charles pérorait du haut de son expérience mais Jean-Pierre et les autres étaient aussi étonnés que moi.

— On dirait des houppettes, ricana Charles. Ce truc à bouleversé l'histoire du monde et ça ressemble juste à un tas de houppettes oubliées sur du bois mort.

Il était enchanté de la bonne affaire qu'il avait faite en achetant sa voiture à un musicien de Chicago. « Une Impala 73 et je l'ai eu pour six cents dollars, m'avait-il dit en me présentant la bête. J'ai bien envie de la ramener à Paris. » C'était le genre de voiture qui a toujours empêché l'entrée des constructeurs américains sur le marché européen. Aussi encombrante qu'un paquebot, elle était équipée d'un moteur de camion qui, toutes choses égales, lui assurait des performances de Solex pour une consommation de B 52. La climatisation soufflait et sifflait comme une tempête bretonne mais ses effets s'arrêtaient juste après la banquette avant. Le reste était assez frais pour vous éviter de cuire à l'étouffé. Les quarts de conduite se faisaient par couple ce qui me laissait peu de chance de parvenir au volant et aux bienfaits de l'air conditionné.

Rouler sur la 61 fut une expérience étrange. Le refrain lancinant de la chanson de Dylan m'accompagnait pendant que Charles commentait la route avec une ferveur religieuse : « Tupelo, la ville natale d'Elvis, Rolling Fork, celle de Muddy Waters ; Robinsonville, où grandit Robert Johnson ; Tunica, la ville de Charley Patton, et Lula, celle de Robert Nighthawk... » Ces noms n'étaient le plus souvent que de simples indications sur des panneaux routiers mais la voix de Charles en faisait les paroles d'un long psaume initiatique qui se mêlaient à mes propres souvenirs de lecture. Aux accents du blues se juxtaposaient la cadence des phrases de Faulkner, et le dénuement des petits Blancs de *Tandis que j'agonise* était un parfait contrepoint aux échos de cette musique née de l'oppression.

Nous avons pris de l'essence dans un de ces villages figés par le temps et la misère où des parterres de carcasses automobiles achèvent de rouiller devant des cabanes en bois. Une station-service déglinguée, comme les hommes assis sur ses marches, semblait ne plus rien attendre.

— Ah ! si vous pouviez m'emmener dans vos bagages, nous dit une jeune femme en apprenant que nous venions de Paris. Je suis sûre que là-bas, j'aurais ma chance...

Difficile de comprendre tout ce qu'impliquait le mot chance pour ces Noirs qui semblaient déjà bouffés par la rouille.

— Peut-être celle de rencontrer le diable à un croisement, fit Jean-Pierre avec un sourire sinistre.

Charles avait arrêté la voiture à l'entrée de Clarksdale, juste au croisement de la 61 et de la 49. C'était l'un des lieux de culte majeurs de son pèlerinage, l'endroit où, selon la légende, Robert Johnson avait cédé son âme au diable contre le génie du blues. Faust revu et visité par les damnés de la *Bible Belt*...

Si l'on revient toujours à Clarksdale en zigzaguant à travers le delta du Mississippi, c'est que la ville vous colle littéralement le blues. Certes facile, le jeu de mots rend bien compte du sentiment d'accablement qui m'a saisi en parcourant les rues du quartier noir, en rôdant *downtown* entre ces immeubles décrépis que la lumière du soleil enlaidit un peu plus et qui, la nuit, sous le chiche éclairage municipal, prennent l'aspect sinistre d'une scène de guerre.

Ironie du sort ou entêtement de la légende, c'est à Clarksdale, sur la Highway 61, tout près du croisement de Robert Johnson, que la voiture de Bessie Smith est venue percuter un camion, mettant fin à quarante-deux ans de blues et de misère sur le morceau d'asphalte favori de Bob Dylan.

— C'est dans cette chambre qu'elle est morte. La n° 2...

Mme Z. L. Hills ne tenait plus très bien sur ses jambes, la plus grande partie de son discours se perdait quelque part entre son nez et son menton, mais son sourire avait des émois de jeune fille quand elle se lançait dans l'histoire de ce qui fut le G. T. Thomas Hospital avant de devenir le Riverside Hotel.

— Pauvre Bessie. On l'avait emmenée dans cet hôpital pour Noirs parce que les Blancs n'en avaient pas voulu...

Elle s'interrompit, comme pour nous faire entrevoir le pire, avant de conclure en hochant tristement la tête :

— ... Mais ça n'avait plus beaucoup d'importance. Elle avait trop saigné, même pour les docteurs blancs.

Elle tenait la boutique depuis que l'hôpital s'était

transformé en hôtel et elle égrenait ses souvenirs comme un chapelet de péchés délicieux. C'est chez elle que Ike Turner venait se réfugier entre deux séjours en prison, c'est aussi chez elle que vécut Sonny Boy Williamson et c'est à elle que Robert Nighthawk confia sa valise avant d'aller mourir au cours d'une tournée sur les routes du blues. John Lee Hooker, Muddy Waters, Sonny Boy... Ils étaient tous dans le livre d'or qu'elle feuilletait pour nous avec des commentaires pleins de sous-entendus rêveurs. Elle était certainement assez vieille pour avoir partagé la jeunesse de tous ces hommes, à nous d'imaginer le reste.

Sam était passé, bien sûr. Il avait même signé le livre d'or.

— Ils ont dormi dans la chambre de Robert Nighthawk. Il a écrit une chanson sur sa valise...

— Et la femme...? j'ai demandé.

— Elle l'écoutait parler, dit malicieusement Mme Hill. J'aime bien le français. Ma grand-mère le parlait un peu... elle disait que c'était la langue des oiseaux.

La dernière fois qu'elle les avait vus, ils étaient en train de chercher la tombe de Tennessee Williams dans le cimetière en face de l'hôtel. Elle ne se souvenait pas d'autre chose. C'était juste des pèlerins comme les autres et elle en voyait passer de plus en plus depuis que Clarksdale s'était enrichi d'un musée du blues. Elle avait épinglé sur les murs de l'entrée tous les articles qui parlaient d'elle et de l'hôtel; elle nous les désigna d'un geste fatigué et revint se poser sur sa chaise, entre deux vieillards somnolents. La visite était terminée.

— Sacrée bonne femme, hein! s'exclama Charles en bombant le torse comme si c'était à sa propre aïeule qu'il venait de rendre visite. Il avait l'œil tout humide et quêtait fébrilement notre approbation.

— C'est quoi cette histoire de musée du blues? demanda Jean-Pierre d'un ton vaguement inquiet.

J'étais en train de me poser la même question. Dans le genre musée, je ne voyais pas ce qu'on pouvait faire de mieux que cette glorieuse mamie qui débitait ses souvenirs devant les visiteurs avant de retourner guetter la mort avec ses deux potes. Ma grand-mère à moi était aussi une mamie de choc, mais même lorsqu'elle fut l'une des dernières rescapées de Ravensbrück, elle ne se visitait pas comme un monument.

— Un truc formidable. J'ai pris ma carte de membre et je suis toutes leurs activités de Paris.

— Ça nous dit toujours pas ce que c'est, marmonna Jean-Pierre en se glissant dans la voiture.

Le musée était logé dans une aile de la bibliothèque municipale. Il faisait tout ce qu'il pouvait pour entretenir la flamme du souvenir mais les dévots étaient rares. Dans cette exposition tenue et visitée par des Blancs, rien ne manquait pourtant de ce qui fit la naissance et l'histoire du blues ; ni les portraits des grands maîtres, ni leurs instruments mythiques, ni même cet arbre généalogique aux racines profondément noires mais dont les rameaux de plus en plus blancs indiquaient que, si le blues est bien né dans le Coahoma County, il en était parti chassé par la misère et le racisme bien avant d'être récupéré par les musiciens de rock'n roll. Si Sam était venu, il n'avait pas éprouvé le besoin de laisser sa trace. Sid ne l'avait pas vu et le livre d'or non plus. Il fallait toute la naïveté militante de Charles pour voir autre chose qu'une sépulture dans ce lieu à la gloire d'une musique pourtant bien vivante. Sam en était certainement sorti aussi déprimé que nous.

— C'est le fils de R.L. Burnside, nous dit Sid en désignant un ado qui jouait de la guitare sur le perron.

Le nom ne me disait rien mais Jean-Pierre et Charles

avaient l'air de connaître. Le gamin jouait doucement, pour lui même. Il penchait la tête sur le manche comme pour bien entendre le bruit de ses doigts sur les cordes.

Je me suis approché. Il jouait sur une guitare magnifique, une vieille *dobro* dont la caisse métallique flambait sous le soleil. Il m'a vu et m'a regardé sans cesser de jouer.

— Elle est à toi ? j'ai demandé.

— Au musée. Ils me laissent en jouer quand je veux. Faut juste que je reste ici.

Il parut réfléchir un instant et, comme s'il me manquait un indice majeur, il ajouta :

— Je suis le fils de R.L. Burnside.

— Sid nous l'a dit. Désolé, mais je ne le connais pas.

— Il a joué en Europe, pourtant, dit-il d'un ton plus surpris que déçu.

— Je ne suis pas un spécialiste, tu sais.

— Votre ami en était un. Un bon, en plus.

— Quel ami ?

— Sam. Vous êtes bien un copain de Sam, non ?

Il avait l'air content de lui du gosse qui vient de ferrer un gros catfish.

— Comment tu le sais ?

— J'sais pas. Votre accent, ou p'têt vos bottes et votre chapeau neuf...

Il me laissa mariner quelques secondes avant d'éclater de rire.

— Sam m'a montré la photo... Celle où vous agitez votre mouchoir.

Sam l'avait prise depuis le tapis roulant de Roissy qui l'emmenait à New York et il nous l'avait envoyée. Nous lui avions fait le vieux gag des amis en pleurs et des mouchoirs blancs mais le cliché était impitoyable : sous les néons, on avait l'air de deux légumes blafards implorant un cessez-le-feu.

— Il est encore là ?

— Non. Il est resté quelques jours à la maison et il a quitté la ville. Mon père sait peut-être où il est.

R. L. Burnside n'était pas à Clarksdale. « Il rentre samedi, nous avait assuré R. L. Junior avant de filer chez lui. Il joue toujours le samedi soir. Vous le trouverez sûrement. »

En attendant, j'ai traîné deux jours dans le Coahoma County dans une Impala 73 dont la clim venait de tomber en rade.

Ce fut l'une des expériences les plus déprimantes de ma vie. Le berceau du blues est riche en souvenirs mais aucun n'évoque le bonheur. Le Mississippi lui-même semble vouloir se cacher. Pour le trouver, il nous fallut quitter la 61 et nous enfoncer plein est, à travers une campagne déserte où les magnolias et les mûriers font de l'ombre à des cabanes en planches et tôles ondulées, à des cimetières de voitures et aux gens qui vous regardent passer. « C'est pas la pauvreté des gens qui te fait peur, c'est ta richesse », m'avait dit Michel au retour de son unique voyage.

On a fini par débusquer le fleuve au bout d'une route de terre menant à une décharge. Deux jeunes types bricolaient sous le capot d'une vieille Cad pendant qu'une fille en short de sport noir se faisait les ongles sur la banquette. On a suivi deux gosses armés de cannes à pêche et Il était là. Je l'avais déjà vu de Memphis mais les ponts, la ville, lui avaient un peu volé la vedette. Sur ce petit bout de plage grise, il n'y avait que lui, l'*Old Man River*, celui qui me faisait tant rêver quand je le descendais avec Mark Twain. Il était bien aussi boueux que le voulait sa légende et des troncs d'arbres y glissaient lentement en tendant leurs racines noircies vers le ciel. Quelques grosses barges aux cheminées fumantes étaient ancrées dans le courant comme des usines surprises par la marée. Une légère brume empêchait de voir nettement l'autre rive.

C'était un spectacle étrange, beau et triste. Le seul, avec celui de la tombe de Sonny Boy Williamson, qui m'ait donné le sentiment que ce coin du monde continuerait à vivre, même après que nous l'aurions quitté en fermant soigneusement la porte derrière nous. Personne ne prenait la peine de faucher les graminées qui foisonnaient autour de la tombe de Sonny Boy, à Tutwiler, un bled de campagne perdu dans le Coahoma County, mais elle était régulièrement approvisionnée en bières fraîches, cigarettes et harmonicas. L'église en bois à côté de la tombe était, elle, abandonnée pour de bon, mais il y avait encore quelqu'un pour penser au vieux bluesman qui se faisait saigner la bouche et les gencives en soufflant dans son harmonica.

7

Trouver le club où jouait R.L. Burnside ne fut pas aussi facile que son fils le prétendait. Wade avait raison. La gueule qu'a fait l'employé de la chambre de commerce de Clarksdale quand nous lui avons demandé l'adresse des clubs de blues de la ville m'a rappelé où nous étions.

— Nous n'avons pas ce genre de renseignement, a-t-il dit en se forçant visiblement pour être poli. Demandez au musée, ils ont sûrement un guide des juke joints.

Sid nous avait déjà parlé des juke joints ; à l'entendre, ces rades dont le mobilier est généralement constitué d'un juke-box et d'une pile de boîtes de bière nécessitaient une solide aptitude à distinguer un coupe-gorge d'un endroit pittoresque. Charles rêvait d'aller y prendre quelques photos mais il était bien le seul. Jean-Pierre et Nickie s'étaient barricadés dans leur chambre depuis que Jean-Pierre avait abandonné l'idée de trouver de la gnôle dans ce comté *sec*. L'humeur de l'écrivain s'était, du reste, beaucoup détériorée. Il avait entamé sérieusement ses réserves et ne communiquait plus que par la douce Nickie, dont la sérénité angélique commençait, elle aussi, à être ébranlée.

— Il ne supporte plus la façon qu'ont les gens de nous

regarder, nous confia-t-elle au soir du deuxième jour. Il dit que c'est comme dans les vieux films sur le Sud.

La veille, dans une station-service du quartier blanc, deux balèzes au ventre tendu par la bière nous avaient matés en ricanant par-dessus leurs lunettes polarisées.

Charles souriait de ces bêtises mais Lise aussi était nerveuse.

— On devrait peut-être laisser Manu se débrouiller seul, finit-elle par conseiller à Charles.

Elle avait raison mais autant demander à un chien de lâcher son os.

C'est en me baladant du côté du terrain destiné à recevoir le futur musée que j'ai trouvé, ou plutôt que j'ai trouvé le moyen de trouver. Un gamin noir d'une quinzaine d'années arpentait le terrain en brandissant une pancarte en carton. Il avait l'air si sérieux que je me suis approché pour lire ce qui l'empêchait d'aller asticoter les poissons-chats dans les eaux boueuses de la Sunflower. « NON AU MUSÉE », disait la pancarte.

— Tu n'aimes pas le blues ? ai-je dit en souriant.

Il m'a regardé un bon moment avant de se décider à répondre. Il était tout seul et il affichait cette allure à la fois désinvolte et concentré des gens très jeunes quand ils manifestent.

— C'est quoi votre accent ?

— Français. Enfin, je crois...

— Comme l'autre ?

J'ai regardé autour de nous comme si j'avais peur que quelqu'un d'autre entende.

— Quel autre ? j'ai chuchoté.

— J'sais pas son nom. C'est R.L. Burnside qui l'a amené ici.

— À cause de ta pancarte ?

— C'est pas la mienne. On n'est pas nombreux mais on se relaie. De toute façon, ils l'auront dans le cul.

Il avait l'air de le penser vraiment. On était au milieu de l'après-midi et le soleil faisait trembler le décor comme un flanc dans une assiette.

— C'est pourri leur truc, reprit le gamin. Ils nous promettent un terrain de jeux et ils donnent le terrain aux Blancs.

— Qui ça, ils ?

— J'en sais rien. La ville, sans doute. Ils veulent faire venir les touristes à Clarksdale...

Il cracha par terre et me tendit sa pancarte.

— ... De toute façon, y a que des Blancs fauchés qui viennent dans le coin. Vous pouvez me tenir ça ? Faut que j'aille pisser.

Il a trotté quelques mètres jusqu'à un mûrier frémissant de piaillements d'oiseaux. Il pissait comme un môme : genoux fléchis, bassin tendu en avant et les deux mains rivées au robinet. On aurait dit le poulbot des peintres de Montmartre.

— Merci, dit-il en reprenant sa pancarte. C'est vrai qu'en France les Noirs peuvent faire pareil que les Blancs ?

— Euh, en principe oui, mais c'est un peu plus compliqué que ça...

— Ouais. N'empêche que votre copain noir, il se tape une Blanche. Ferait mieux de pas trop la tripoter en public, si vous voulez mon avis.

— J'ai l'impression que t'as raison, j'ai dit. C'est l'autre Français qui t'a parlé de la France ?

— Non, c'est le fils de Burnside. Le Français, il m'a juste dit que j'avais raison de ne pas me laisser faire. Burnside disait que c'était pas un Blanc comme les autres et qu'il jouait le blues presque comme un Noir.

— Presque ? j'ai fait en imaginant la tête de Sam.

— Ouais, mais il a cligné de l'œil en le disant. Ils ont joué ensemble après. C'est Junior qui me l'a dit.

— Tu sais où ?

— Non, ça change tout le temps. Faut regarder dans les cabines téléphoniques ou dans les laundromats. Y a des flyers collés sur la vitre.

On est restés à se sourire sans rien dire. J'aurais voulu être utile à ce gosse, l'assurer que moi aussi j'étais sûr qu'il allait gagner, lui donner un peu d'argent. Il n'avait besoin de rien ; juste d'un copain qui vienne le relayer à temps et d'un étranger pour lui tenir sa pancarte pendant qu'il partait pisser.

Ce soir, ça jouait au Margaret's Blue Diamond Lounge. Le flyer donnait le nom et l'adresse mais pas le programme et, de toute façon, on n'avait rien trouvé d'autre que cette façade sommairement blanchie à la chaux dans une impasse sinistre du quartier de l'ancienne gare. La rue se finissait en talus d'orties surplombé par un pont tagué d'inscriptions ésotériques. Un wagon avait déraillé et on l'avait laissé là, les roues à moitié à l'air, la carcasse appuyée contre la rambarde.

Un type large et noir comme un camion de charbon occupait toute la largeur de la porte d'entrée. Jamais je ne m'étais senti aussi blanc. Il devait aussi penser quelque chose d'approchant car – je suis sûr d'avoir vu ses lèvres frémir – il faillit bien sourire.

Charles s'est lancé dans un discours lénifiant à propos de Français, d'un livre sur le blues et de R.L. Burnside.

— Vous connaissez Burnside ? dit le type en me regardant.

Pourquoi moi ? J'en perdais mon anglais. C'était forcément la première partie d'une devinette et j'allais sûrement me gourer de réponse.

— Pas personnellement, j'ai bafouillé. C'est un ami... enfin, son fils...

— On nous a dit qu'il jouait ici ce soir, intervint Jean-Pierre en forçant sur l'accent antillais.

— Désolé, *bro*, je t'avais pas vu, fit le type en souriant franchement devant la dégaine arrogante de *coolcat* et les yeux déjà vitreux de notre pote.

Je trouvais que le cerbère en faisait un peu trop mais il s'est effacé devant nous.

— Putain ! murmura Charles. Du blues dans un vrai club du Delta...

La scène, une portion de béton délimitée à la craie et éclairée par une ampoule couverte de chiures de mouches qui pendait du plafond au bout d'un fil rafistolé, était tout de suite à gauche en entrant. Un grand flandrin torse nu et coiffé d'un chapeau informe se déhanchait devant, au son d'un énorme ghetto-blaster. Le reste de la salle était déjà noir de gens, hommes et femmes, qui buvaient de la bière en rigolant. Pas de nous ; malgré la parano qui ne cessait de m'affûter les nerfs depuis que nous étions entrés, j'étais obligé de le reconnaître.

— T'inquiète pas, me souffla Jean-Pierre, je me sens à peine moins blanc que toi.

— Ça doit te changer, j'ai dit sur le même ton, parce que moi, je touche au concept.

Il alla chercher de la bière au bar, il n'y avait que ça, en balançant ses hanches sur le tempo de *Little Red Rooster*. Une jeune fille en robe blanche lui envoya un baiser.

— Ça va être sublime, avait promis Charles. Écoute, ferme les yeux et dis toi que t'es revenu au temps de Robert Johnson...

Je me suis surtout dit que le diable était trop honnête pour avoir osé échanger une âme contre le jeu et la voix du premier guitariste. Il était mauvais comme un cochon et l'humeur de la salle tourna vite au grinçant. Un brouillard de frustration montait du sol en même temps que le son des baffles.

— Ils n'ont pas l'air vraiment contents, j'ai murmuré à l'oreille de Charles.

— Qu'est-ce que t'en sais ? rétorqua-t-il. T'es jamais venu.

Le plus marrant, c'est que les gens ne manifestaient rien contre le coupable ; ils l'ignoraient. Le ton des conversations montaient progressivement, les sourires se faisaient plus dentus, la joie un tantinet plus acerbe. En allant au bar pour ma tournée de bières, un jeunot au bonnet enfoncé jusqu'aux yeux m'a demandé si le blues me faisait pisser noir. J'ai répondu d'un sourire en me demandant ce que je foutais là. « Quand tu te poses la question c'est que t'as juste le temps de filer », disait toujours Sam dans ce genre de situation. Jean-Pierre et les autres pensaient comme moi mais Charles s'est arrangé pour avoir le dernier mot.

— Burnside est arrivé. C'est le type avec les deux guitares.

La salle l'avait vu aussi. Elle saluait d'un déluge de sifflets et d'applaudissements le long bonhomme lunaire en veste de survêtement et pantalon à carreaux qui se tenait devant elle en souriant. Il posa ses deux étuis, ouvrit le plus moche, brancha sa guitare sur l'ampli et commença à jouer.

R.L. Junior pouvait être légitimement surpris que l'on ne connaisse pas son père. Il pouvait aussi être fier d'apprendre avec un tel maître. Burnside jouait un blues souple et chaud qui fit vite oublier sa frustration au public qui ondulait en cadence comme un océan sous la poigne légère d'un alizé ; nous aurions tous suivi la musique jusqu'à la Sunflower si le musicien avait décidé de nous noyer.

— Je me demande bien comment ils ont trouvé de la gnôle, dit Jean-Pierre en voyant fleurir les sacs de papier Kraft qui circulaient de table en table.

Il était une heure et les regards sur nous se faisaient plus lourds. Charles ondoyait dans la foule en mitraillant les musiciens et, avec une sage discrétion, les danseurs qu'il shootait sans viser, l'appareil négligemment balancé au bout du bras. Il s'en sortait plutôt bien mais ça commençait à se voir.

À la pause, je me suis approché de R.L. Burnside.

— Mon fils m'a parlé de vous, dit-il rapidement. Vous feriez mieux de sortir. Je vous rejoins dehors.

C'était un conseil avisé. Il faisait un tout petit peu moins chaud qu'à l'intérieur et la lune avait sa bouille joufflue des bons jours. Burnside nous a rejoints. Il portait le plus beau de ses étuis à guitare, celui qu'il n'avait pas ouvert.

— Vous cherchez Sam ? demanda-t-il. J'espère que c'est pas pour une mauvaise nouvelle...

Et il ajouta avec un petit rire gloussé :

— Il a essayé de jouer ici, vous savez. Il m'a même offert cet étui pour me remercier.

— Ça c'est bien passé ? a demandé Charles.

— Comme pour vous mais il s'en est aperçu moins vite. Mon fils vous a dit que j'avais joué à Paris ?

— Non, j'ai fait, il a seulement parlé de l'Europe.

— Paris et Nice, a-t-il confirmé avec un hochement de tête satisfait.

— Et Sam ?

— Il s'en est sorti. Je suis passé le chercher vers une heure du matin, au moment où les gens commençaient à le porter en triomphe vers la sortie.

— Ils n'avaient pas aimé ?

— Ils avaient adoré, au contraire. C'est juste qu'ils n'ont pas l'habitude d'applaudir les Blancs et que ça a fini par les énerver.

Il a brusquement éclaté de rire.

— Avant de partir, il m'a offert cet étui pour ma Gretch. Il disait que je ne pouvais pas trimbaler un bijou comme ça dans un sac à patates. L'ennui c'est que j'ai rangé la combinaison de la serrure dans la boîte et que je l'ai oubliée. J'ai plus joué avec la Gretch depuis que Sam est parti...

— Vous pourriez casser la serrure, proposa Charles.

— Et casser un cadeau de cent cinquante dollars ? Pas question. Je finirai bien par retrouver ce bon Dieu de chiffre. En attendant, j'ai fait une chanson avec cette histoire.

Et il s'est mis à fredonner un refrain qui parlait d'un type trop fauché pour oser casser toutes les portes dont il avait perdu les clés.

— 6149 ! j'ai crié.

— Le *Crossroad* ? Pas mal, mais j'ai déjà essayé. Sam est bien plus tordu que ça. Vous inquiétez pas, je vais bien finir par trouver... Ça me viendra en jouant.

— Vous savez où il est parti ?

— Oxford. Après, je ne sais pas. Sid lui a parlé de son copain qui tient une librairie à Oxford. J'y connais rien mais il paraît que c'est une des meilleures du pays.

— Il y avait une femme avec lui... Vous l'avez vue ?

— Juste le dernier jour... Elle avait l'air plutôt contente de foutre le camp.

8

Oxford, avec ses boutiques en arcade, sa place carrée et son hôtel de ville planté comme un gâteau sur une motte de gazon fleurie, m'a rappelé aussi bien les récits insouciants du bonheur du vieux Sud que les touffeurs malsaines des ambiances de Tennessee Williams et d'Erskine Caldwell ; j'ai cru même y reconnaître le décor d'un film d'Arthur Penn où une horde de Blancs avinés et armés jusqu'aux dents poursuivent un de leurs voisins nègres. Jean-Pierre dut avoir le même sentiment que moi car je l'ai senti se raidir comme un esclave devant le fouet.

Il fit semblant de ne pas remarquer la réticence du concierge de l'Holiday Inn à loger un Noir et une Blanche dans la même chambre.

— Je suis sûr que ce type fait des heures sup chez le Grand Singe du KKK local, se contenta-t-il de murmurer en prenant sa clé.

L'accueil ne fut pas plus chaleureux au troquet où nous avons commandé une platée de spare-ribs à la sauce barbecue. Le plat lui-même évoquait l'ambiance lourde de ces histoires où le shérif éponge la sauce rouge qui lui suinte des lèvres avant de décrocher son fusil pour aller traquer le violeur nègre. À Clarksdale, la tension raciale se manifestait comme une vieille douleur rémanente, ici, elle saturait l'air comme un larsen cinglant.

— Ces salauds n'ont toujours pas digéré leur défaite, grinça Jean-Pierre en essuyant la sauce que le serveur avait fait gicler sur Nickie.

— Fais pas attention, dit-elle d'une voix douce.

Et elle lui serra le bras comme pour en faire jaillir le peu de sang noir charrié par ses veines.

Jean-Pierre avait raison. Le couple qu'il formait avec Nickie était trop violemment insolent pour les petits Blancs d'Oxford. La pauvreté tendait à niveler les différences par le bas mais elle attisait la haine comme un surcroît d'injustice.

— Eh, negro ! Tu sais ce qu'on fait aux nègres qui touchent les Blanches, par ici ? dit un des deux types qui buvaient de la bière dans leur camion pendant qu'on faisait le plein de l'Impala.

Jean-Pierre s'est retourné comme s'il avait été frappé par un aiguillon électrique. En titubant sous l'effet de la vodka qu'il pompait depuis le matin, il s'est approché du camion.

— Je suis français, enculé de raciste, et je te jure bien que si tu me touches, je m'arrangerais pour qu'on te coupe les couilles jusqu'à tes putains d'amygdales.

— J'te toucherai pas, froggy. Pas moi, fit le type sans élever la voix. Mais j'te conseille de ne pas trop traîner la nuit... Quelqu'un pourrait bien te prendre pour un nègre.

Et il a démarré en douceur en laissant tomber sa boîte de bière à moitié pleine sur les pieds de Jean-Pierre.

Le concierge de l'hôtel n'a rien dit quand ils sont partis. Il n'a même pas cherché à encaisser le prix de leurs chambres. Il avait l'air un peu désolé de quelqu'un que la fatalité dépasse.

— C'est le Sud ici, monsieur, m'a-t-il dit comme s'il s'excusait de la chaleur ou de la pluie tropicale qui venait de dégringoler d'un ciel de plomb. Faut qu'ils sachent ça avant de venir nous voir.

Je suis resté planté sous la flotte en regardant l'Impala disparaître. J'avais honte mais j'étais content d'être à nouveau seul. Chacun son voyage, après tout. Jean-Pierre avait eu ce qu'il était venu chercher. Son imaginaire avait pris sa dose et je me suis dit que j'aurais plaisir à lire ce qui allait en sortir.

Si Sam pensait trouver le paradis dans le Sud, moi j'en avais certainement trouvé un bout dans ce coin perdu. Square Books, la librairie d'Oxford, était vraiment une des plus belles librairies du monde. Sa devanture formait un angle sur le fameux square de la ville, juste en face du palais de justice si souvent décrit par Faulkner, et je l'ai dévorée des yeux comme un gamin devant une confiserie parée pour Noël. Voyageur jusqu'ici immobile, j'avais toute ma vie navigué sur les livres et si j'en avais fait mon métier, c'était bien plus pour les acheter que pour les vendre. J'ai poussé la porte de la boutique et je suis entré avec la discrétion embarrassée d'un amant rentrant au bercail après une trahison un peu plus longue que les autres. Ça sentait les livres ; pas seulement l'encre, le papier et la colle, mais ce parfum si particulier, à la fois sec et capiteux, qui s'échappe des volumes en ordre de bataille.

Tous les fanas du livre adoptent la même attitude quand ils pénètrent dans une bonne librairie : ils s'avancent d'un air gauche, hésitent, caressent pensivement les couvertures, marmonnent des trucs en faisant des mines et se décident enfin à ouvrir un livre qu'ils feuillettent avec l'air de penser à autre chose. J'ai suivi scrupuleusement le rite en espérant que le libraire me remarquerait, comme il est d'usage entre initiés.

— Bon choix, fit une voix douce dans mon dos. C'est le dernier roman d'un auteur d'Oxford. J'ai des exemplaires signés si vous préférez...

— Je sais, j'ai répondu. Le pompier illettré devenu écrivain après dix ans de travail acharné.

— Exact. Je suis Richard Howorth, sourit-il en me tendant la main, le propriétaire de la librairie.

— Je suis... Enfin, j'étais libraire... À Paris, ai-je ajouté, négligemment.

Il me gratifia d'un signe de tête d'une déférence ironique avant de m'inviter à le suivre.

— C'est pas tous les jours que j'ai l'occasion de faire visiter ma boutique à un confrère parisien...

Je n'arrivais pas à lui donner d'âge. La quarantaine bien sonnée sans doute, mais avec sa dégaine d'étudiant radical des années soixante-soixante-dix, il avait un air de jeunesse historique. En voyant les photos dédicacées épinglées sur le mur de l'escalier qui montait à l'étage, j'ai compris que Square Books était un de ces temples dont les connaisseurs du monde entier se refilent l'adresse comme celle d'un bar à vin dans le golfe Persique. J'ai reconnu un bon quart des écrivains exposés à la ferveur du public et j'ai écouté Richard me présenter les autres avec des intonations de grand sommelier.

— Ils finissent tous par passer à Oxford pour une conférence à l'université. C'est Ole Miss qui les attire, vous savez, pas moi.

Il n'avait pas l'air d'en croire un mot. Moi non plus. J'en connaissais assez sur les universités et les écrivains pour savoir que, même si certains n'aiment pas beaucoup parler d'eux, ils adorent tous entendre le public d'une bonne librairie le faire à leur place. C'est pour ça qu'ils venaient tous ; pour se faire caresser l'ego dans le sens du poil par un cénacle de gourmets.

— J'ai cru comprendre que vous n'étiez plus libraire... Ne me dites pas que vous avez pris votre retraite.

Pour que le bonheur de l'amateur soit parfait, Richard avait installé à l'étage un petit bar donnant sur une vaste terrasse en bois où il servait une variété impressionnante d'espressos et de cappuccinos ; tous délicieux, bien sûr. Richard cultivait la perfection avec une nonchalance qui me faisait penser à Sam mais qui devait faire grincer des dents ses ennemis.

— Très romantique, sourit-il après que je lui eus raconté mon histoire.

Romantique, dans sa bouche le mot était un compliment teinté de dérision.

— Sam est passé faire provision de bouquins, poursuivit-il. Nous l'avons tout de suite trouvé très romantique, lui aussi, fit Richard avec le sourire qu'il semblait accrocher à ce mot. Déglingué, abattu, mais romantique. Le Mississippi n'est pas un État comme les autres. Surtout quand on ne connaît que New York...

— Il y avait une femme avec lui ?

— Non. Il était seul. Je lui ai tout de suite proposé de rester quelques jours à la maison. Il avait l'air d'en avoir besoin...

Sam avait accepté l'invitation de Richard et de sa femme comme un naufragé s'accroche à une bouée. Richard avait l'habitude des voyageurs désarçonnés par l'accueil du Mississippi mais Sam avait été particulièrement difficile à remettre en selle.

— Il n'était ni déçu ni révolté, je le sentais juste acculé au renoncement... Il disait qu'il était parti faire la route pour le plaisir et que le plaisir s'était cassé. Comme la femme était partie... Il n'y avait pas plus d'une cinquantaine de miles entre Clarksdale et Oxford mais ça lui avait suffit pour foutre le camp. Qu'était-elle devenue dans ce no man's land plat bouffé par l'abandon ?

— Il ne vous a pas parlé d'une femme ? Une Française qui l'avait accompagné jusqu'à Clarksdale.

— Il n'a pas dit grand-chose, et rien sur les femmes... Il aimait que je lui parle du Mississippi.

9

Avant de quitter Oxford, je me suis acheté une voiture et je suis allé voir la maison de Faulkner. Deux événements d'égale importance dans cette longue virée dont je commençais à saisir les implications initiatiques.

« Il te faut un gros truc bien rustique, m'avait recommandé Richard. Des gros pneus, quatre roues motrices, la clim, un moteur puissant mais sans fantaisie et assez de place pour dormir. »

— Regardez cette beauté ! La voiture idéale pour un Européen qui veut voir du pays.

J'avais renoncé à la beauté, un cabriolet Cadillac Eldorado noir avec intérieur en cuir rouge, aussitôt que je l'avais vue. Mais le vendeur savait reconnaître un coup de foudre quand on le lui présentait sur un plateau.

— Deux tonnes d'acier de Detroit, un moteur Northstar V8 trente-deux soupapes de trois cents chevaux qui vous clouera au siège si l'envie vous prend de le chatouiller un peu et assez de place pour dormir avec... qui vous voudrez, m'avait-il dit après m'avoir baladé avec tiédeur dans le reste de l'exposition.

C'est vrai qu'il y a de la place, me suis-je dit en rangeant Michel dans le coffre. Je me suis aussi dit que je venais de transformer ma beauté en corbillard mais c'était une pensée trop déprimante pour obscurcir longtemps ma joie de gamin.

— Vous avez lu *Les Serpents de la frontière*, le dernier roman de Crumley ? avais-je demandé au vendeur en échangeant un bon morceau de ma librairie contre deux tonnes d'acier de Detroit. C'est la voiture que Milo achète avant de rejoindre Sughrue...

— Sans blague... Je m'en souviendrai si j'en trouve une autre à vendre.

Objectivement, c'était une connerie. En quittant le marchand de bagnoles, les gens me regardaient comme on regarde un type qui sort d'une agence matrimoniale au bras d'Ava Gardner, mais je m'en foutais. C'était la même chose que le chapeau et les bottes ; une façon de me fondre dans le décor, mon décor.

Rowan Oak était restée telle que Faulkner l'avait quittée et la bouteille de whiskey presque vide posée à côté de la vieille machine à écrire semblait attendre que son propriétaire vienne la finir à son retour de promenade. Il n'y avait personne. Ni gardien ni visiteur. Je me suis promené à travers la maison et le parc sans toucher à rien, comme un cambrioleur que le respect aurait soudain rendu manchot. À l'entrée, un panneau rédigé par Faulkner demandait aux chasseurs qui seraient entrés malgré l'interdiction de se retenir de tirer *aussi* sur sa vache. Bien plus que sa présence dans le petit cimetière familial, la bouteille de bourbon et ce pochoir sarcastique m'émurent étrangement. Quand j'étais gosse, je croyais que presque tous les écrivains étaient morts – ma mère n'avait pas la télé et, de toute façon, les livres ne se vendaient pas encore sur la gueule de leurs auteurs, mieux, je pensais que la mort était la condition *sine qua non* de la postérité de leurs œuvres. J'avais raison, bien sûr. Jack London, James Oliver Curwood, R. L. Stevenson et Fenimore Cooper avaient bien été obligés de mourir avant de venir renaître dans la bibliothèque de ma mère. Elle en parlait du reste avec le ton de respect nonchalant qu'elle employait avec moi pour évoquer les amis et les parents que « j'étais trop jeune pour connaître » et, si je me souviens encore du jour de la mort de Hemingway, c'est bien parce que ma mère m'avait lu *Le Vieil Homme et la mer* comme elle m'avait lu *Les Histoires comme ça*, le soir avant de m'endormir et que je rêvais déjà de ces amis que « j'étais trop jeune pour connaître ». La mort n'avait pas de connotations inquiétantes dans la bouche de ma mère. Je n'ai jamais su si elle croyait vraiment à ce qu'elle faisait quand elle nous expédiait à la messe ma sœur et moi, ou qu'elle venait nous border le soir en nous traçant une croix sur le front avec le pouce, mais je suis sûr que c'est la fréquentation passionnée des livres qui l'a incitée à mener sa vie comme une pionnière du Grand Ouest. C'était à elle que je pensais devant la bouteille de whiskey et le panneau de Faulkner. Elle aurait adoré ces traces un peu triviales du génie, elle y aurait sûrement reconnu celles qu'elle avait laissées traîner avant de partir.

En fait, j'avais bel et bien perdu la trace de Sam. Richard et sa femme l'avaient un peu regonflé, puis il était parti de chez eux sans projet précis. D'après eux, son séjour dans le Delta semblait avoir profondément perturbé les motifs de sa balade : « On n'a parlé que de bouquins. Il a sorti sa guitare un soir mais c'était plus pour bluffer Larry Brown qu'autre chose... Je crois que c'est le soir où il nous a parlé de toi et de Michel... »

Sam ne s'attendait pas à ce que Michel fasse le voyage mais il était sûr que je finirais bien par me décider à venir voir si la réalité avait le même goût que la fiction. « On aurait dit qu'il t'attendait... Un peu comme une fatalité, si tu vois ce que je veux dire... »

Tout ce que je voyais, c'était la carte Rand McNally que Richard avait feuilletée sous mes yeux avant de me l'offrir. En l'épluchant je m'étais persuadé que Sam avait mis le cap sur La Nouvelle-Orléans. C'est en tout cas ce que j'aurais fait – et mon intuition allait devoir me servir de boussole – si j'avais cherché un endroit mythique où gagner un peu d'argent en jouant de la guitare. « Concentre-toi sur le Quartier français, m'a conseillé Richard. Le reste n'a aucun intérêt et, si tu veux mon avis, Sam a dû s'en apercevoir très vite... » Richard n'aimait pas La Nouvelle-Orléans. Il en parlait comme d'un gigantesque bordel offert aux refoulés des États voisins. « Attends d'avoir vu une bordée de Texans bourrés dévaler Bourbon Street en dégueulant sur des putes... », m'avait-il promis avec une moue dégoûtée. Mais rien ne pouvait m'atteindre. Sam avait toujours aimé l'alcool, les putes et la décadence urbaine. Je l'avais assez souvent récupéré, les yeux fous, encore tremblant d'avoir affronté sa trouille, pour le savoir.

Rouler pour la première fois le long des paysages américains dans une voiture puissante et décapotable me fit le même effet que ma première ligne de coke. C'était comme franchir un interdit monstrueux que l'on regrettait immédiatement de ne pas avoir bousculé plus tôt. Aussi vasodilaté qu'un hippie à Woodstock, je me suis laissé glisser dans l'air tiède au son d'un air de country bien gras dont la cadence sonnait comme le trot d'un cheval sur la Natchez Trace Parkway.

Richard m'avait recommandé de ne pas louper cette route, sans doute l'une des plus vieilles des États-Unis, qui permet de rejoindre Natchez et, plus loin, la Louisiane en évitant le tracé rectiligne de l'US-61. Elle fut mon premier vrai contact avec les Indiens, non qu'il y eût le moindre Peau-Rouge pour me regarder passer mais parce qu'elle suit le sentier tracé, entre le golfe du Mexique et les confins du Mississippi et de l'Ohio River, par l'Indien précolombien qui lui laissa son nom.

Rendue obsolète par l'arrivée des steamboats, elle disparut des cartes au milieu du XIXe pour revenir ensuite, toute pimpante de macadam neuf et de magnolias en fleur, faire le bonheur des oisifs en Eldorado noire dans mon genre. C'était une belle route, ma première au volant de ma nouvelle acquisition. Elle était pleine du souvenir de ces fermiers qui la remontaient, après avoir livré en radeau leurs marchandises à Natchez ou à La Nouvelle-Orléans, en se battant contre les marais, les moustiques et les bandits de grand chemin.

À Natchez, je me rendis compte que j'étais seul pour la première fois depuis bien longtemps. J'avais faim et il fallait que je décide seul de l'endroit où m'arrêter; personne pour me conseiller, m'inviter, ou m'entraîner sans me demander mon avis. C'était incroyablement nouveau, presque suffocant. Comme cette ville qui ressemblait toujours à la cité bourrée de tout le fric du Vieux Sud qu'elle avait été avant la guerre civile.

— Natchez s'est rendue à Grant sans combattre, me confia le barman du restaurant où j'avais fini par échouer. C'est pas comme à Vicksburg. Là-bas on retrouve encore des douilles en grattant son jardin.

C'était l'établissement le moins luxueux que j'avais pu trouver mais on se serait quand même cru dans le bordel favori de Rhet Buttler. Dans un scintillement de cristal et d'argent, j'ai mangé un truc délicieux garni de légumes qu'on n'avait pas, pour une fois, laissés bouillir jusqu'à l'oubli et j'ai repris la route avec ma toute nouvelle solitude.

En quittant les collines de terre rouge du Mississippi, la US-61 trempe pratiquement dans la flotte. Celle de la buée qui vous colle au pare-brise malgré la frénésie des essuie-glace, celle du fleuve que la route suit fidèlement et celle des marais dans lesquels toute la Louisiane semble sombrer lentement. Une succession de ponts et de digues maintient la route hors d'atteinte de l'eau mais les cadavres de serpents écrasés et la sinistre mousse qui pend des arbres comme un linceul laissent à penser que ce n'est pas pour bien longtemps. *Spanish moss*, c'est le nom de cette lèpre végétale qui dégouline des branches et les fait ressembler à des épaves couvertes de varech que les grandes marées découvrent. On ne sait jamais si la Louisiane est en train d'émerger ou d'immerger. Rien d'étonnant si Huey Long, le potentat local flingué en 1935 après une carrière politique remarquablement pourrie, portait le surnom de Kingfish. En Louisiane, tout ce qui se mange, catfish, écrevisse, alligator, huître, sort de l'eau. J'ai pu constater par la suite que certaines populations vivant près des marais ont l'air, elles aussi, de sortir des grandes profondeurs.

J'ai tout de suite détesté la Louisiane. L'eau y est boueuse, la chaleur quasiment liquide et les bestioles beaucoup plus nombreuses et plus grosses que partout ailleurs. J'ai traversé Baton Rouge, éberlué par la profonde laideur d'un de ces endroits dont le nom m'avait tant fait rêver. Pour moi Baton Rouge c'était comme Samarcande, Tombouctou, Gorom Gorom, Tucson ou Abilene, une sorte de magie euphonique, un son et lumière garanti. Étouffée par les fumées d'usine figées par le climat subtropical, dominée par des tuyaux d'échappement géants et le plus grand Capitole du pays – un immeuble mégalo de trente quatre étages construit par Huey Long au plus fort de sa démagogie populiste, Baton Rouge ne ressemble à rien. Avec sans doute un total manque d'objectivité, j'ai même trouvé qu'elle exsudait la violence et la haine, comme ces banlieues anglaises où fermentent les clubs de supporters de foot.

10

— Vous allez où comme ça ?

— Je sais pas... Je me balade... C'est pas interdit, non ?

Le flic avait l'air sincèrement dégoûté. Moi aussi. C'était la première fois que je me faisais interpeller par un flic dans ce pays et je n'étais pas sûr d'aimer ça.

— T'entends ça, Bill ? dit-il à son collègue, celui qui conduisait la voiture. Il demande si c'est interdit...

— C'est pas interdit, monsieur, fit l'autre en me regardant par-dessus ses lunettes de pilote. C'est juste que les putains de touristes se font couper la gorge.

Je me suis penché pour regarder à l'intérieur de la voiture. Un fusil à pompe était fixé entre eux deux et un râtelier à matraques s'étalait au-dessus du pare-brise. La radio débitait une série de codes d'une voix nasillarde.

— Si vous voulez sortir du Quartier, faites-le en voiture, dit le premier en remontant sa vitre.

Il m'a toisé avec un regard écœuré avant de rajouter :

— C'est un conseil, monsieur, rien d'autre...

Je ne savais pas très bien où j'allais mais j'y ai renoncé. J'ai pris la première à droite et je me suis enfoncé dans le Quartier français. Le soir tombait et j'avais déjà essuyé ma première averse tropicale.

— Il pleut tous les jours en cette saison, m'avait expliqué le réceptionniste de l'hôtel avant d'ajouter d'un ton désabusé : le fait est qu'il pleut tout le temps à La Nouvelle-Orléans, monsieur. C'est une chose qu'il faut savoir.

L'autre c'était ce que les flics venaient de me signifier : pas de quartier en-dehors du Quartier français. La Nouvelle-Orléans était en tête du palmarès des villes les plus dangereuses du pays et la quasi-totalité de ses forces de police était employée à protéger le centre touristique. Le reste vivait plus ou moins sous la loi de la jungle.

Quant à la pluie, la ville avait l'air de s'en accommoder plutôt bien. L'averse semblait avoir passé un coup de polish sur les rues, et les façades pastel des vieilles demeures brillaient, de même que la végétation qui, partout, croulait des murs, des jardins et des terrasses. Natchez m'avait déjà fait l'impression de pénétrer dans le Sud d'avant l'abolition, mais si Natchez semblait s'être figée dans son miroir, La Nouvelle-Orléans grimaçait dans le sien comme une vieille pute fardée et toujours lubrique.

En une seule soirée, j'ai trouvé des putes de tous sexes et de toutes couleurs avec les bars qui vont avec. J'ai vu de gros ploucs blancs tripoter en se marrant des objets vaudous dans des boutiques pour gros ploucs blancs. Je suis entré dans des clubs aux noms célèbres où de bons musiciens jouaient mécaniquement devant des tablées de touristes en goguette. J'ai vu des hordes de flics s'entasser dans les ruelles du Vieux Quartier et qui surveillaient la foire au fric pendant qu'à la périphérie la poudre, le crack, les flingues et les couteaux régentaient la misère. J'ai vu des cars bourrés d'aventuriers en bermuda partir visiter le vieux cimetière et la tombe de Mary Laveau, la grande prêtresse vaudou dont le culte semble encore bien vivace. Protégés par une milice armée, ils frissonnaient à l'idée que, quelques mois plus tôt, deux des leurs s'étaient fait flinguer par des tireurs embusqués sur les toits.

J'ai même rencontré les Texans de Richard. Ils dévalaient bien Bourbon Street en titubant sous l'œil indifférent des mendiants qui ramassaient les pièces, les cigarettes ou les insultes qu'ils leur balançaient en braillant.

Et j'ai picolé. Dans les bars, au tarif fort, et dehors, après qu'on m'eut aimablement informé que la Louisiane était le seul État d'Amérique où l'on pouvait boire dans la rue. Abasourdi de chaleur, de musique, de cris et du baratin des rabatteurs des boîtes à sexe, j'ai fini par m'asseoir sur des marches et j'ai regardé le monde trébucher devant moi en buvant des Hurricanes, une saloperie locale, moitié rhum brun moitié sucre de canne, qui vous empègue la cervelle rien qu'à la regarder.

— T'as quelque chose à me donner... ?

Un vieux Noir en hardes colorées et barbe blanche se dandinait devant moi.

— N'importe quoi, un dollar, une clope ou un coup à boire... Tout ce que tu veux, *man*, j'suis pas un client difficile...

Machinalement, je lui ai tendu mon gobelet. Ça lui a coupé la chique.

— T'en veux plus ? il a demandé sans toucher au verre.

— T'es pas obligé de tout boire.

— P'têt bien, mais j'suis obligé de mettre mes lèvres sur le bord.

— Sûr, j'ai fait. Je boirai de l'autre côté.

Il a pris le gobelet et m'a regardé un petit moment avant de le vider cul-sec.

— T'es vraiment un drôle de Blanc, a-t-il dit en s'essuyant la moustache. D'où tu débarques comme ça ?

J'aurais pu lui retourner la question. Dans cette foire

d'ivrognes, il avait l'air d'un vieux sage coutumier sorti tout droit de la brousse.

— De France.

— De France... a-t-il répété avec un sourire ravi.

Il avait l'air si content que je me suis dit que cette soirée de merde aurait au moins fait plaisir à quelqu'un.

— Alors t'es revenu chez toi, il a gloussé d'un air entendu en me désignant la rue d'un large geste de la main. C'est les Français qu'ont inventé ce bordel, non ?

— J'sais pas. J'viens juste d'arriver...

Ma réponse l'enchanta au plus haut point. Il se mit à glousser si fort que je me crus obligé de rajouter quelque chose. Pour l'étonner peut-être ? Ou pour me justifier ; allez savoir avec cette rue qui ne cessait de tanguer et de brailler comme une basse-cour en colère.

— J'suis pas là pour rigoler... Faut que j'trouve mon copain pour aller jeter les cendres au Mexique... Merde ! pourquoi t'as tout bu... ?

— Donne-moi un billet de cinq, je vais nous en chercher deux autres.

Je m'attendais à ce qu'il file en ricanant avec le billet mais il est revenu avec deux gobelets de Hurricane. À peine avais-je trempé les lèvres dans le mien que le décor se mit à gîter sérieusement.

— Tu veux retrouver ton pote pour y mettre le feu ?

— Non. Les cendres sont déjà à l'hôtel... Faut juste que j'trouve Sam...

— C'qui t'faut, c'est un peu de speed, *man*...

Il m'a retiré le gobelet des mains avec des attentions de nounou.

— ... Sans ça, t'arriveras jamais jusqu'à demain.

— T'en as ?

— Non, mais j'sais où en trouver.

J'ai essayé de me lever mais mon estomac a suivi le mouvement. Un gros type en bermuda et chaussures de ville m'a regardé en rigolant. J'étais plus soûl que lui et il avait l'air de considérer ça comme une référence.

— Tu me prends pour un pigeon ? j'ai bredouillé. J'sais même pas comment tu t'appelles...

Il a recommencé à glousser. J'avais une vague envie de me foutre en rogne contre lui – sans doute parce qu'il était le seul à me manifester un peu d'affection dans cet univers tonitruant – mais c'était largement au-dessus de mes forces.

— T'es bien trop facile à plumer, *man*. Ça serait pas sport. File-moi cinquante thunes et j'te ramène de quoi te défendre un peu.

Cette fois, il a mis un bon moment à revenir. J'ai pas regardé ma montre, j'étais bien trop bourré pour y songer, mais j'ai essayé de garder les yeux ouverts et ça m'a pris un temps fou.

— Fais semblant de me chuchoter quelque chose et sniffe un bon coup, m'a-t-il dit en me plaquant soudain un carré de papier blanc sous le nez.

J'ai cru qu'on m'avait enfoncé une poignée de graviers brûlants dans les sinus, je n'ai pas reconnu le bon goût de cabinet dentaire de la coke mais le monde s'est remis droit sur-le-champ.

— Bois un coup dessus et ça ira encore mieux.

J'ai fait ce qu'il disait, j'ai même séché mon verre d'une seule gorgée.

— Ça va mieux ?

Il ne ressemblait pas tout à fait au type de tout à l'heure, un peu moins vieux ou un peu plus grand, mais il continuait à glousser en se dandinant sur la musique martelée par la rue. À part l'incendie qui me ravageait les narines, je me sentais comme neuf.

— C'est quoi, ce truc ? j'ai demandé, prêt à tout entendre.

— Méthamphétamine.

J'en étais sûr ! La dope des bikers et des héros de Crumley ! Je me suis souvenu d'une chanson de Zappa qui prédisait une déchéance rapide et totale aux adeptes de ce genre de truc. Je me suis levé sans conséquence notable sur la stabilité du monde.

— Merci, j'ai dit. C'est cool. T'étais pas obligé de revenir.

— T'étais pas obligé de me donner ton verre, *man*. Viens, faut que tu me racontes cette histoire de cendres...

Je l'ai suivi. Je n'avais rien d'autre à faire et, de toute façon, il s'était remis à pleuvoir.

— C'qui t'faut c'est un bon mojo, *man*. Voilà c'qui t'faut...

Un mojo ! Il me manquait plus que ça, je me suis dit en me demandant comment j'étais passé subitement de la métamphétamine au vaudou.

André – c'était le nom de mon bienfaiteur et il le prononçait en roulant le « r » et en marquant bien la dernière syllabe, fier qu'il était de cette « musique française », m'avait emmené dans un rade de Decatur où il avait ses habitudes. J'étais le seul Blanc et ça n'avait l'air de gêner personne ; surtout pas les quatre musiciens qui, après qu'André leur eut murmuré quelque chose à l'oreille, semblaient ne jouer que pour moi.

— C'est du français, *man*, me dit-il en cognant ses bagues avec enthousiasme contre le bois de la table. Du zydeco... Tu comprends les paroles ? Tu devrais, *man*. C'est du putain de français...

Ça sonnait un peu comme du berrichon mâtiné de ketchup mais c'était bien du « putain de français ». *Laissez le bon temps rouler*, chantaient-ils à mon intention et sur un rythme qui ne laissait place à aucune alternative. Une guitare, un accordéon, une planche à laver et une paire de cuillères, c'était tout ce qu'ils avaient mais ils s'en servaient avec un tel tonus que mes jambes dansaient sous la table pendant que je racontais mes serments de jeunesse à un drôle de nègre en mangeant mon *p'o boy*, un monstrueux sandwich fourré d'huîtres frites, de tomates et de sauce piquante. *Laissez le bon temps rouler*...

— Un mojo ! j'ai répété. C'est un truc vaudou, ça ?

— Chuuut ! fit-il en regardant rapidement autour de nous. Faut pas dire les mots comme ça... C'est rien du tout, un mojo. Juste une petite magie. Tout le monde s'en sert par ici.

Comme la méthamphétamine et les huîtres frites, sans doute ?

— Pas moi, j'ai dit d'un ton ferme. Je ne crois pas en ces trucs-là. Je suis catholique et athée.

C'était une proposition absurde mais j'avais rien trouvé d'autre pour résumer toute une éducation normale et rationnelle sans avoir à m'étendre sur l'influence de ma grand-mère. Profondément croyante, elle était revenue des camps nazis avec la preuve formelle de l'existence du Diable et finalement, c'est en lui qu'elle m'avait fait croire pendant toutes les années où elle avait remplacé mes géniteurs un peu défaillants. Elle était morte depuis longtemps mais je me sentais toujours catholique, athée et terrorisé par le Diable.

— C'est idiot, a simplement dit André. Personne ne peut être catholique et athée...

Le Diable était toujours là quand la sonnerie du téléphone m'a réveillé. Je n'avais pensé qu'à lui toute la nuit, pendant que l'alcool, le speed et le zydeco menaient le branle le long de mes synapses.

— Un monsieur vous demande, Monsieur, m'annonça le réceptionniste d'un ton gourmé. C'est un... un...

On aurait dit qu'il cherchait à résumer l'infini en un seul mot.

— Un Noir avec une barbe blanche, peut-être ?

— C'est ça, souffla-t-il avec reconnaissance. Je n'ai rien contre les gens de couleur mais celui-là est... comment dire... ?

— Habillé comme un clodo ?

— C'est à peu près ça, dit-il (Je le devinais en train de s'éponger le front avec un grand mouchoir blanc.) Si vous désirez que je...

— Dites-lui de m'attendre et servez-lui ce qu'il veut sur mon compte.

Qu'est-ce que j'avais bien pu raconter à André pour qu'il vienne me relancer ici ? C'était une question d'autant plus angoissante que je n'étais pas sûr d'avoir triomphé de la joute philosophico-religieuse dans laquelle il m'avait entraîné en enchaînant les *shots* de bourbon et les canettes de Dixie. Sous la douche, en y réfléchissant mieux, je fus même tout à fait certain de lui avoir parlé de ma grand-mère.

Laissez le bon temps rouler...

Il a frappé à ma porte avant que j'aie eu le temps de descendre le rejoindre.

— Fais-moi voir l'urne, *man*, a-t-il en entrant sans attendre d'invitation. Va pas croire que j'ai oublié notre discussion...

Elle était posée sur un fauteuil que j'avais placé juste en face du climatiseur. Je n'avais pas une grande expérience des cendres et je pensais qu'elles se conserveraient mieux au frais.

— Merde, *man*, il a fait en ôtant respectueusement son bonnet. Tu te trimballes *vraiment* les cendres de ton pote...

J'ai hoché la tête comme si je venais, moi aussi, de me rendre compte de l'étrangeté du fait qu'il saluait avec tant de déférence étonnée. Dingue, j'étais dingue et toute cette histoire l'était aussi. J'avais perdu la trace de Sam et, au lieu de me rentrer sagement à la maison, je m'étais offert une Cadillac Eldorado et un sorcier vaudou ; sans compter la gueule de bois dont les échardes me déchiraient la cervelle.

— Écoute André, ai-je dit. Je ne sais plus trop ce que je t'ai raconté mais j'y renonce. Je rentre chez moi...

— Conneries, *man* ! C'qui t'faut c'est une bonne bière bien fraîche. Cherche pas à penser avant ça.

Il a sorti deux bières du minibar, m'en a servi une et m'a regardé la boire d'un œil attendri.

— Ça va mieux, non ? Bière sur cuite, c'est magique. N'oublie jamais ça, *man*.

Je me suis allongé en fermant les yeux. J'avais poussé la clim à fond et tout ce que j'y avais gagné, c'était de sentir ma sueur se glacer sur ma peau comme une pellicule de givre sur un champ labouré. André se déplaçait dans la chambre en gloussant. La bière faisait son effet, mes pensées se faisaient plus claires ; elles me disaient toutes de filer, de déguerpir, de foncer jusqu'à l'aéroport et de m'envoler en laissant la Cad à André pour services rendus et non rendus. *Surtout* non rendus, ai-je rectifié en frissonnant.

— Faut quand même que j'te dise, *man*. Hier soir, j'ai pas cru un seul morceau de ton histoire. J'ai cru que t'étais comme tous les ivrognes de cette ville qui se racontent des trucs pour pas crever de désespoir. T'étais pas un Blanc comme les autres, ça c'est sûr, un peu plus classe dans le délire, mais de là à croire à ton pote dans son vase...

Mon pote dans son vase... Michel que j'avais arraché à la paix de son carré de radis. Qu'est-ce que j'allais en faire ? Le ramener à sa femme et à ses enfants ? « Je vous le rends. Il a bien pris l'air mais il n'aime pas le climat du

Sud. Trop chaud et trop dingue... » Pas question de le laisser ici. J'allais l'embarquer avec moi et je le balancerais dans les chiottes de l'avion, au-dessus de l'Atlantique.

— ... Le mojo, c'était pour rigoler, pour essayer de te piquer un peu de fric. Maintenant j'suis sérieux. Tu me files cent dollars et j'taide à retrouver ton copain...

J'ai ouvert les yeux.

— Comment ?

— En cherchant, *man*. Tu connais un autre moyen ?

II

Cinquante tout de suite, cinquante aussitôt qu'il aurait obtenu une piste sérieuse, c'était le marché passé avec André. Et si l'opération a fini par me coûter beaucoup plus cher c'est qu'entre-temps il a fallu arroser tous les culs-de-sac, les fausses pistes qui jalonnaient le passage de Sam sans en indiquer la sortie. Sa trace était encore chaude mais – était-ce déjà l'intuition du chasseur ? – je la sentais pourtant vieille. Sam avait quitté La Nouvelle-Orléans, la *Big Easy* comme l'ont appelé les Américains amateurs de métaphores tordues, mais pour où ?

— Je l'ai levé dans Bourbon. J'allais au boulot sans trop me tortiller mais il m'a repéré comme un renard sent la poule...

Je comprenais ça. Gale était un mulâtre fin et tendu – il me faisait penser à un grand arc de chasse, perché sur des échasses en vernis et vêtu d'une minijupe de cuir noir qui mettait en valeur les contreforts charnus de ses fesses. C'était la première découverte d'André. Un travelo qui se souvenait d'avoir emballé un Français plutôt beau gosse un soir d'avril. Nous l'avions débusqué aux petites heures du jour au Round-up, un bar mal éclairé où des hôtesses de tous sexes pelotaient les clients en laissant tourner le compteur. Gale connaissait assez André pour accepter de parler contre un billet de cinquante. Il avait entraîné Sam au Round-up et l'avait laissé picoler en le violant à moitié contre le bar.

— Le coup classique, avait-il dit en faisant bouger ses longs doigts musclés dans la lumière des bougies. Tu poses ta bouche sur son visage et tu caresses le reste, une main sur sa queue, l'autre là où il met son fric...

Plus que ses jambes ou la grâce tranchante de son corps androgyne, la barbe qui commençait à noircir son fond de teint me troublait. Nous étions les seuls à parler avec quelque distance ; les autres occupants du bar s'entortillaient les uns aux autres comme le lierre sur une tonnelle.

— Quand on est sortis, il n'avait plus un rond. Il a vérifié en prenant son temps mais moi je savais que je l'avais plumé jusqu'au trognon... C'est le jeu. Si le type veut toujours baiser, faut qu'il aille chercher du fric...

— *Laissez le bon temps rouler...* ai-je fredonné incidemment.

— Correct. C'est comme ça que ça marche ici. Les connards du Middle-West ne vont jamais se plaindre aux flics en sortant du Round-up.

L'alcool et le tabac faisaient dérailler sa voix. Je me suis souvenu de toutes les fois où j'avais voulu m'arrêter le long d'une de ces créatures dans les rues ou les bois de Paris.

— Mais lui, il venait de Paris. Il m'a regardé en souriant, « On paye d'avance, c'est normal », il a dit en me prenant la main sous le nez des flics. Je l'ai suivi jusqu'à son hôtel et j'y suis resté jusqu'au soir.

— Pourquoi ? j'ai demandé, comme saisi par une jalousie aussi soudaine qu'agaçante.

Gale m'a pris par le menton et ses lèvres ont effleuré les miennes.

— C'est ton pote, honey, a-t-il murmuré. Tu devrais le savoir...

Les traces que nous débusquions étaient toutes du même ordre. Elles m'entraînaient dans une spirale de sexe, de drogue, d'alcool et de rencontres hasardeuses. J'ai payé trente dollars pour apprendre qu'il s'était entiché d'un guitariste génial, albinos et aveugle qui jouait au Old Absinthe House Bar sur Bourbon avant de disparaître avec la gamine mineure d'un rancher Texan. Contre un billet de cinquante, j'ai su qu'il avait joué avec Dr John au Tipina's et que la soirée s'était poursuivie pendant trois jours et trois nuits dans la grande maison isolée du musicien. Ils me parlaient tous de Sam comme d'une comète émergeant de nulle part pour y retourner sans laisser d'autres empreintes qu'une traînée brillante et éphémère.

J'attendais les nouvelles d'André en lisant James Sallis et en mangeant des beignets au Café du Monde pendant que le monde entier babillait autour de moi. Le reste du temps, je jouais à cache-cache avec la pluie et je m'enfonçais dans les ruelles encore humides du Vieux Quartier, sous l'ombre des bananiers et des jacarandas, les narines pleines de l'odeur composite de pierres mouillées, de menthe et de vieilles roses.

En dehors de Bourbon Street et de ses rues adjacentes, le Vieux Quartier est un endroit calme et résidentiel. Des enfants jouent paisiblement dans le soir tiède à quelques encablures des bonimenteurs de burlesques, des racoleuses et des filles se déloquant sur les passerelles qui surmontent les beuglants.

Je suis resté plus d'une semaine à La Nouvelle-Orléans. Je me suis nourri d'écrevisses, d'alligator, d'huîtres, de piments, de musique et d'alcool. J'ai lu

Sallis et Burke en buvant des margaritas dans la piscine de l'hôtel sous les fleurs d'hibiscus que les pluies faisaient éclater comme des rafales de couleurs et d'odeurs lourdes. J'ai picolé des vodkas-collins dans les bars à blues en écoutant les âneries débitées par des touristes nostalgiques du temps où ils ne sortaient pas avec des jeans de couturier repassés dans les plis. Je me suis même fait avoir par un rabatteur qui m'avait promis des visions sorties tout droit des délires masturbatoires d'un adolescent et m'a refilé une scène de coït d'un symbolisme absolu sans menace réelle pour la pudeur d'une lycéenne. Mais je suis passé chaque soir devant le Round-up sans oser y entrer. C'était comme si, dans tout ce zoo inoffensif, cette parade agressivement malsaine pour natifs de la *Bible Belt,* il restait une zone d'ombre où le désir flirtait encore avec le danger. L'image de Sam et de Gale dans un lit me perturbait bien plus que je n'aurais pu l'imaginer. Elle brouillait les cartes de la chasse. Retrouver la piste de Sam semblait plus difficile. Le rire qu'avait eu Gale en évoquant les charmes de Sam me revenait sans cesse devant la porte ouverte du Round-up et je plongeais mon regard dans le noir de l'entrée avant de filer sans oser affronter ce défi à tiroirs.

Un soir, je suis sorti du Vieux Quartier à pied. Pas longtemps, juste le temps de traverser Esplanade Avenue pour rejoindre un bistrot dont on m'avait vanté la cuisine. Mais la paranoïa générale qui rodait autour du franchissement de la frontière cognait encore dans ma poitrine quand j'ai poussé la porte du troquet.

Il était tenu par trois femmes, une au bar, une en cuisine et une troisième, la patronne, qui passait vers minuit, toujours accompagnée d'hommes plus tout jeunes, mais bien dans leur peau et dans leurs fringues. La cuisine – traditionnelle de la vieille bourgeoisie blanche du coin – me reposa délicieusement des violences de la *soul food* à la sauce piquante et la clientèle était d'une discrétion quasi surnaturelle. Le genre d'endroit où vous avez envie de revenir avant même d'en être parti.

J'y suis revenu tous les soirs. La fille du bar s'appelait Bootsie, elle était dingue de polars et de rockn' roll et la patronne avait tendance à ne plus faire payer les clients qui faisaient la fermeture. C'était un vrai troquet. Un endroit où l'on peut ruminer dans son coin ou se mettre à bavasser des plombes sans que personne ne vienne vous les briser, une drôle de zone franche dans un terrain miné par le fric et la misère.

C'est là que Coco Deplechin a fini par me trouver. Fringué de jeans et de cuir en lanières, couvert de bijoux indiens et de gris-gris vaudous, il était musicien et il tenait à ce que ça se sache. Bootsie, qui le connaissait bien, m'expliqua plus tard qu'il était aussi retombé dans la dope et qu'il se tapait tout ce qu'il trouvait sans distinction ni discernement. « Ça lui passera, j'ai déjà vu pire. C'est un vrai bon. Quand il aura envie de rejouer, il laissera tomber les conneries. »

Il est entré dans le bar, m'a regardé par-dessus ses lunettes en chuchotant quelque chose à Bootsie et m'a tendu un vrai sac d'os garni de bagouses.

— C'est toi qui cherches Sam Tordjman ?

J'étais si surpris d'entendre le nom de Sam que j'ai oublié de prendre sa main.

— Je mords pas, mec. J'ai même pas besoin de ton fric...

Le mot le faisait ricaner. J'ai pris le sac d'os et je l'ai serré chaleureusement.

— Désolé, j'ai bafouillé. C'est d'entendre le nom de Sam... J'ai plus l'habitude... Tu bois quelque chose ?

— Sûr... il a fait, haussant les épaules comme sous le poids de la fatalité.

Bootsie avait déjà posé une bouteille de Wild Turkey sur le bar. Du *50 ° proof, The real thing* comme ils disent dans les livres.

— Ça te coûtera ce que je boirai, pas un cent de plus, a-t-il dit en vidant le premier verre. C'est vrai cette histoire de cendres ?

— C'est celles de Michel, j'ai soupiré. Elles sont dans ma chambre...

Je me suis mis à raconter mon histoire pendant que Coco s'occupait du niveau de la bouteille. Bouche bée, Bootsie en oubliait d'essuyer ses verres. Elle souriait tendrement ; je la sentais prête à me mouiller le cou de ses larmes.

— Et t'as pas eu l'idée de le prévenir ?

— Si... C'est Agathe qui voulait pas... Elle disait que si j'arrivais comme ça il pourrait pas faire autrement que me suivre...

Plus j'y pensais et plus je trouvais ça idiot. Coco avait l'air de mon avis.

— Tu sais quand même que t'es pas le seul à le chercher ?

— Oui... Un grand costaud à l'air pas commode. Une fille de Memphis m'en a parlé.

— T'oublies la Française... Une brune plutôt bien roulée...

Coucou la revoilà ! Bootsie poussa un gloussement ravi. C'est vrai que la distribution manquait de femmes et que j'avais tendance à évacuer la brunette à éclipses.

— Elle a disparu entre Oxford et Clarksdale... Je croyais que c'était pour de bon... Tu l'as vue ?

— Pas moi mais je sais qu'elle est dans le décor...

Il vida son verre, s'accrocha au bar pour amortir le coup de roulis et fila vers les chiottes d'un pas digne.

— La coke, commenta Bootsie d'un air gourmand. Le jour où les flics foutront des caméras dans les distributeurs de papier cul...

Elle laissa sa phrase en suspens comme pour me faire sentir l'étendue de la menace.

— Merde, Manu, reprit-elle. Pourquoi tu m'as pas raconté ça avant ? C'est qui la femme ?

— J'en sais rien... Sans doute une Française qu'il a ramassée à New York... La femme d'un autre, sûrement.

— Génial ! C'est comme un putain de roman... Tu crois que l'autre, le costaud, c'est le mari ?

— Peut-être... Va savoir dans tout ce bordel...

D'après la fille du Rum Boogie Café, le type n'avait pas parlé de la brunette. Peut-être qu'il cherchait à brouiller les pistes. Peut-être que c'était pas le mari. Peut-être qu'il sortait comme un zombie d'un autre pan du passé de Sam.

— C'est peut-être un privé, j'ai dit en frissonnant de trouille et d'excitation.

Coco est revenu des chiottes, l'air de vouloir en découdre.

— T'y vas quand tu veux, souffla-t-il en me montrant un petit nécessaire de cuir noir niché dans le creux de sa paume.

J'ai refusé. Je ne sais pas pourquoi. Sans doute à cause des caméras planquées dans le papier cul.

— Comme tu voudras... Ton pote est en tôle, *bro*... Il y était la dernière fois que j'ai entendu parler de lui et c'était il y a pas longtemps.

— Où ça ?

— Morgan City... C'est sur le grand bayou d'Atchafalaya... Il devait jouer dans un bar cajun de Bayou Vista et c'est moi qui l'ai remplacé... Personne savait où il était passé. Ses fringues étaient encore à l'hôtel mais lui, personne savait...

— Et la femme ? j'ai coupé.

— Merde, *bro*, laisse-moi raconter ! J'ai pas vu la femme... C'est le gérant qui m'a dit qu'une Française le cherchait mais quand elle est venue personne savait qu'il s'était fait coincer par le shérif de Morgan City...

Sa main commençait à trembler sérieusement et il s'est mis à arroser le bar de Wild Turkey en voulant se servir. Bootsie lui a tenu le poignet. Elle a essuyé la flaque sans rien dire.

— Je suis allé pisser dehors entre deux sets et le costaud m'est tombé dessus. « Où est Tordjman ? », il m'a fait en me collant contre un mur... Putain, *man*, ce mec était fort comme un verrat... Va pas tomber dans ses pattes... « Pourquoi je saurais où il est ? j'ai dit. Je le connais même pas ». Il m'a regardé un bon moment... comme s'il se demandait s'il allait me balancer sur le tas d'ordures et puis il m'a lâché d'un coup. « Je sais où tu crèches, Deplechin, il a grogné. T'amuse pas à me mentir. » Le lendemain, un adjoint est venu nous prévenir que Samuel Tordjman était à la prison du comté.

— Il a dit pourquoi ?

— J'en sais rien, *bro*... J'ai pas écouté... Je me foutais de ce mec avant de rencontrer André...

— T'as assez bu, Coco, fit Bootsie en rebouchant la bouteille.

— C'est régulier... J'ai fini mon histoire...

Il s'est levé en battant des bras, comme un plongeur qui s'apprête à y aller.

— ... Ton pote est dans la merde, *bro*... Tu devrais faire quelque chose...

Et il est sorti dans une envolée de franges, de poils, d'argent et de turquoise.

J'ai fait la fermeture avec Bootsie et la patronne. Bootsie devait avoir un peu de vague à l'âme car, dehors, elle posa sa tête sur mon épaule.

— Ça fait un moment que j'avais envie de ça... Ne me demande pas pourquoi...

Même en dehors de son bar, elle était plus grande que moi. Ses cheveux s'étalaient sur mon crâne et me chatouillaient le nez et les oreilles.

— C'est mon histoire, j'ai dit. Tout le monde la trouve terriblement romantique.

Elle m'a poussé dans sa voiture. Allait-il falloir lui faire l'amour ? Si oui, j'avais intérêt à décuiter d'urgence.

Je me suis demandé quelle taille elle faisait sans ses bottes.

Elle habitait une de ces petites maisons tout en longueur que les gens du coin appellent *shotgun house*, Dieu sait pourquoi. Pendant qu'elle préparait à boire, je me suis baladé devant sa bibliothèque.

— Qu'est-ce que tu regardes ? a-t-elle demandé depuis la cuisine.

— Tes livres.

— Tu les connais tous, non ? a-t-elle dit en posant son plateau sur une pile de bouquins.

— Il y en a trop, j'ai souri. Je suis même pas sûr que tu les aies tous lus.

Elle a haussé les épaules, rempli un verre et me l'a tendu.

— Martini, a-t-elle annoncé. Tu connais la recette de Hemingway ?

— Ranger le gin et le vermouth côte à côte dans la même armoire et verser doucement le gin sur les glaçons avant de touiller...

Sans ses bottes, nos bouches étaient au même niveau. Elle a pris un peu de martini avant de m'embrasser.

— Santé, a-t-elle murmuré en laissant couler le liquide dans ma bouche.

Elle s'est dégagée en riant au moment où ma ferveur commençait à se manifester.

— Pas de hâte superflue, a-t-elle gazouillé. C'est pas tous les jours que je tiens un libraire français à ma merci.

— Fermé pour cause d'inventaire général, j'ai dit en me laissant tomber sur son canapé.

— Non... Fermé pour cause d'aération générale. Je sais ce que c'est... J'ai enseigné dix ans l'anglais à des petits cons avant de me décider...

Je l'ai écoutée raconter son histoire pendant qu'elle traçait des lignes de coke sur un miroir. Coke et martini. Le même cocktail, le même rituel qu'avec la fausse blonde de Memphis. Elle ne m'avait pas raconté sa vie mais celle de Bootsie devait lui ressembler un peu. Elle avait grandi à Brownwood, « un bled du Texas à côté d'Abilene. Pas la peine de chercher, je suis même pas sûre que ça soit sur la carte », et elle avait cru s'en être sortie en devenant prof à Dallas. « C'était pire mais comme c'était plus grand, j'ai mis dix ans à m'en rendre compte. »

Je l'ai écoutée en buvant et sniffant. C'était comme le film du dimanche soir. Celui qu'on a déjà vu mais sans se souvenir de tous les détails. Une prof d'anglais texane qui craque pour devenir barmaid à La Nouvelle-Orléans... Marrant comme les gens de ce pays se conforment à l'idée que s'en font les romanciers et les scénaristes...

— À moins que ça ne soit le contraire, j'ai fait tout fort avec un rire idiot.

— Tu ne m'écoutes pas... À quoi tu penses ?

— Mais si, j'ai dit en commençant à déboutonner sa chemise. Tu en étais à ta mère qui t'obligeait à venir lui laver les cheveux tous les vendredis soir...

Elle n'était pas grosse. Seulement grande mais de partout. Ses tétons roses se dressaient comme des fraises sur le point d'être cueillies.

— Laisse ma mère tranquille, a-t-elle fait en planquant ses seins. C'est qui la Française ? Je suis sûre que tu le sais.

J'ai bredouillé quelque chose en m'attaquant à sa ceinture et aux boutons de son jean. C'était le genre de truc coupé en tuyau de poêle qu'il fallait dégager par les pieds.

— Merde, Bootsie, j'ai soufflé en voyant sa crinière blonde étalée comme une litière. Pourquoi tu t'es pas décidée plus tôt... ? On a perdu quatre jours...

Elle a soupiré et je suis certain d'avoir vu frémir les deux bouts de chair rose qui dépassaient de sa toison. J'ai essayé de ne pas penser au reste.

— J'avais peur que tu me trouves moche... trop grande...

Elle s'est débarrassée de sa chemise et m'a attiré contre elle. Son corps sentait la sueur, l'alcool, le tabac et les restes de son bain du matin.

— Je fais souvent peur aux mecs, tu sais, a-t-elle soupiré en glissant sa main sur mon ventre.

12

Je suis sorti de La Nouvelle-Orléans comme on émerge d'une cocotte-minute. La chaleur, la pression et le sentiment épuisant de cohabiter avec l'essence même de ses fantasmes.

J'avais oublié l'imposante beauté de la Cad, ma Cad. À vrai dire, je l'avais oubliée tout court.

— Tu te défends bien pour un pied-tendre, a sifflé André en découvrant la bête.

— J'étais décidé à te la laisser, j'ai rigolé. C'est ce que j'aurais fait sans ton aide.

— Juste l'histoire de ma vie... De toute façon, c'est pas une voiture de clodo...

Je lui ai refilé un bonus de cent dollars avant de partir. Il m'a tenu la porte en soulevant son drôle de bonnet.

— Vous êtes trop généreux, mon prince, il a gloussé. Ça finira par vous jouer des tours.

J'ai pris la 90 en direction de Houma et de Morgan City. « Je suis pas sûr que ça soit une bonne idée », m'avait répondu André après que je lui ai proposé de m'accompagner. « Ma chance traverse une période plutôt faste... Inutile d'aller la frotter aux ennuis des autres. »

Bootsie avait refusé aussi mais pas pour les mêmes raisons. Elle s'était d'abord réfugiée derrière son boulot mais nous savions tous les deux que c'était du bidon.

— Tu me connais à peine... Je suis qu'une géante trop romantique pour sa taille... Comment vous dites déjà... ? Une *midinette*... C'est ça... Je suis qu'une *midinette* qui porte du XXL...

Elle n'avait pas parlé de la brune mais je savais bien qu'elle y pensait.

J'ai donc pris la route seul. Paradis, Saint Charles, Des Allemands, Lafourche, Montegut, Chauvin... La route parlait à moitié français, et le type qui chantait à la radio aussi... *Ô, pauvre hobo, mon petit Pierrot, ah, foolish hope, my grief, mon cœur... Ai-ee, no longer, no longer Houston, but our passion she never resolves. Allons dansez ! Allons dansez !* ... Ça me tenait compagnie, comme une série de cartes de visite épinglées sur mon chemin par des potes inconnus.

Laissez le bon temps rouler...

Sam avait déjà quitté la prison de Morgan City et le shérif n'avait pas grand-chose à en dire.

— Un type est venu payer la caution et il est parti avec lui... dit-il sans me regarder.

Il essayait de faire une réussite mais les pales du ventilateur n'arrêtaient pas de faire voltiger les cartes.

— C'est ça ou on crève... soupira-t-il. C'est un pote à vous ?

— Ouais... Il était comment le type ? Grand... ? Costaud... ?

— Et l'air de vouloir bouffer le monde tout cru... C'est bien ça...

Il a jeté ses cartes d'un air dégoûté avant de lever les yeux sur moi. Le bord de son chapeau lui faisait un bourrelet sur le front, comme une marque de fabrique.

Pour le reste, il était assez conforme à l'idée que je me faisait d'un flicard du Sud.

— M'est avis qu'il lui a sauvé la peau, à votre pote... Marius Latiolais et ses frères étaient bien décidés à l'attendre à la sortie... Vous feriez aussi bien de ne pas trop traîner dans le coin.

— C'est qui Marius Latiolais ?

— Un maquereau nègre... Tordjman l'a descendu d'un coup de queue de billard avant de foutre son bar à feu et à sang... Me demandez pas pourquoi... Une histoire de pute et de prédicateur... Vous voulez une bière ?

J'ai fait signe que non. Je m'attendais à ce qu'il ouvre la sienne avec les dents mais il s'est contenté du rebord de son bureau.

— Normalement, on fout pas un Blanc en tôle pour si peu, mais on a touché un nouveau juge... Un libéral, si vous voyez ce que je veux dire...

J'ai ricané lâchement mais ça n'a pas suffit à le convaincre de me ranger dans son camp.

— Je me demande bien ce que vous venez tous foutre ici... Le fait est qu'il est parti. Dommage... J'aurais préféré coffrer un nègre pour le meurtre d'un...

Il m'a regardé dans les yeux. Cette fois, il avait l'air franchement désagréable.

— Mais vous voyez bien ce que je veux dire, *monsieur*.

La femme m'attendait à la sortie. Amaigrie, vêtue d'un jean informe et d'un T-shirt douteux, elle avait l'air aussi paumée que moi.

— Je t'ai vu entrer, dit-elle comme si ça suffisait à expliquer le reste.

Le shérif s'était levé. Il nous regardait par la fenêtre en remontant sa ceinture.

— Restons pas là, j'ai fait en poussant Sophie dans la voiture.

On n'a rien trouvé à se dire pendant le temps qu'il m'a fallu pour trouver un rade à peu près neutre. J'ai fini par m'arrêter dans un *Doughnut* peuplé de gamins avec leurs mères.

— Tu vas bien ? elle a dit avec un sourire contraint.

J'allais juste lui poser la même question. Sans doute pour éviter d'avoir à y répondre. Je n'ai pas répondu. J'ai pris sa main et je l'ai serrée jusqu'à sentir mes larmes couler.

— J'étais sûre que tu viendrais me chercher... que tu comprendrais...

J'ai failli lui dire qu'elle avait de la chance d'être sûre... que je n'avais rien compris et qu'il allait me falloir un bout de temps pour y arriver mais je me suis contenté de sourire. La vérité finirait bien par s'établir d'elle-même. Inutile de s'acharner à presser le mouvement.

— Et Sam ? j'ai demandé quand ma voix fut redevenue ferme.

— J'en sais rien... Il est parti hier avec l'homme qui a payé sa caution... Je suis arrivée trop tard.

— Tu avais de quoi le faire sortir ?

— Non... Regarde-moi. J'ai même pas de quoi changer de fringues...

Je l'ai regardée. Elle était fripée comme un oiseau tombé du nid.

— Qui c'est ce type ?

— Il nous suit depuis New York... Sam ne voulait pas en parler... J'ai cru que c'était toi qui le payais...

Pour quoi faire ? Pour suivre une femme dont je n'imaginais même pas qu'elle ait pu déménager Rive gauche ?

— Tous les privés que je connais bossent dans les livres, ma pauvre Sophie... Allez, viens. On va t'acheter des fringues.

Je me levai pour payer mais un grand Noir en chemise de soie et bonnet de laine fut plus rapide que moi.

— De la part de Marius Latiolais, il a fait en posant un billet de dix sur la table. Il vous invite aussi ce soir... Vous pouvez pas vous tromper, c'est le seul bordel du quartier nègre.

— Supposez qu'on n'y aille pas, j'ai dit sèchement.

— Ça serait con... Surtout si vous voulez retrouver votre ami...

Il avait l'air désolé de ma réaction.

— Le prenez pas comme ça, a-t-il poursuivi. Marius veut juste parler... C'est Tordjman qui a commencé à cogner...

Il est parti sans attendre la monnaie. Avant de sortir, il s'est retourné en souriant comme un gosse.

— C'est à vous la Cad ? Beau morceau de caisse... Venez avec... Marius va l'adorer.

— T'es dingue d'avoir acheté ça, fit Sophie en s'installant sur le cuir rouge.

Encore un peu et elle exigeait des comptes ! Je l'ai regardée en me demandant si j'aurais pas mieux fait de lui foutre des baffes d'entrée de jeu.

— On se console comme on peut, j'ai dit en démarrant.

— Tu as vendu la librairie ?

— Non. Je la dirige par Internet depuis la voiture.

Elle n'a pas osé me demander de me calmer. Elle a regardé devant elle en appuyant ses pieds contre le tableau de bord. Comme quand on était plus jeunes et qu'elle cherchait à se faire oublier.

On a trouvé un *mall* à la sortie de la ville. Je me suis défoncé aux espressos dans une fausse cafétéria italienne pendant que Sophie refaisait sa garde-robe. Elle avait une valise dans sa voiture mais elle ne savait plus où était la voiture. C'était pour ça qu'elle traînait devant le bureau du shérif. Elle ne savait pas où aller et elle avait perdu sa voiture. C'était comme pour Sam : elle était venue le faire sortir sans le premier rond pour payer la caution. Qu'est-ce qui lui avait pris de foutre le camp comme ça ? Qu'est-ce que je lui avais fait pour qu'elle aille ainsi se jeter hors du monde ?

On a roulé au hasard en attendant la nuit. J'ai évité les questions trop précises (Sam ou un autre, quelle importance ?), je cherchais juste à combler des vides. Sans vraiment la planquer, Sam n'avait pas cherché à lui faire voir New York. Il ne l'avait présentée à aucun de ses amis et, le dernier jour, elle avait dû se taper seule l'interminable croisière du *Circle Line* pendant qu'il réglait leur départ. Memphis ne l'avait pas intéressée, Clarksdale l'avait terrifiée. Barricadée dans sa chambre d'hôtel, elle attendait Sam revenir de plus en plus déprimé de ses explorations. Ils avaient semé leur poursuivant à la sortie de Memphis – Sam était sûr que personne n'aurait l'idée de les suivre dans la désolation du Delta, et ils seraient restés à Clarksdale si Sophie avait été capable de réprimer sa frousse.

— C'était sinistre, Manu... Le soir ils garaient leurs énormes vieilles bagnoles sur le parking du motel et ils montaient dans les chambres... Ils riaient... J'ai cru devenir folle.

C'était une assez bonne description du Downtown Motel. Un peu paranoïde mais Jean-Pierre l'aurait facilement adoptée et, de toute façon, le Mississippi portait à la paranoïa. Ils ont fini par filer. Sophie en avion, Sam par la route. Le privé (si c'en était un) avait retrouvé Sam entre Natchez et Baton Rouge. Furieux, Sam avait demandé à Sophie de l'attendre à l'hôtel en bougeant le moins possible. C'était le genre d'instructions qu'elle adorait. Elle est restée dix jours au bord de la piscine avant de se demander ce qui coinçait. C'est l'agent de Sam qui lui a parlé du contrat qu'il avait négocié avec le patron d'un bar de Bayou Vista. Elle a payé l'hôtel avec le peu qu'il lui restait et elle est venue se planter à Morgan City, sur l'aile de ma voiture.

Elle ne m'a posé aucune question. Fidèle à ses stratégies de toujours, elle a répondu aux miennes en faisant l'autruche sur tout le reste.

Assis avec d'autres touristes dans un promène-couillons à moteur, nous avons vu le soleil se coucher sur le grand bayou d'Atchafalaya. Des hérons au bec jaune nous contemplaient pensivement avant d'accorder à nouveau leur attention à l'eau glauque des hauts-fonds. Le guide débitait son commentaire dans un français bizarre qui parvint à nous dérider. Le show était plutôt réussi : de graves congrégations d'ibis gris tenaient conseil sur des troncs d'arbres à moitié submergés pendant que de fragiles aigrettes se rassemblaient sur les branches dégoulinantes de *spanish moss*.

Quand la gueule d'un alligator jaillit de l'eau verte pour attraper le marshmallow que le guide venait de lui jeter, Sophie me saisit fébrilement la main. Elle me regarda avec un rire nerveux et laissa sa main dans la mienne, comme si elle ne savait plus quoi en faire. Le guide se permit une digression ironique sur le destin des amoureux et l'alligator reprit sa faction sur le bord du marais, les yeux à fleur d'eau dans les roseaux et les nénuphars enguirlandés de papillons orange et noir.

Le bayou cessa un instant de bruisser lorsque le soleil commença à disparaître.

— Vaudrait mieux rentrer, rigola le guide en écrasant un moustique sur son bras tatoué.

Une nouvelle rumeur se levait déjà, celle des milliers d'insectes invisibles que le soir venait de réveiller.

La pluie nous a surpris sur la route du retour. Sophie n'avait pas desserré les dents depuis notre départ de

Bayou Vista où elle avait picoré sans entrain la platée d'écrevisses que j'avais commandée pour tenir compagnie aux margaritas qu'elle descendait sans trop de discernement. Elle avait peur. Je pouvais le comprendre. Pas question pourtant de la laisser hors du jeu comme l'avait fait Sam.

La pluie avait cessé quand nous sommes arrivés devant le rade de Marius, l'air était clair et frais, une bande de nuages orangés pesait encore sur l'horizon sombre. J'ai traversé le parking et je suis allé me garer dans une arrière-cour qui me semblait plus abrité des voleurs.

— Ils ne prendront même pas la peine de te la voler, dit-elle avec ce petit sourire bravache qui m'a toujours fait craquer. Ils se contenteront juste de te demander les clés...

— Qu'est-ce que t'en sais... ?

J'ai pris son visage dans mes mains et je l'ai attiré vers moi.

— ... T'es déjà venue ? j'ai dit en l'embrassant.

L'intérieur était bondé. Une forêt de têtes noires et crépues s'agitaient devant le bar au son d'un juke-box martelant à plein tuyau une chanson de Clifton Chenier. Ça sentait la sueur, le mauvais parfum, le grésil, le tabac, l'alcool, les frites, la *soul food* et tout un tas d'autres trucs que je n'arrivais pas à identifier. Sur une scène entourée de grillage, un groupe zydeco préparait ses instruments.

— Merci d'être venu, fit le grand Noir qui aimait tant ma Cad. Marius appréciera...

— Il est où ? j'ai demandé en évitant de regarder autour de moi.

Nous étions manifestement les seuls Blancs et je n'aimais pas du tout les petits rires nerveux que Sophie s'était mise à pousser.

— Vous inquiétez pas, dit-il sans préciser de quoi.

Il nous a refait son sourire de môme en me tendant une main chargée d'or.

— Je m'appelle Tee Beau... Venez, je vais vous installer.

Il a dégagé une table à côté de l'orchestre. Les deux filles qui l'occupaient se sont levées en tortillant du cul à l'intention de Sophie et sont parties sans rien dire. Autour de nous, les conversations ont fléchi le temps que les regards nous ignorent à nouveau.

— Jax et boudin ? proposa Tee Beau. C'est la maison qui rince.

Le boudin piquant était parfaitement cuit, la buée dégoulinait sur les longs cols des bouteilles de Jax.

— Arrête de rigoler toute seule.

— Je peux pas... J'ai la trouille...

— De quoi, Bon Dieu !

— De tout ça... fit-elle en regardant ses pieds.

Marius Latiolais est arrivé au moment où l'orchestre commençait à jouer. Ils nous a salués en disant quelque chose mais la musique couvrait déjà sa voix. Il a casé ses cent kilos à table avec une précision de sprinter et s'est mis à faire bouger ses muscles du haut comme pour les détendre. Sophie ne riait plus. J'aurais bien voulu qu'elle se remette à respirer.

Les doigts garnis de dés à coudre, le chanteur s'était mis à marteler sa planche et son refrain. La foule ressemblait à un énorme mouton noir pris de convulsion.

Mo mange bien, mo bois bon vin,
Ça pas coûte moi à rien.
Ma fille aime Jumbo filé
Mo l'aime ma fille aussi.

Le problème est simple, dit Marius à la fin du set. Vous me payez ce que votre pote a cassé et j'arrête les frais ... En prime, je vous fais grâce de la bosse que ce fils de pute m'a laissée, ajouta-t-il en se frottant l'arrière du crâne, et je vous dis deux trois trucs que le shérif ne sait pas.

— Combien ? j'ai demandé, surpris de la fermeté de ma voix.

— Cinq cents, fit-il en tendant la main.

J'ai épluché cinq billets de ma liasse et je les lui ai tendus à travers la table. Autour de nous, les gens regardaient devant eux.

— L'affaire est réglée, dit-il en servant le bourbon que Tee Beau venait de déboucher.

Personne ne m'avait piqué ma Cad. Le vent s'était levé. Chaud, chargé d'eau et d'odeurs, il nous fixait la sueur sur la peau.

— On laisse tomber, non ? dit Sophie quand nous fûmes sortis du quartier noir.

— Ah bon ? Et Sam ?

Elle n'a pas répondu. Tee Beau nous avait indiqué un Holiday Inn à Lafayette. J'ai mis le cap dessus.

Marius ne savait rien sur le type qui avait fini par coincer Sam mais il les avait fait suivre à leur sortie de la prison du comté. Ils avaient pris la 10 vers l'ouest, vers la frontière du Texas, dans une Ford Thunderbird modèle 91. « J'ai fait rayer la carrosserie sur tout le côté gauche, avait-il rigolé. Faut toujours marquer le bétail quand on lui laisse un peu de champ... »

Le type avait l'air trop coriace pour que Marius ait pris le risque de l'attaquer de front mais sur la route il avait des potes capables de s'en charger si je n'avais pas craché au bassinet.

— Je peux pas me permettre de laisser ce genre de dette impayée, et il s'excusait presque en disant cela. Simple question d'écologie comme dirait Tee Beau...

À l'hôtel, j'ai demandé une chambre à deux lits. Sophie s'est tout de suite enfermée dans la salle de bains et je me suis excité un moment sur le zappeur de la télé.

— C'est quoi ce truc ? elle a demandé en voyant Michel installé sur le canapé.

— Les cendres de Michel, j'ai fait sans la regarder.

Elle a maté l'urne en se mordant les lèvres. J'ai laissé l'image sur MTV et j'ai poussé le son. La guitare de Keith Richard reprenait le riff de *Start Me Up*.

— C'est quoi ce délire, Manu ? Me dis pas que tu es venu...

— Verser les cendres de Michel au pied du volcan de Lowry ? C'est pourtant ce que je vais faire...

— T'es complètement dingue...

J'ai approuvé de la tête. J'avais envie de pleurer. Je voulais juste qu'elle le fasse avant moi. Elle est repartie dans la salle de bains et je suis resté tout seul avec les Stones, les bruits de robinet et toutes les questions que je gardais pour moi.

13

Le lendemain on est retournés vers Morgan City pour trouver le bled du prédicateur que Sam avait défendu en cassant tout dans le rade de Marius.

— Il vit dans une cabane à Charenton et c'est un vrai putain de dingue, avait-il dit sans comprendre pourquoi je m'étais mis à rigoler. C'est qu'une histoire du pute, *man*... La petite voulait bien se laisser peloter à l'œil par l'autre fêlé mais elle avait trop l'air de l'avoir à la bonne et son mac a fini par se fâcher...

La porte était ouverte et la cabane était vide. Le révérend n'était pas bien riche. Un lit, une table et sa chaise, un réchaud, des tas de bouteilles vides et un panier plein de feuilles de papier chiffonnées.

— On dirait qu'il essaye d'écrire un roman, j'ai dit en lisant un dialogue tapé sur l'une des feuilles. Une histoire de boxeur...

Ça sonnait plutôt bien. Pas du travail de débutant, en tout cas. Je connaissais pas mal d'auteurs qui se seraient contentés de ce qu'il avait jeté au panier.

En sortant, on est tombés sur une petite vieille qui nous attendait en souriant. Elle était bien contente que ce pauvre révérend ait enfin de la visite mais il était déjà parti pour la semaine à Holly Beach.

— C'est sur la 10... À gauche après Lake Charles... Vous pouvez pas aller plus loin vu qu'après, c'est le golfe et le Mexique... Le bled s'appelle Cajun Riviera.... Vous pouvez pas vous tromper. C'est bien le trou le plus vilain du monde.

Allongé dans mon lit, j'avais passé la nuit à guetter les bruits que Sophie faisait dans le sien. C'était la première fois en vingt-cinq ans que nous dormions ainsi, comme des gisants, chacun dans sa case.

— C'est Agathe qui t'a donné l'idée, non? m'a-t-elle demandé après que je me fus levé pour pisser.

J'ai grogné une vague approbation et j'ai passé le reste de la nuit à me demander ce qu'Agathe venait faire dans le tableau.

— Tu tiens vraiment à aller jusqu'au bout, hein?

Elle n'avait pas ouvert la bouche depuis deux bonnes heures et, la dernière fois, c'était pour me demander la carte.

— T'as d'autres suggestions? j'ai fait.

— Fais pas chier, Manu... Réponds simplement, pour une fois.

— Je suis venu chercher Sam. Le fait que je t'ai trouvée en route ne change rien aux raisons de mon départ.

— Et tu vas faire comment, gros malin? (Le « gros malin » était posé comme un jalon de tendresse. Un de ces petits noms qu'elle employait toujours chaque fois qu'elle cherchait à me faire rebrousser chemin.) En roulant toute la journée jusqu'à ce qu'on tombe sur une Thunderbird rayée par un maquereau nègre...?

Pourquoi pas? Qu'est-ce que j'avais d'autre à foutre, de toute façon? Je l'ai regardée en souriant. Elle avait mis mon chapeau et, les genoux tassés sous elle, elle avait l'air d'une étudiante ramassée sur la route.

— Tu poses pas les bonnes questions, mon cœur. C'est pas « comment ? » C'est juste « pourquoi ? »

— Pauvre dingue ! elle a craché. T'as pas une chance contre l'autre type...

C'était probablement vrai. J'avais déjà réfléchi à la question et la seule réponse était de voir venir, de suivre les conseils de notre vieux professeur d'aïkido : « Épouser les mouvements de l'adversaire pour mieux utiliser sa force. »

Après la 10, la route de Holly Beach s'enfonçait presque dans les marais. Bordée d'eau verdâtre et de végétation aquatique, elle avait l'air précaire d'un ruisseau en route vers l'océan. Des panneaux plantés dans la vase indiquaient que l'endroit était une réserve ornithologique fédérale. Un couple de grands hérons bleus nous regarda passer en tortillant du cou.

La « Sainte Plage » ressemblait plus à un dépotoir qu'à l'habituel bronze-cul. Le sable était gris, jonché de détritus et de poissons morts. Des flots placides et noirs venaient lécher le rivage vide. Au large, une plate-forme pétrolière crachait ses fumées.

Un écriteau cloué sur un poteau annonçait « CAJUN BEACH » à l'entrée d'un village de planches délavées par le soleil, le sel, les embruns et le pétrole.

— Tu peux toujours courir pour que je descende, a fait Sophie en se rencognant contre la banquette.

Je l'ai prise par la main et je l'ai fait sortir de la Cad.

— Ça ressemble peut-être à un champ d'épandage mais c'est quand même le golfe du Mexique...

Pantalons retroussés, chaussures à la main, on a marché dans l'eau sans se lâcher la main, comme deux collégiens timides et cérémonieux.

— Elle est chaude, a fait Sophie avec une moue un peu dégoûtée.

Ventre à l'air, un poisson mort se balançait dans le

ressac huileux. Sa panse molle s'ouvrait déjà sur ses tripes bleuies par la chaleur.

— Viens... On rentre, a-t-elle dit en frissonnant.

Je me suis souvenu de notre dernière balade au bord de la mer. C'était sur une petite plage de l'île de Groix et Sophie se désolait tendrement d'être incapable d'en aimer un autre que moi.

On a trouvé le pasteur dans une des maisons sur pilotis plantées apparemment au hasard le long de la plage. Allongé dans un hamac crasseux et câlinant un flacon de Jack Daniel's, il nous regarda arriver sans se lever. Il avait les yeux rougis par le manque de sommeil et l'abus d'alcool.

— Je suppose que vous êtes les copains de Sam... fit-il en tétant sur la bouteille.

Il avala le bourbon en grimaçant avant de balancer ses jambes hors du hamac.

— *Hairs of the dog*... C'est comme ça qu'on dit chez nous... Gnôle sur gnôle... C'est la seule façon sérieuse d'attaquer une gueule de bois... Venez, je vais faire des œufs.

Il portait un pantalon de survêtement informe et un T-shirt grisâtre aux manches coupées à ras des épaules. La peau de ses bras était un peu fripée par la vieillesse mais les muscles qui roulaient dessous avaient l'air parfaitement entretenus. Il s'est mis debout en tirant puissamment sur la rampe fragile du deck couvert qui bordait la cahute. Sa tête touchait le plafond. Avec son mètre quatre-vingt-dix et son long visage triste, il ressemblait à un cheval perdu dans une armoire.

Il s'est frotté le genou gauche pendant un bon moment avant de se décider à avancer en se tenant aux murs.

— Un putain de camion me l'a écrasé entre El Paso et San Antonio... Je m'en suis remis mais ma Triumph est restée plate comme une tortilla.

On l'a suivi dans un studio meublé aussi pauvrement que sa cabane de Charenton. Un ordinateur portable et une imprimante posés sur la table donnaient une note de luxe incongrue à l'ensemble.

— Je suis pas un vrai pasteur, fit-il en suivant mon regard. Encore que... Vous croyez en Dieu, vous ?

Sophie n'a rien dit. J'ai répondu que j'en savais rien, que ça dépendait des jours mais que j'avais du mal à l'évacuer complètement ; surtout en ce moment.

— C'est Pascal qui a raison. S'Il existe nous n'avons pas trop de notre vie à picoler pour oublier le monde qu'Il nous a refilé et s'Il n'existe pas seul l'alcool peut nous sauver du désespoir de Son absence...

Il a posé une poêle noire sur la flamme de son réchaud et y a jeté quelques tranches de gras de porc. La pièce s'est emplie de grésillements et d'odeurs.

— Moi je suis sûr qu'Il a besoin de gars dans mon genre... C'était juste une couverture pour pouvoir rôder à mon aise chez ces putains de cajuns mais si je n'arrive pas à finir ce putain de roman, je vais peut-être me décider à garder la place.

Il a cassé six œufs dans la poêle et les a regardés frire comme s'il y puisait quelques signes connus de lui seul. Sophie se taisait obstinément et j'étais incapable de trouver quelque chose à dire.

— C'est l'histoire d'un boxeur soudain incapable de causer la moindre douleur à qui que ce soit... Il est à deux combats du titre et cogner lui est devenu insupportable... Chaque fois qu'il touche son adversaire, il est à moitié sonné par la souffrance... Alors il rentre au pays pour affronter le mépris de tous ceux qui ont cru en lui...

Il nous a servis et s'est mis à manger en poussant chaque bouchée d'une rasade de bourbon.

— Il peut pas rentrer dans un bar sans tomber sur un type qui le provoque... Démolir un ancien postulant au titre incapable de cogner... Faire tomber dans la sciure un type qu'il n'aurait même pas osé regarder en face... C'est là que j'en suis rendu et j'arrive plus à avancer... Bloqué... Je peux même plus rédiger un chèque. Malcolm Lowry est resté comme ça pendant six mois. Il dictait ses phrases à sa femme pendant des heures. Debout, les mains coincées entre ses fesses et le rebord de son bureau... Quand il a pu s'y remettre, elles étaient toutes déformées par les cals...

Il a regardé ses propres mains en silence. Il faisait bouger ses longs doigts et les muscles de ses bras vibraient jusqu'aux épaules, jusqu'à la tête de mort tatouée qui ricanait à la lisière de son T-shirt.

— Et Sam ? j'ai demandé au bout d'un moment qui me parut interminable.

— Il me connaissait. Il avait lu quelques-uns de mes bouquins avec ma photo sur le rabat... Il m'a vu chez Marius. Il devait jouer dans cette boîte cajun de Bayou Vista mais il est resté boire avec moi...

Figés dans la chaleur, on est restés sans rien se dire pendant que le soleil enserrait le paysage dans une gangue d'inertie.

— Je crois que j'ai besoin d'être seul, les gars, fit-il en se levant. Revenez ce soir... On parlera.

On s'est enfermés dans la voiture en faisant tourner le moteur et l'air conditionné. À part une bande de gamins et deux trois chiens, on n'a vu personne. De temps en temps, un pick-up passait sur la route et le bruit de son moteur semblait s'imprimer dans l'air brûlant.

Sophie faisait la gueule. Je me suis dit qu'elle avait la trouille mais que je ne pouvais pas grand-chose pour elle. Je comprenais sa frousse et je l'enviais. Filer avec Sam était l'une des choses que je ne n'avais jamais osé faire. C'était compliqué à vivre mais j'y trouvais d'étranges délectations.

— Tu comptes vraiment attendre jusqu'à ce soir ? elle a demandé.

J'ai haussé les épaules sans répondre.

— Tu connais les bouquins de ce type ?

— Je sais même pas comment il s'appelle.

— Henry quelque chose... J'en ai vu un chez Sam...

Elle m'a regardé comme si elle avait soudain conscience d'avoir rompu un non-dit, comme si elle venait brutalement d'avouer son intimité avec lui.

— Pourquoi tu es partie ?

— Tu veux vraiment le savoir ?

— Non, j'ai fait. Je m'étais même juré de ne jamais te poser la question.

— C'était une sage décision...

Elle m'a caressé la joue en souriant.

— Je ne sais pas, Manu... Je ne sais pas encore pourquoi je suis partie...

La gorge serrée, j'ai fait signe que je comprenais. C'était pas tout à fait vrai mais je pensais à Henry planté au bord de son roman en panne. Pourquoi ses personnages seraient-ils mieux lotis que nous ? Pourquoi sauraient-ils où aller alors que nous ne savons même pas pourquoi nous avançons ?

14

Le lendemain, on a continué vers l'ouest après avoir dormi par terre dans le bungalow de Henry.

Le soir, avant de nous emmener dîner « en ville », il s'était délecté sous nos yeux d'un fix de cocaïne, attentif à bien nous faire suivre la lente montée du sang dans la seringue. Sophie l'avait regardé jusqu'au bout d'un œil ironique avant d'applaudir la fin du spectacle.

— Je suis sûre que c'est le genre à se faire poser des boucles d'oreilles sur la queue, m'avait-elle glissé en sortant.

Henry ne savait pas vraiment pourquoi Sam avait pris aussi violemment sa défense dans le rade de Marius. Sam était à cran, inquiet. Il avait passé la journée à boire, a sniffer et à discuter avec Henry sur la profonde humanité de ses personnages de paumés.

— Je peux pas dire qu'il m'ait plu tout de suite... Il était trop à l'aise... Comme un type habitué à vendre sa belle gueule et sa dégaine de *cool-cat*... Ce qui me faisait rigoler, c'était d'avoir été reconnu par un Français dans un bar à nègres de Morgan City...

Nous étions dans l'unique bistrot de Cajun Beach. La salle était pleine de mecs en casquette, T-shirt et tatouages qui jouaient au billard et buvaient de la bière en parlant français comme des prolos du XVIIIe ; une bande de camionneurs sur des dialogues de Rétif de La Bretonne. Ils avaient dû saisir quelques bribes de notre français et ils nous mataient sans trop en avoir l'air. Je ne sais pas ce qui a fini par les décider mais on s'est vite retrouvés entourés par des types aux bras enluminés comme des cartes de vœux de l'UNICEF. Ils voulaient savoir d'où on venait. Sans doute pour nous y réexpédier illico, me suis-je dit dans un accès de pessimisme. Pas du tout. Il nous a suffi de prononcer « Paris, France » pour être fêtés, abreuvés et nourris le reste de la nuit.

Entre les tournées, les claques dans le dos et les souvenirs d'une France qu'ils n'avaient vue qu'en images, j'ai réussi à maintenir un semblant de conversation avec Henry. Il était mon dernier contact avec Sam, le seul qui pût me donner une indication plus précise qu'une rayure sur le côté gauche d'une Thunderbird 91.

En fait, j'étais très près de laisser tomber. Mon assurance frimeuse m'avait servi à étaler (légèrement) le coup de vent de ma rencontre avec Sophie, à éviter les réponses aux questions qui vous coupent le jarret, mais j'étais bel et bien coincé ; au point de me satisfaire du demi-déshonneur d'un demi-échec.

Henry sombrait peu à peu dans un état d'incohérence impressionnant. Son discours restait à peu près clair mais j'avais de plus en plus de mal à le rattacher à la conversation. Quand je lui parlais de mon pote, il tenait des propos géniaux sur l'art de la fiction romanesque et au moment où j'abordai les questions sur son œuvre, il m'affirma brusquement qu'il le tenait pour un fils de pute.

— Il t'a piqué ta gonzesse, non ? ... Flippe pas, c'est lui qui me l'a dit... Il se doutait que tu finirais par venir. Il savait pas comment mais il s'attendait à te voir dans le décor...

C'était le genre de conversation qui vous fait croire au miracle. Une vraie parabole. Celle de l'aveugle recouvrant la vue dans un bistrot cajun de Sainte Plage.

— Il essayait de la semer, me confia-t-il pendant que Sophie était partie faire un tour aux toilettes. Elle le gênait et il y en avait tant d'autres sur la route...

Entrant à fond dans le personnage de pasteur de Henry, Sam s'était confessé à lui.

— C'est les freaks de mes romans qui le perturbaient. Il se demandait comment on faisait pour insuffler une belle âme dans un corps dégoûtant alors que sa beauté à lui n'abritait que mensonges et trahisons... Il était très bourré mais son prurit éthique n'était qu'une pose de plus, une manière de m'approcher et de me parler de lui... C'est comme l'histoire du scorpion et de la grenouille... Ce mec ne peut s'empêcher d'être un salaud.

Sam avait été plus évasif sur ce qui l'avait fait déguerpir de New York, mais Henry, curieux comme un romancier en manque, avait profité de son état de déglingue avancée pour le faire parler. Apparemment, c'était une sale histoire et il m'avait déconseillé d'y mettre le nez.

— C'est comme pour mon genou. Un putain de camionneur me l'a écrasé mais c'est un putain de dealer qui me l'a définitivement ruiné... À coups de batte de base-ball, comme au cinéma...

— C'est des narcos qui lui courent au cul? avais-je demandé.

— Pire. Je crois qu'il a essayé d'entuber les milices.

Rien que ça. Une bande d'allumés aussi débiles et vicieux que nos skinheads mais bien mieux armés. J'en avais vu quelques-uns à la télé. Ils compensaient largement l'extrême faiblesse de leurs cervelles par la puissance de feu qu'ils affichaient. J'ai voulu en savoir plus mais Henry avait déjà switché sur la force de la critique sociale chez Flaubert.

Sophie a attendu qu'il revienne sur terre pour lui donner les clés et les papiers de sa voiture.

Elle est quelque part à Morgan City, sourit-elle, il ne vous reste qu'à la retrouver.

Avant de nous quitter, nos potes ont tenu à nous souhaiter bonne chance à la manière cajun.

— Prends ça, mon ami, m'a dit un joyeux luron en me fourrant un bout de corde dans la main. Elle a servi à pendre un nègre... Ça compte double.

— Alors ? a fait sobrement Sophie après une dizaine de miles.

— J'en sais rien. Faut qu'on en parle.

— T'aurais pu le faire avant de choisir la route. Plein ouest... C'est la route de la Thunderbird, non ?

J'avais tourné à gauche sur la 10 sans même m'en rendre compte.

— T'as un billet de retour ? j'ai demandé.

— Non... fit-elle en rougissant.

— Moi non plus. Rien ne nous empêche de prendre un avion à Houston.

Ça m'était venu comme ça et j'étais plutôt fier de l'effet produit. Sophie m'a regardé comme si je venais de réussir à lui fourguer cent kilos de vache anglaise.

On s'est arrêtés à Port Arthur pour déjeuner et j'ai appelé Teissere. Il avait l'air content de m'entendre.

— Un type est venu nous secouer à propos de Sam... Enfin, il a essayé... On s'est organisés mais on était vachement inquiets pour vous deux... Tu l'as trouvé ?

— Non mais j'ai trouvé autre chose... Je te raconterai une autre fois... On dirait que Sam à les milices au train.

Il a mis un peu de temps pour répondre. J'ai attendu en regardant Sophie fourrer son joli nez dans un verre de blanc.

— Pourquoi pas ? Il fallait bien que ça soit quelque chose.

— Merde ! j'ai gueulé. C'est pas simplement *quelque chose*... c'est des fachos... C'est de Sam qu'on parle, putain !

Il a recommencé à rien dire. Dans la salle, le patron flirtait avec Sophie.

— Qu'est-ce que tu vas faire ? a fini par demander Alain.

— Qu'est-ce que tu crois ? Que j'ai de quoi engager une division blindée ? De toute façon, j'ai pas la queue d'une piste.

— C'est pas de ça que je te parle.

Cette fois, c'est moi qui ai pris mon temps. J'ai regardé Sophie rire des blagues de son galant. Elle était aussi belle que dans le plus innocent de mes souvenirs. Comment pouvais-je prétendre avoir le choix ?

— Je peux pas lâcher Sam sans avoir tout tenté. Essaie de trouver tout ce que tu peux sur ces cinglés. Je te rappellerai.

Au dessert, le patron nous a offert du cognac. C'était une armoire à glace légèrement pansue qui parlait français presque aussi bien que mon trisaïeul. Photos à l'appui, il nous offrit aussi l'histoire de sa famille.

— Ma fille aînée... Elle a épousé un Français, précisa-t-il comme s'il évoquait un prince de ligne. Un ingénieur des pétroles. Ils vivent à Houston.

La fille, une blondasse aux yeux clairs, souriait niaisement dans les bras d'un petit brun qui avait l'air de se demander ce qu'il foutait là.

— Belle garce, non ? Encore une goutte pour la route, le coup de l'étrier, dit-il en nous resservant *larga manu*. Deux groupes de vrais Français de France en deux jours, ça s'arrose...

— Ah bon ? j'ai fait d'un ton neutre. C'était qui, les autres ?

— Quand je dis des vrais Français, j'exagère, dit-il avec un petit rire curieusement grossier. Trois Français et un Nègre... Ils font un livre sur le blues et c'est même pas le Blanc qui écrit l'histoire. Ils sont venus manger hier. Ils cherchaient un endroit où on jouait du zydeco... C'est un genre de musique nègre...

J'ai fait signe que je connaissais le zydeco. L'air un peu déçu, il a ravalé son cours d'ethnologie.

— Ils sont toujours en ville ?

— Ils y étaient ce matin... J'ai vu leur voiture devant l'hôtel de la ville.

Dans un bouquin sur Janis Joplin, j'avais lu que Port Arthur était aussi l'*alma mater* de Buddy Holly, Clarence « Gatemouth », Clifton Chenier, les frères Winter et une bonne dizaine d'autres musiciens. Depuis, je me demandais à quoi pouvait ressembler une ville ainsi élue par la musique. J'ai cherché mais autant vouloir faire parler un cimetière. Les Blancs avaient évacué le centre-ville depuis longtemps, même les flics n'y mettaient plus les pieds, et la misère y grimpait comme un lierre. Dans Houston Street déserte je n'ai vu que des fenêtres clouées, des ombres rongées par la dope et des entrées de rade qui puaient la mort et le danger. Ni gosses ni femmes dans cet univers rouillé où, plantée comme un mausolée, la bibliothèque de l'université exposait les souvenirs de ses musiciens comme les lambeaux d'un rêve ancien.

La salle d'exposition était vide mais la fille de l'entrée se souvenait des Français et de leurs recherches sur le blues. Elle leur avait préparé un dossier et les attendait d'un moment à l'autre. Sans demander son avis à Sophie, j'ai décidé de les attendre moi aussi.

La moitié de l'expo était consacrée à Janis Joplin. Une photo la montrait en étudiante *graduate* et j'ai vainement cherché dans le regard clair de la jeune fille blonde qui souriait alors à l'objectif, les traces de cette force qui allait la propulser vers la gloire et l'enfer. Sur une autre, prise quelques jours avant sa mort, elle avait encore cet air de gamine surprise par l'incroyable vitesse de la vie.

Charles fut le seul à manifester du plaisir à me revoir. Sur le visage des trois autres, j'ai lu les fatigues, les peurs et les vicissitudes d'un long voyage.

Ils tournaient autour des bars de Houston Street depuis deux jours sans oser entrer. Ils avaient cherché toutes les introductions possibles mais les deux communautés étaient séparées par une cloison de haine.

— Quand j'ai demandé au patron du restau s'il savait où jouaient les Noirs du coin, il nous a montré le 45 qu'il portait à la ceinture. « J'sais pas où ils jouent, il a dit, mais j'ai de quoi les faire danser. »

Charles prenait tout ça comme une insulte personnelle, un déni de son enthousiasme.

— Cette ville est un vrai cimetière, fit-il d'un ton presque coupable avant de m'annoncer tout à trac : On a vu Sam dans un bled du Texas, Winnie... C'est sur la route de Houston.

— On a vu un Français dans un bar, soupira Jean-Pierre, comme excédé par la énième lubie de Charles.

— Je suis sûr que c'était lui...

Charles louchait sur Sophie, attendant sans doute que je la lui présente autrement que par la simple mention d'un prénom. Il en fut pour ses frais.

— Il était seul ?

— Non. Y avait un type avec lui... Un grand balèze à l'air mauvais.

— Ils avaient l'air comment ? Gardien et prisonnier, par exemple... ?

— Ils avaient juste l'air de deux types qui boivent un coup sur la route.

J'ai jeté un coup d'œil sur la carte. Winnie était sur la route la plus directe entre Port Arthur et Houston. Le plus court chemin pour rallier un aéroport.

— C'est tout ?

— Non. Quand ils sont partis, j'ai filé un billet au barman pour savoir ce qu'ils s'étaient raconté...

Il se remit à mater Sophie comme si je devais payer pour le voir.

— Et alors ? ai-je fait, inflexible.

— Ils se disaient pas grand-chose mais ils ont parlé du Montana à plusieurs reprises... Ça te sert à quelque chose ?

Je l'ai regardé avec une franche admiration. Il souriait modestement mais il pissait le contentement par les oreilles.

— Pourquoi t'as fait ça ?

— Je me suis dit que ça pouvait être utile.

Il repoussa avec noblesse mes velléités de le rembourser.

Avant de partir, j'ai pris Sophie par l'épaule.

— Sophie fait bien partie de l'histoire, mais c'est pas facile à expliquer... Merci pour tout.

Je revendis la Cad à Houston sans trop perdre d'argent. En la voyant disparaître, je fus surpris d'aussi peu la regretter. Sophie ne lui accorda pas un regard. Elle était retombée dans une morosité dont rien ne pouvait la distraire. Nous évitions de parler de Sam mais je savais que l'opinion de Henry la blessait autant que moi. J'avais bien entendu gardé pour moi le fait que Sam avait l'intention de la larguer comme un bâtard avant les vacances mais j'étais sûr qu'elle en avait depuis longtemps l'intuition.

— Et si je refusais de venir avec toi ? fit-elle en regardant la carte du Montana étalée sur le lit de notre chambre d'hôtel.

— Tu sais bien que c'est impossible.

— C'est un salaud, Manu. Tu l'as entendu comme moi...

Elle m'a forcé à lever les yeux de la carte. Ses lèvres tremblaient.

— ... Et tu ne sais pas tout...

— Toi non plus, j'ai dit en lui fermant la bouche d'une main. C'est mieux comme ça... Laissons-nous un peu de temps.

Je me suis remis à examiner la carte. Presque aussi grand que la France, moins peuplé que Marseille, le Montana me flanquait déjà le vertige. J'avais lu tout un tas de trucs sur cet État immortalisé par les films d'Anthony Mann, les romans de Dorothy Johnson, Jim Harrison, Crumley ou James Welsh, et je me demandais bien ce que Sam avait à y foutre.

— MOM... , me renseigna Teissere. *Militia Of Montana*... Celle qui se considère comme la mère de toutes les milices... J'ai peur que tu sois sur la bonne piste.

— Moi aussi, j'ai soupiré en racrochant.

J'avais le choix entre Billings et Missoula. J'ai pris deux billets pour Missoula.

Sans doute parce que j'avais l'impression d'y connaître du monde.

15

Mon guide décrivait Missoula comme une petite ville de quarante-trois mille habitants étalée le long de la Clark Fork River, au débouché du Hell Gate Canyon, « un mélange plaisant de sophistication universitaire et de rudesse prolétarienne ». Tout un programme. Il poursuivait en indiquant que la ville s'était développée grâce à deux industries aujourd'hui déclinantes, le bois et le chemin de fer, mais que la présence du campus de l'université du Montana avait donné à Missoula un petit air littéraire et gauchisant plutôt rare dans ces contrées forestières.

L'université et les écrivains qui gravitaient autour étaient bien les seules choses que je savais de la ville. Vers le milieu des années quatre-vingt, une rumeur persistante avait commencé à se répandre dans le Landerneau littéraire français. Il aurait existé au nord-ouest des États-Unis, dans un État immense, peuplé de cowboys, d'élans et de truites gigantesques, une ville bourrée d'écrivains, une sorte de Ploucville improbable où écrire des bouquins était aussi commun que de jouer du saxo à New York... La rumeur avait envahi les journaux littéraires et les rayonnages des librairies. Elle se confirma jusque dans quelques émissions de télé. Avec une cinquantaine d'écrivains en activité sur une population de quarante-trois mille habitants, Missoula était bien une ville où la culture se mesurait au densimètre. Une ville où l'on a plus de chance d'écraser les pieds d'un écrivain que ceux d'un représentant de n'importe quelle autre catégorie socioprofessionnelle.

C'était pas vraiment ce que j'étais venu chercher.

En arrivant au Red Lion, « le motel le plus confortable de tout l'Ouest », comme nous l'avait vanté le cow-boy qui faisait le taxi à l'aéroport, Sophie avait tenu à faire chambre à part. Sans doute avait-elle remarqué dans mes yeux une certaine tendance à mater ses seins et ses fesses quand elle se levait ou qu'un trou d'air faisait trembler sa poitrine. J'avais même essayé de m'endormir innocemment sur son épaule. Elle s'était dérobée en grognant et je m'étais contenté de l'encadrement du hublot.

— On ne peut pas faire comme si rien ne s'était passé, Manu, avait-t-elle dit sur le ton d'institutrice qu'elle prenait toujours quand elle s'était fait prendre la main dans le pot de confiture.

J'ai essayé de lui faire comprendre que je voulais d'abord sortir Sam du merdier et que, pour ça, il valait mieux que je ne sache pas tout, mais elle semblait dévorée par un prurit de franchise que j'arrivais mal à endiguer.

— C'est sur mes traces qu'Agathe t'a envoyé, pas sur celles de Sam, avait-elle fini par cracher.

C'était sans doute une information capitale mais je préférais découvrir la vérité au rythme lent du voyage.

— Je ne veux rien savoir avant la fin du film, avais-je grincé en arrêtant mon poing à quelques centimètres de sa jolie bouche.

Elle s'était tue. Nous avions peur tous les deux de la

violence qui avait soudain remplacé mes humeurs câlines. L'hôtesse nous regardait comme si elle avait débusqué le tueur dans ma tête. Je lui ai souri en agitant mes mains comme des marionnettes.

Sophie s'est enfermée dans sa chambre pour ne pas en sortir de deux jours.

J'ai passé le temps au bar du Red Lion à boire des martinis en regardant couler la Clark Fork River. Le service était assuré par des jeunes femmes en chemises blanches et pantalons noirs, sans doute des étudiantes en littérature comparée ou mathématiques spéciales. Elles semblaient toutes disposées à me rendre la vie heureuse en me lançant des « *Enjoy* » à tout bout de champ. On aurait dit qu'elles étaient payées pour chaque rare sourire qu'elles arrivaient à arracher à ce Français sinistre mais sans doute passablement romantique.

— Pourquoi vous n'allez pas faire un tour ? finit par me conseiller la barmaid, une rousse au teint aussi diaphane qu'une aube d'été sur Dublin. Vous êtes là depuis hier et vous n'avez vu que le fond de votre verre.

— À pied ? j'ai dit bêtement.

— Si vous voulez, mais vous pourriez tout aussi bien louer une voiture.

C'était bien le conseil le plus judicieux qu'on m'ait donné depuis mon arrivée. Je me suis levé pour le suivre mais mes jambes et ces putains de martinis m'ont trahi.

Rosie, c'était le nom qui était brodé sur sa chemise, m'a ramassé sur la moquette. Elle sentait le chèvrefeuille et ne portait pas de soutien-gorge.

— Vous allez d'abord vous reposer, dit-elle en m'accompagnant jusqu'à ma chambre. Je viendrai vous chercher à la fin de mon service et on ira vous louer une voiture.

J'ai traversé le hall en m'appuyant sur elle. Il me restait bien un peu de dignité mais pas assez pour marcher seul. En nous voyant passer, le réceptionniste a plongé le nez dans son registre.

— Pourquoi vous faites ça ? j'ai dit pendant qu'elle ouvrait la porte à ma place.

— J'en sais rien... Et vous ? Pourquoi vous buvez comme ça ?

— J'en sais rien non plus...

Elle m'a conduit vers le fauteuil mais Michel y était déjà. Je me suis effondré sur le lit.

— ... Mais si vous foutez les ivrognes à la porte il va pas vous rester beaucoup de monde....

— Pas mal, sourit-elle. C'est de vous ?

— Non. C'est de Boris Vian...

Et je me suis mis à brailler le refrain de *On n'est pas là pour se faire engueuler* en regardant le flamboiement de sa crinière disparaître dans le couloir.

Incapable de dormir, j'ai picolé de la bière en écoutant du rock à la radio. C'était une fréquence qui ne diffusait que des standards des années soixante et soixante-dix et la nostalgie ne tarda pas à venir grignoter insidieusement le peu de moral qui me restait. Quand les Doors attaquèrent l'intro de *L.A. Woman*, je pleurais déjà comme un veau.

Je me suis souvenu de ma dernière visite à la tombe de Jim Morrison. C'était un de ces matins de printemps où le monde semble prêt à tout vous donner : l'amour, la joie, le courage et la force de tout faire tenir ensemble. Nous étions tous là, Michel et Agathe, Sophie et la Suédoise que Sam avait ramenée d'Amsterdam et qui secouait le somptueux champ de blé qu'elle avait sur la tête en riant à chacun des mots de son french lover. Elle avait sorti de son sac un pétard dodu comme une banane et nous l'avions partagé avec deux touristes allemands, assis près du tombeau couvert des graffitis touchants de niaiserie qui perpétuent la trajectoire magique du Roi Lézard, au milieu des mégots, des seringues, des capsules de bières noircies, des manches de cuillères tordus et autres attirails du culte de la dope. C'était sans doute une réunion d'une affligeante puérilité mais nous la vivions comme une petite messe volée au temps, une cérémonie barbare à la gloire de ce que nous avions été. Les Allemands non plus n'étaient pas venus les mains vides. Ils ne prenaient même plus la peine de rouler des joints et se contentaient de badigeonner des Camel de l'huile de haschisch qu'ils prélevaient à même le flacon avec la tige d'un cure-pipe. Nous fumions tous comme des incendies, Sam chantait *L.A. Woman* en caressant les cuisses d'Agathe et Michel riait à tue-tête en regardant ailleurs.

Nous étions bien trop potes pour que l'un de nous ne se risque à voir dans cette caresse autre chose qu'une vieille tendresse machinale mais j'avais eu le temps de capter dans le regard de Michel tout le désarroi, toute l'incompréhension qui m'inondait aujourd'hui.

— Tenez, prenez ça, dit Rosie en me tendant un cachet et un verre d'eau. C'est qui Sophie ? Celle qui est arrivée avec vous ?

— C'est quoi ce truc ?

— Désoxyne... Ça va vous remonter.

— Comment vous savez son nom ? j'ai demandé en avalant le cachet.

— Vous m'avez pris pour elle quand j'ai commencé à vous réveiller.

Elle tournait le dos à la fenêtre et le soleil couchant lui glissait des flammes dans la crinière. Elle était belle comme une couverture de magazine.

— Rien ne vous oblige à répondre à mes questions,

dit-elle en se posant sur le bord du fauteuil. C'est juste la maladie professionnelle des barmaids.

— Ça va, j'ai grogné. Posez autant de questions que vous voudrez et ne vous gênez pas pour fournir aussi les réponses... Tant que vous y êtes, vous pouvez aussi poser ce truc par terre.

— On dirait une urne funéraire, a-t-elle dit en posant Michel à ses pieds.

Elle a souri avant d'ajouter :

— Mon père est croque-mort à Des Moines. Il voulait que je prenne sa suite mais j'ai décidé que c'était pas un métier de femme.

— Vous préférez soigner les poivrots ?

— Ouais. Au début, je faisais ça pour me payer des études mais les profs ne pensaient qu'à me fourrer dans leur lit.

— Pas les poivrots ?

— Si, mais ils ne se croient pas obligés de me parler de mon âme avant.

La Désoxyne commençait à faire de l'effet. Je me suis levé et j'ai pris deux mignonnettes de vodka dans le minibar.

— *Hairs of the dog*, j'ai dit en versant les deux doses dans un verre. C'est comme ça qu'on dit, non ?

Elle a hoché la tête sans répondre. Sans doute trouvait-elle que c'était à mon tour de répondre aux questions. J'ai lampé la moitié du verre et je lui ai tendu le reste. L'alcool me fit l'effet d'un coup de chalumeau sur une vieille soudure.

— C'est ma femme... Elle est arrivée avec moi mais ça veut pas dire qu'on voyage ensemble... Enfin... Pas tout à fait.

— Pas la peine de me sortir des craques sur votre vie conjugale avant de me faire la cour, *mister frenchy*, fit-elle avec un petit rire sec. Je connais la chanson... Tous les hommes mariés me servent la même.

— Je crois que celle-là est un peu différente, j'ai dit en rougissant.

— Elles le sont toutes, non ?

J'ai pas répondu. J'ai fini le verre de vodka et je me suis enfermé dans la salle de bains. C'était pas une bonne idée. Le type entre deux âges qui me regardait dans la glace avait l'air bien plus vieux que moi.

— C'est qui les cendres ? fit-elle en sortant sa Subaru du parking de l'hôtel. Votre père ? Votre gosse ? Ou juste un pote qui vous a laissé un testament tordu ?

— Il n'a laissé aucun testament... C'est juste un serment de gosses...

Elle a hoché la tête comme pour dire qu'elle comprenait. La vodka et le speed me cavalaient sur les nerfs aussi vite qu'une flamme sur un cordeau Bickford.

— C'est la faute de Malcolm Lowry, j'ai continué. On s'était juré qu'à la mort du premier, les deux autres iraient verser ses cendres en dessous du volcan. C'est au Mexique...

— À Cuernavaca, je sais, coupa-t-elle. C'était qui le troisième ? Sophie ?

— Je le cherche et c'est comme ça que j'ai retrouvé ma femme sur la route.

Elle m'a jeté un bref coup d'œil.

— Merde, mec, je m'excuse, fit-elle d'un ton respectueux. Je pouvais pas savoir que celle-là était *vraiment* différente.

— Moi non plus...

Elle eut le bon goût de ne pas en demander plus, et moi, je me suis retenu de parler comme on se retient de jouir. J'avais trop envie qu'elle reste.

Le crépuscule allait bien à Missoula. Il donnait du relief à ses avenues rectilignes bordées de maisons basses qui prenaient soudain des allures de décor de ciné. Les silhouettes de tous ces types en jean, bottes et grand chapeau accentuaient l'illusion d'être entré en douce dans un film d'Anthony Mann ou une nouvelle de Dorothy Johnson.

Mais le vrai choc du Montana c'est son ciel. Il m'avait déjà sauté dessus à mon arrivée mais le soir lui donnait encore plus de place. Immense, tendu de cirrus nonchalants comme des nus allongés, il semblait s'étendre bien plus loin que ses horizons. À croire que la Terre s'était aplatie pour lui laisser plus d'espace.

— *The Big Sky State*, fit Rosie en suivant mon regard.

L'État du Grand Ciel. À peine plus mégalo que Le Siècle des Lumières ou Le Roi Soleil... Vivre ici ne devait pas être beaucoup plus difficile que de respirer.

Dans une agence de l'aéroport, et sur les conseils de Rosie, j'ai loué un 4 x 4 japonais équipé comme un avion de ligne, la ligne en moins.

— Je suis libre pour la soirée, lança-t-elle pendant que je faisais semblant de m'intéresser aux gadgets nippons.

— Moi aussi...

— Votre femme ?

— L'hôtel a un restaurant et un room service... Ça devrait suffire.

Elle a souri en haussant les épaules, comme si je venais de lui confirmer son opinion sur les hommes.

— Laissez votre voiture ici... On la reprendra au retour.

On a pris la route de Lolo dans sa Subaru. C'était le genre de bagnole pourvue de ceintures automatiques qui vous ligotaient à votre siège sans vous demander votre avis. À peine la portière fermée, elles vous fonçaient dessus avec un déclic narquois et ne vous laissaient plus aucune chance de gigoter à votre aise.

— Je suis pas sûr d'aimer ce truc, j'ai fait en dégageant mon bide.

— C'est pas mal pour les filles, rigola-t-elle. Ça permet de conduire seule sur son siège.

La Lolo Steak House était construite avec assez de troncs d'arbres pour déboiser une forêt de chez nous. L'intérieur ressemblait à une église où on aurait remplacé les statues des saints par un zoo figé dans une mort soudaine. Une bonne vingtaine d'animaux empaillés nous ont regardés entrer, la gueule, la bouche ou le bec ouverts dans une cacophonie sauvage et muette. Une serveuse bâtie comme un pur-sang nous installa sous la tête d'un orignal mâle bien assez gros pour résister aux canines étincelantes de la louve qui lui faisait face.

— Généralement, les touristes aiment bien cet endroit, fit Rosie avec son sourire en coin.

On a échangé quelques banalités du même tonneau en attendant notre commande ; deux vodka-martini bien tassées suivies de deux steaks d'une taille parfaitement indécente.

La salle était bourrée de gens en jean propre, chemise à pressions bien repassée et bottes luisantes. Tous gardaient leur chapeau pour manger.

— Qu'est-ce qui vous fait croire que votre copain est au Montana ? demanda Rosie au moment où je commençais à oublier ce que j'étais venu faire ici.

— Une conversation de bistrot... C'est la seule piste que j'ai... Ça et le fait qu'il a sans doute des ennuis avec les milices.

— Rien que ça, siffla-t-elle.

J'eus l'impression d'avoir encore grimpé dans la hiérarchie de ses cinglés habituels.

— Et vous espérez le tirer de là ?

— J'espère surtout le trouver. Pour le reste...

— Ces dingues sont plus dangereux que des serpents à sonnettes. Qu'est-ce qui lui a pris d'aller leur chier dans les bottes ?

— Aucune idée. Je ne sais même pas ce que ma femme fout dans le décor.

On a profité du silence pour commander une nouvelle tournée. Je n'arrivais pas à penser à grand-chose mais j'avais l'impression d'entendre sa cervelle travailler.

— Vous l'aimez toujours ?

— J'ai pas eu le temps de faire autrement, j'ai fait. Elle me manquait encore quand je l'ai retrouvée.

— C'était où ?

— Morgan City... Louisiane.

Elle a sifflé à nouveau.

— Vous faites rien comme les autres, hein ?

— Si, justement...

Et je me suis mis à raconter la grisaille paisible de mon existence, mes vieux rêves empaillés et cette folie qui s'était soudain mise à grimper comme le sang l'avait fait dans la seringue de Henry.

Elle écoutait aussi bien qu'elle posait les questions. Faut dire que j'y mettais du cœur et du drame. Elle me plaisait bien cette histoire. Le livre dont vous êtes le héros, c'est comme ça que je voyais les choses du haut de ma défonce.

Sur la route du retour, les collines nous entouraient comme de gros traits tracés au noir de charbon contre la luminosité du ciel nocturne. Une biche fit mine de traverser la route avant de faire volte-face d'un bond, ses grands yeux sombres écarquillés dans la lumière des phares. Je me sentais vaguement honteux d'avoir tant parlé de moi. Honteux et repus.

Rosie conduisait en silence. Elle avait l'air de savoir où elle allait.

Elle s'est arrêtée devant une grosse bâtisse de brique dont la façade annonçait MISSOULA en grosses lettres manifestement ferroviaires. Au milieu de la place, posée sur un tumulus planté de fleurs et de gazon, une vieille locomotive équipée d'un chasse-bœufs semblait en pénitence.

La gare avait été transformée en une espèce de grand bistrot un peu chichi avec ses boiseries et ses cuivres astiqués comme des boutons d'uniforme. Derrière le bar, de grosses cuves reliées par des tuyaux alambiqués vibraient en glougloutant.

— Ça s'appelle The Brewery parce qu'ils font leur bière eux-mêmes, chuchota Rosie comme si on venait de pénétrer dans un lieu de culte.

Sur une estrade on avait installé un lutrin et, derrière le lutrin, une dame aux cheveux gris lisait un texte où il était question de tarte aux myrtilles, de confitures et de l'Ouest éternel. Les gens, la salle en était pleine, écoutaient dans un silence religieux.

— C'est une lecture, souffla Rosie. Vous n'avez pas ça chez vous ?

— Si... quelquefois... mais c'est un peu différent.

Difficile d'expliquer à une fille de l'Ouest la différence entre une lecture de poésie française et un *reading* à Missoula. La première est généralement chiante comme la mort, la seconde avait l'air d'une séance de casting pour un film sur le bon vieux temps d'avant la télé.

La dame aux cheveux gris fut très applaudie. Elle céda sa place en rosissant à un grand gaillard fringué comme les cow-boys endimanchés qu'on avait vus à la Lolo Steak House. Sans quitter son grand chapeau noir, il se mit à scander un poème musclé en frappant le sol du talon de sa botte. J'ai pas tout compris mais ça parlait d'une nuit d'orage où le troupeau avait paniqué, bousculant dans sa fuite les chariots et la cuisine roulante pendant que les hommes faisaient cabrer leurs montures contre un ciel zébré d'éclairs et de pluie. C'était aussi fort qu'une très bonne ballade country mais le type n'avait ni guitare ni violon ; juste sa voix et le talon de sa botte régulier comme un métronome.

Il fut remplacé par Rosie. Elle s'était levée sans rien dire et je m'attendais à tout sauf à la voir tapoter nerveusement sa coiffure dans le halo d'ombre que dessinait la lampe du lutrin. Elle lut un extrait du roman sur lequel elle travaillait. *Work in progress*, comme l'annonça la meneuse de jeu, une délicieuse universitaire en robe liberty et lunettes demi-lune. Elle parlait des hommes, bien sûr, mais avec la tendresse amusée qu'on emploie généralement pour le chat ou le chien de sa vie. C'était léger et drôle. Même quand on sait qu'on a été le dernier spécimen disséqué.

— Tout le monde écrit à Missoula, fit-elle en revenant s'asseoir. Même lui, ajouta-t-elle en désignant l'homme qui lui avait succédé. Ray Bartell... C'est un des flics de la ville.

Il se débrouillait plutôt bien, lui aussi. Son extrait faisait le portrait d'un ancien du Vietnam que la trouille avait rendu insomniaque et qui finissait par aller vivre avec les grizzlis, juste pour avoir des raisons d'avoir peur. Ses phrases sonnaient rond et juste comme des balles tirées en pleine cible.

Rosie fit signe à Bartell après sa lecture.

— Je crois que Manu a besoin de toi, dit-elle après nous avoir présentés. Il cherche un copain qui a des ennuis avec les milices.

— Les milices ? fit-il en levant un sourcil étonné. Il est français, votre copain ?

— Il a vécu dix ans à New York, j'ai dit comme si ça suffisait à expliquer les choses.

Même si je ne l'avais pas entendu lire son histoire de guerriers et de grizzlis, j'aurais tout de suite aimé Bartell. C'était un de ces types qui vieillissent en gardant toujours les traces de leur adolescence. Avec ses joues lisses, ses yeux clairs et sa tignasse grisonnante, il avait l'air d'un étudiant maquillé en quinquagénaire pour la fête de fin d'année.

Il m'a souri et m'a tendu sa carte.

— Venez au poste de police demain matin... On verra ce qu'on peut faire.

J'ai attendu qu'il soit parti pour embrasser Rosie sur le front.

— Merci pour tout, j'ai dit en fourrant mon nez dans l'odeur de ses cheveux. Je ne sais pas ce que j'aurais fait sans vous.

— Vous auriez trouvé quelqu'un d'autre, pardi. C'est toujours comme ça que ça se passe, non ?

Et elle s'est penchée pour m'embrasser légèrement sur le coin de la bouche. Si j'avais eu une sœur, je suis sûr qu'elle m'aurait embrassé comme ça.

— Venez, dit-elle en se levant. J'ai besoin de quelque chose de plus raide.

J'ai failli lui demander de quoi elle parlait ; je me suis contenté de la suivre.

Faire la tournée des bars de Missoula avec une barmaid du Red Lion c'est comme visiter les tripots de Dodge City avec Doc Holliday. J'ai pas payé grand-chose mais j'ai bien bu l'équivalent des revenus mensuels d'un érémiste. Tout le monde voulait savoir qui était le nouveau jules de la belle rousse et Rosie en jouait avec une coquetterie amusée. « Manu », disait-elle simplement en appuyant bien sur la dernière syllabe, à la française, et un tas de types jeunes et vieux me regardaient comme si je venais de me servir de leur brosse à dents sans demander.

La tête pleine de vodka glacée, de rock, de country et de blues, j'ai fini par me retrouver au Charlie's. Rien ne signale le Charlie's à la curiosité des pèlerins. L'entrée, une simple façade de planche dépourvue de la moindre indication et percée d'une banale porte de bois, était gardée par une petite bande de chiens en laisse de corde ou bandanas qui attendaient manifestement leurs maîtres. C'est en voyant les portraits encadrés sur les murs du bar que j'ai compris. Une centaine de trognes capturées par le même photographe qui sourient, grimacent ou rêvent déjà au paradis des buveurs mais qui, tous, portent les stigmates d'une vie où l'on boit parce qu'on sait qu'il vaut mieux éviter d'être à jeun. Au bas de bon nombre d'entre eux (ou elles), une étoile d'or collée sur le verre indique que ceux-là ont cessé d'avoir soif.

J'avais lu la description du Charlie's et de ses photos dans *Fausse Piste*, le deuxième roman de James Crumley mais, depuis, la réputation du bar, portée par tous les fans de Milo et Sughrue venus reconnaître le terrain, avait fait le tour du monde.

— Je sais, ai-je fait en coupant net les explications de Rosie. C'est le Charlie's... Le bar mythique de Crumley...

— Je croyais que t'étais jamais venu...

— Pas la peine de voyager... Suffit de lire.

Elle avait l'air un peu étonnée en m'entraînant vers les profondeurs du rade.

Le bar en demi-cercle était occupé par quelques-uns des types portraitisés et par d'autres qui faisaient ce qu'ils pouvaient pour y arriver. Ils avaient tous des gueules de héros de la classe ouvrière et ils tiraient tous sur leurs clopes en buvant un drôle de mélange de bière et de jus de tomate. Derrière eux, une bande de jeunots carambolaient les boules de trois billards à poches usés jusqu'à la trame.

De chaque côté du bar, deux télés gigantesques et muettes débitaient des images de sport entrecoupées de pubs. Mélange de rumeurs, de cris et de rock poussé à fond la caisse, le vacarme interdisait toute conversation normale.

Crumley n'était pas en ville, nous dit un type bedonnant et placide que Rosie m'avait présenté comme Charlie en personne. Elle avait l'air déçue. Pas moi. J'aurais pas su quoi lui dire. Que j'aimais ses bouquins et que mon copain Sam avait choisi le titre de l'un d'entre eux pour baptiser son éphémère combo ? Ce type avait sûrement reçu trop de louanges pour manifester autre chose qu'un intérêt poli à celles d'un libraire du 19e. C'était du moins ce que j'avais envie de croire dans ce rade si différent des troquets de chez moi que je commençais à perdre le peu de sentiment de réalité que j'avais réussi à conserver tout au long de ce voyage.

Planté sur mes bottes, j'oscillais au rythme de la gnôle, de la musique et des mouvements de foule. Rosie riait aux éclats du baratin que lui soufflait dans l'oreille un vieux bonhomme à la gueule cassée et coiffé d'un bonnet d'highlander écossais.

— Murphy veut pas croire que t'es français, fit-elle en me caressant le dos. Dis-lui quelque chose pour voir....

— *Je suis le ténébreux, le veuf, l'inconsolé, le Prince d'Aquitaine à la tour abolie. Ma seule étoile est morte et mon luth constellé porte le soleil noir de la mélancolie...* j'ai récité sans vraiment y penser.

Murphy hocha la tête d'un air satisfait.

— *El Desdichado*... fit Rosie en me déposant un autre baiser sororal au coin des lèvres.

— Tu connais Nerval ? j'ai fait, sincèrement surpris.

— Tu connais bien Crumley...

— Je suppose que lui aussi, il a cherché à te fourrer dans son lit, j'ai dit méchamment.

— À moins que ça ne soit le contraire, sourit-elle. Il n'a pas cherché à confondre mon âme et mon cul, en tout cas...

Elle a séché son verre d'un geste sec.

— De toute façon, ça ne te regarde pas... On s'en va. Cet endroit te rend trop sentimental.

Sentimental... Je l'étais comme un veau sans sa mère en la suivant dans la nuit bleue de Missoula. J'ai continué à boire et à danser dans les bars de rencontre en guettant mes chances dans le regard de Rosie. Elle m'avait refilé un autre cachet de Désoxyne et je me sentais aussi vaillant qu'un étudiant de premier cycle. Mais tout a foutu le camp devant la porte de la petite maison en bois qu'elle habitait dans les faubourg de la ville.

— Rattle-Snake Drive... fit-elle en cherchant ses clés. Ça donnerait quoi en France?

— *Avenue de la République*, probablement.

Elle a ri et nous sommes restés à nous tortiller en silence en regardant le ciel.

— Tu rentres? elle a fait au bout d'un certain temps.

C'était le pire moment pour me demander ce que faisait Sophie pendant que je me balançais sur le seuil d'une rousse incendiaire à deux heures du matin, et c'est pourtant ce que je fis. C'est le genre de pensée parasitaire qui vous pousse à l'assaut ou qui vous flingue le moral comme un coup de pied dans les couilles.

— Vous me prenez sans doute pour un brave type honnête, j'ai dit en entrant.

— J'en sais rien. Je suis sûre que vous avez fait des ravages dans votre jeunesse.

Moins que j'aurais dû, en tout cas. Je me suis souvenu d'une fille que j'avais connue en ma première année de fac. Elle ressemblait à Joanna Shimkus et elle était si belle que j'avais peur de la faire fuir en la caressant au-dessous de la ceinture. Elle a fini par me larguer pour Sam qui l'a sautée au premier rendez-vous.

Le petit trois pièces – une chambre, un salon, un bureau, était bourré de bouquins, de disques et de fringues éparpillées.

— J'ai connu un type dans votre genre, fit-elle en me

lançant un exemplaire des poèmes de Nerval. Plus vieux que vous mais le visage tout ridé à force de rire et de sourire. Vous auriez intérêt à vous y mettre… Vous êtes un peu lisse, comme ça.

C'était une sacrée bonne idée. Suffit de manifester sa bonne humeur pour qu'elle revienne illico. Je suis allé mettre un disque pendant qu'elle mélangeait des tas de trucs dans une grande carafe.

— Si vous avez lu Crumley, vous connaissez sûrement le *Dead Solid Perfect Martini*… « Un verre glacé, un frémissement de vermouth, un soupçon de jus d'olive, une larme de jalapeno, un petit oignon à cocktail et une généreuse rincée de gin sur les glaçons jusqu'à ce qu'il y ait de la fumée dans l'air humide »…, cita-t-elle de mémoire en me tendant un verre à pied. C'est dans *Les Serpents de la frontière*…

C'était sec comme un coup de trique et ça vous donnait tout de suite l'envie de parler de trucs marrants, par exemple de la fois où je m'étais fait éjecter de ma Coccinelle en prenant un virage trop sec pendant qu'une pleine voiture de fachos me cavalait après. La Coccinelle s'était payé un mur et, le crâne en sang, je m'étais relevé pour plonger dedans… et dans le giron de Sophie. Dégoûtés par ce type qui se réfugiait dans les bras d'une femme, les fachos s'étaient contentés de me filer quelques coups de pied dans les côtes et les jambes.

— C'est une bonne histoire, fit Rosie. Elle me rappelle celle où je m'étais fait prendre avec trois grammes de coke dans une rue de Des Moines… Un gros connard de flic était persuadé que je planquais le reste dans ma chatte et il voulait vraiment fouiller l'endroit avec le canon de son flingue… Vous savez pas ce que c'est, vous, d'être percée de tout un tas d'orifices qui rendent les hommes dingues…

— Et alors ?

Elle eut un petit rire bref.

— Alors je me suis assise sur son bureau et j'ai ouvert les jambes en écartant mon slip pour bien dégager la place. Il a regardé le tout en rougissant comme s'il venait de croquer un de ces piments mexicains et il m'a traitée de salope en rangeant son flingue.

— Merde ! Et s'il l'avait vraiment fait ?

— Je l'aurais flingué, mec, fit-elle en me regardant droit dans les yeux. Ça aurait pris le temps qu'il faut, mais je l'aurais flingué... Aussi sûr que je suis une vraie rousse.

— Je ne vous ai rien demandé, dis-je d'un ton faussement badin.

Elle sourit en me frottant le haut du crâne du bout des doigts.

— C'est doux et dur comme un caillou roulé par la mer... J'aime bien les hommes chauves. Ils sont plus gentils que les autres.

— J'ai un bon paquet de contre-exemples à vous proposer, dis-je en prenant sa main.

— Pas la peine... fit-elle en se dégageant, si bien que je ne savais plus de quoi elle parlait.

Elle se leva en emportant la carafe de martini. J'aurais bien fait quelque chose mais toutes mes idées étaient parties avec elle.

— Prenez votre verre, dit-elle en disparaissant.

Sa chambre était un vrai foutoir de femme seule. Elle avait épinglé une série de photos au-dessus de son lit. Celle du Mexicain qui fume son cigare en souriant au peloton d'exécution, une de Jimi Hendrix, une de Virginia Woolf, des tas de gens que je ne connaissais pas et une de Crumley en train de pousser la porte d'un bar. C'était pas un cliché de pro, les couleurs commençaient à passer, mais on voyait bien le sourire de Crumley et l'inscription en dessous de l'enseigne du bistrot. *The best cold beers in El Paso,* ça disait.

Je me suis assis sur le bord du lit en attendant qu'elle sorte de la salle de bains vêtue d'une chemise d'homme qui lui descendait jusqu'aux genoux. Elle s'est glissée dans le lit après avoir mis la carafe et son verre à portée de main.

— Je crois qu'il va falloir que vous fassiez quelque chose, dit-elle. Jamais personne n'a gardé ses bottes dans mon lit.

16

Sophie était déjà dans la salle à manger du Red Lion quand je suis arrivé. Elle fumait une cigarette en regardant un type lancer sa ligne dans le courant de la Clark Fork River.

— Tu as passé une bonne nuit ? demanda-t-elle sur un ton nettement polémique.

Je me suis contenté de sourire. Je n'avais rien vu du corps de Rosie. Ses pieds avaient bien frôlé les miens une ou deux fois pendant que, les yeux grands ouverts dans le noir, nous refaisions le monde en vidant la carafe de martini, mais c'était tout. « Tu es trop soûl pour rentrer en voiture et mon canapé est bien trop inconfortable », m'avait-elle dit en déposant un baiser d'une absolue chasteté sur mes lèvres avant, mains croisées sur le drap remonté jusqu'au menton, de se figer dans la posture des gisants de cathédrale.

Passer la nuit avec une femme sans la toucher est la seule expérience qui puisse donner une véritable idée du désir ; sans doute parce qu'il n'en reste que l'idée. Je n'avais, bien sûr, pas fermé l'œil, trop occupé à ressasser l'amère satisfaction d'être trop vieux et trop civilisé pour oser forcer le cours des choses.

— Épargne-moi au moins ce sourire idiot, fit Sophie, bien décidée à tenir son rôle jusqu'au bout.

— J'ai trouvé une voiture et un flic disposé à nous aider... J'ai aussi la recette du *Dead Solid Perfect Martini* et une provision de Désoxyne...

Et j'ai avalé un cachet sous l'œil soudain intéressé de Sophie.

— Sexe, drogue et rock'n roll ? dit-elle en réprimant un sourire.

— C'est à peu près ça. Et toi ?

— J'ai zappé toute la nuit en vidant le minibar...

Elle loucha sur la poche qui contenait les cachets de speed.

— Tu pourrais faire tourner, ajouta-t-elle en pouffant comme une gamine.

Ray Bartell nous reçut dans le box qui lui servait de bureau, dans la salle des détectives de l'hôtel de police. Il salua Sophie d'un ton neutre et ne fit aucune allusion à notre rencontre de la veille. Une dizaine de photos d'adolescents disparus étaient épinglées sur les murs avec les notes de service et les pense-bêtes.

— Vous avez des gosses ? dit Bartell en suivant mon regard.

— Non, j'ai fait en évitant celui de Sophie.

— On ne les retrouve presque jamais. Ils partent de chez eux sans rien dire et personne n'en entend plus parler... Les parents espèrent toujours qu'ils reviendront ou que la police trouvera pourquoi... J'ai toujours l'impression qu'ils sont soulagés quand je leur annonce qu'on a retrouvé le corps dans les collines... Je suppose que ça leur évite de se poser les vraies questions.

Il avait l'air de trouver ça vraiment triste, comme s'il souffrait encore de toute la misère que son métier lui faisait remuer depuis des années.

— Regardez celle-là, fit-il en posant une photo sur son bureau. La mère sort d'ici. La gosse a disparu depuis plus d'une semaine et c'est juste maintenant qu'elle se pose des questions...

Elle avait l'air de regarder quelque chose derrière l'objectif. Elle souriait gentiment comme on lui avait demandé de le faire mais c'était ce truc derrière l'objectif qui rendait la photo différente.

— Ouais, soupira Bartell. La plupart des gens nous demandent de rechercher ceux qu'ils ont oublié de regarder.

Il épingla la photo au milieu des autres et nous invita à le suivre jusqu'au bistrot du coin.

— C'était le seul boulot disponible pour quelqu'un qui sortait de l'université avec un diplôme de littérature, fit-il en touillant son café. J'avais déjà publié une plaquette de poèmes et je ne voulais pas retourner dans l'Illinois. Vous connaissez l'Illinois... ? Bon Dieu ! C'est encore pire que tout ce que vous pouvez imaginer.

Il regarda Sophie comme pour la défier de lui prouver le contraire.

— Je crois bien que je pourrais plus quitter le Montana. Quand j'en ai trop marre de ce cirque, je vais chercher des fossiles dans la montagne et je campe au bord d'un lac pour regarder les animaux boire...

— Et vous rentrez écrire vos histoires de personnes disparues, j'ai fait.

— Il n'y a guère que comme ça que je les trouve. Et encore, pas toujours. C'est Rosie qui vous a parlé de mes bouquins ?

J'ai fait signe que oui. Sophie n'a pas moufté mais j'ai bien vu que le speed et sa jalousie naturelle venaient de faire la jonction.

— J'ai failli tuer un type à mes débuts. J'étais soûl et j'ai cru qu'il voulait sortir son flingue. C'était juste sa pipe mais, sans mon collègue, il serait mort avant que le cancer l'emporte... Depuis, je ne bois plus et je n'écris que des polars.

Rosie aimait bien les romans de Bartell. Elle aimait aussi que Bartell soit devenu le flic qu'il était. « Il représente ce qu'on peut rêver de plus civilisé, de plus sophistiqué même, en matière de maintien de l'ordre », avait-elle dit avec une tendresse qui ne pouvait que m'inciter à croire qu'il avait été lui aussi son amant.

— Vous avez une voiture ? fit soudain Bartell en se levant. Venez, je vais vous montrer quelque chose.

À l'en croire, on avait une sacrée chance d'être à Missoula le week-end du *Gunshow*.

— Ça n'arrive qu'une fois par an. Le reste du temps, ça tourne dans le reste des bleds de l'Ouest et du Sud, dit-il en garant ma voiture sur le parking du stade de basket de l'université.

Il disait « ça » du ton qu'on emploie pour désigner le rat crevé qu'on tient par la queue. Le parking était bourré de bagnoles, de motos et de tout un tas de types bardés de flingues et de couteaux. Un motard hirsute et graisseux nous sourit en faisant rouler le barillet d'un énorme colt sur son énorme ventre. Il n'avait pas l'air spécialement méchant mais on sentait qu'il rêvait déjà aux trous qu'il allait pouvoir faire dans le décor.

— Abnormal Norman, grinça Bartell. Il dirige une petite usine de Méthédrine dans un vieux puits de mine. Clatterbuck Creek, ça s'appelle. Ils vivent à quatre ou cinq dans deux vieux cars scolaires et une cabane en rondins mais ils affichent une puissance de feu supérieure à celle de l'armée suisse.

Abnormal Norman mit les gaz à fond en faisant pivoter sa Harley sur son axe. Sur le dos de son gilet de cuir, la tête de mort coiffée d'un casque allemand et surmontée de l'inscription *Snowdrifters* ricanait comme à la parade.

La façade du stade était barrée par une immense bâche blanche qui annonçait l'événement en lettres rouges : ANNUAL GUNSHOW OF MISSOULA. L'entrée coûtait deux dollars mais le type qui vendait les billets se contenta de saluer Bartell en nous laissant passer.

L'intérieur était bourré de types en chapeau et bottes de cow-boys, l'air pensif et concentré, qui défilaient devant un incroyable arsenal de fusils, pistolets, revolvers et couteaux. Neuves ou d'occasions, les armes luisaient comme des corps en sueur sous les lumières du stade et l'acier des percuteurs claquait dans l'air sec.

— Magnum Ruger Blackhawk, me dit une charmante petite dame aux cheveux gris en me voyant examiner une espèce d'enclume mate et menaçante. Avec ça, pas besoin de viser au cœur...

Elle vendait aussi des vieilles bottes, des antiquités du vieil Ouest et des tentes camouflées mais c'était de son flingue qu'elle était le plus fière.

Le type du stand nazi d'à côté avait aussi une bonne tête. Il avait tendu le stand du drapeau rouge à croix gammée et proposait plein d'éditions de *Mein Kampf*, de poignards SS et de bouquins à la gloire du IIIe Reich. Tout le monde avait l'air de trouver ça normal, personne ne cherchait à foutre le feu à ces saloperies. Les gens passaient avec leurs cabas et taillaient le bout de gras avec l'épicier en tripotant la marchandise.

— Vas-y, achète-le, siffla Sophie en désignant le Ruger. Ça manque à ta panoplie...

La petite dame souriait en hochant la tête. Avec son air de commerçante avisée, elle ressemblait à notre crémière de la rue Rochechouart.

— Alors ? Qu'est-ce que t'attends ? reprit Sophie.

L'air absent, les mains dans le dos, Bartell nous regardait sans un mot. J'ai pris le flingue et je l'ai soupesé en connaisseur.

— Combien ?

— Je vous le laisse à cinq cents, a fait la petite dame. Il est pas neuf mais je vous donne une boîte de cartouches en plus.

J'ai jeté un coup d'œil à Bartell.

— C'est un bon prix... approuva-t-il d'un ton neutre.

J'ai payé le calibre et les cartouches et j'ai fourré le tout dans le sac de Sophie. Elle a frissonné comme si je venais de lui refiler un serpent à sonnettes.

— Faudra que tu te passes de paquet cadeau, j'ai dit. De toute façon, tu sais déjà ce qu'il y a dedans.

J'ai posé un baiser sur son front avant d'ajouter à voix basse, juste pour elle :

— C'est pour ton bien... Pour le jour où tu me mettras vraiment en colère.

À part les riot-guns et les carabines pour éléphants, les stands du rez-de-chaussée se cantonnaient dans l'arsenal familial et tout ce qui pouvait rappeler le bon vieux temps des pionniers, des chariots bâchés et des massacres d'Indiens. Seul l'étal nazi évoquait une conception beaucoup plus radicale de l'usage des armes mais, comme me l'avait dit le brave type qui tenait la boutique, « C'est juste de l'Histoire, m'sieur, et on peut rien faire contre l'Histoire vu qu'elle est déjà passée. »

C'est au premier étage, dans les tribunes gardées par un grand barbu en tenue camouflée débraillée, que les organisateurs avaient installé le matériel vraiment sérieux. Bartell lui passa devant sans un coup d'œil pendant que l'autre s'absorbait dans la contemplation de ses godasses.

— Qu'est-ce que vous savez vraiment des milices ? me demanda Bartell en pilant net au milieu d'une allée bourrée de mortiers, de mitrailleuses, de fusils d'assaut et de bazookas.

— Rien, fit Sophie. Il n'en sait rien... Que voulez-vous qu'il en sache ?

— Et vous ? dit le flic d'un ton sec.

À ma grande surprise, Sophie se mit à rougir jusqu'aux oreilles.

— Tirons-nous d'ici, j'ai fait en lui prenant le bras. J'en ai ma claque de tous ces dingues.

Du plus loin que je m'en souvienne, Sophie avait toujours eu un léger problème avec l'autorité. C'était pas de la trouille mais une espèce de respect mal placé inculqué par sa vieille baderne de père qui n'avait jamais été foutu de devenir général malgré Saint-Cyr et deux guerres. Il était passé colonel à l'ancienneté mais, à part jouer au bridge et voter à droite, il n'avait jamais rendu le moindre service à l'armée française. Sophie ne lui ressemblait que sur un seul point : elle avait tendance à se mettre au garde-à-vous quand elle entendait la voix d'un galonné quelconque.

On a repris la voiture jusqu'au centre et Bartell nous a laissés au Warden's, un grand deli qui faisait face à l'entrée du Charlie's, pendant qu'il allait relever ses messages au bureau.

— Tu sais quelque chose ? j'ai demandé en nous installant à une table en terrasse.

— Ça veut dire quoi ce cinéma ?

Elle brandissait son sac en prenant soin de le tenir loin d'elle. Le poids du Ruger lui faisait légèrement trembler le poignet.

— Une idée qui m'est venue comme ça, j'ai rigolé. J'avais envie d'acheter un flingue et quand tu t'es mise à faire ton cirque, j'ai choisi celui-là... Je le trouve aussi inconvenant que la Cad. Pas toi ?

— Tu comptes sans doute impressionner ta Rosie avec ?

— J'ai peur que ça ne suffise pas tout à fait, j'ai dit, un peu plus méchamment que je ne l'aurais voulu. Pas le genre à rougir aux questions d'un flic, par exemple.

Elle a rougi à nouveau. De colère, cette fois.

— Tu veux savoir pourquoi je suis partie, Manu ? Tu veux vraiment le savoir ?

— Non, pas pour l'instant, j'ai fait. Tu me le diras sûrement un jour et il est probable que je te donnerai en partie raison...

Je lui ai pris le bras et je l'ai forcée à se rasseoir. Mes doigts ont laissé des marques blêmes sur sa peau. J'avais envie de l'embrasser et de foutre le camp sans me retourner.

— J'irai jusqu'au bout, Sophie. Ne me demande pas pourquoi, mais c'est comme ça.

Je l'ai laissée pleurer en silence. À côté de nous, une bande de clochards tatoués et fringués comme dans un vieux film de Corman picolaient une espèce de vinasse en nous matant du coin de l'œil. Dociles, le nez sur le trottoir et les oreilles en alerte, leurs chiens s'étaient couchés en cercle autour d'eux.

— Je l'ai entendu parler au téléphone, a-t-elle fait sans lever la tête. En pleine nuit... On venait de se disputer salement et je faisais semblant de dormir pour couper au câlin de réconciliation...

Elle dut se rendre compte de ce qu'elle venait de dire car elle piqua de nouveau un fard. J'ai fait signe que tout ça n'avait pas d'importance et j'ai essayé de penser à autre chose.

— Il avait la trouille, Manu... Ça m'a fait tout drôle de le voir comme ça. Il jurait qu'il allait tout arranger, qu'il s'agissait d'un simple contretemps et que les armes seraient livrées à temps... Il a raccroché et il est sorti de l'appartement... Je me suis levée et j'ai appuyé sur la touche bis du téléphone. C'est comme ça que j'ai su qu'il avait appelé un numéro du Montana.

— Tu l'as noté ?

— Oui. Il est dans le sac que j'ai laissé dans ma voiture.

— Merde ! j'ai fait. Pourquoi t'as fait ça ?

— Je pouvais pas savoir que j'allais perdre ma voiture, a-t-elle dit d'un air désolé.

— C'est du coup du téléphone que je te parle... Comment t'as eu l'idée de faire un truc pareil ?

Elle se remit à examiner le trottoir. J'ai senti que j'allais avoir droit à un gros morceau de vérité.

— Il voulait me larguer, Manu... Il a promis au type du Montana qu'il allait le faire le plus vite possible...

— Et t'es partie quand même avec lui ? j'ai dit. Pourquoi t'es pas restée à New York ?

Elle m'a regardé sans rien dire. C'était pas bien compliqué à comprendre. Elle l'aimait et Sam n'est pas le genre de type qu'on laisse tomber sans avoir tout tenté.

— Je le savais déjà, j'ai fait. Henry me l'a raconté.

Elle pleurait en silence et les poivrots d'à côté commençaient à me mater d'un sale œil.

— Pourquoi que t'arrêtes pas de faire chialer la petite dame ? m'a demandé le plus costaud en chuintant à travers ses chicots.

Il portait un gilet de cuir râpé à même le torse, un pantalon de survêt et son haleine aurait pu tenir en respect un bataillon de mouches à merde.

Les autres rigolaient. Ils n'avaient plus beaucoup de dents, l'alcool et la dope les avaient vachement marqués mais la vie au grand air et ses vicissitudes leur conservaient une musculature bien supérieure à la mienne. J'aurais dû la jouer profil bas mais ma rogne ne me laissa aucune chance.

— J'ai repéré un institut de beauté au coin de la rue, j'ai fait en posant un billet de dix sur la table. Ils pourront peut-être faire quelque chose pour le trou du cul que tu te trimballes sous le chapeau.

Au moins, ça l'a fait rigoler. Ça ressemblait plus au braiement d'un vieil âne qu'à un rire mais il s'en paya une telle tranche que j'ai cru que sa crasse allait se fissurer et tomber en lambeaux.

— *Le trou du cul que tu te trimballes sous le chapeau*, a-t-il répété en singeant mon accent. Cette fiotte cause comme dans un putain de film anglais, les gars, ajouta-t-il avec un clin d'œil pour ses potes. Pas étonnant qu'il fasse pleurer les dames.

Ils ont continué à se marrer et à picoler pendant un petit moment et je leur ai tourné le dos pour me remettre à penser au merdier qu'était devenu ma vie depuis que je m'étais risqué à mettre le nez dehors. Sophie semblait s'être à nouveau débranchée. Elle regardait devant elle à travers la déroute de son rimmel ; j'étais même pas sûr qu'elle ait remarqué les clodos.

— D'où tu viens, pépé ? a fait Pue-Du-Bec en me caressant le bras avec une lame de couteau. J'parie que t'as le sang bleu...

J'ai senti le tranchant entamer doucement ma peau. Il ne rigolait plus et son regard commençait à se vitrifier sérieusement. Celui d'un type en train de perdre les pédales.

— Tout doux, j'ai fait en sortant le Ruger du sac et en le posant sur la table.

Le flingue n'était pas chargé, mais ça, il ne pouvait pas le savoir. Il a retiré sa lame sans cesser de mater le Ruger.

— *Jesus*, mec ! il a lancé d'un ton soudain respectueux. Tu peux faire pleurer autant de dames que tu veux... C'est pas moi qui trouverais quelque chose à y redire...

Les autres ont eu l'air de son avis. Ils ont sifflé leurs chiens et j'ai remis le flingue à sa place.

— T'es dingue, a dit Sophie.

C'était pas la première fois qu'elle me le disait mais j'ai trouvé qu'elle y mettait plus de chaleur qu'avant. Comme si elle avait découvert quelque chose qui la poussait à me voir autrement.

— Je ne sais pas ce qui m'a pris, j'ai répondu.

— Tu devrais mettre des balles dedans, elle a fait en pouffant à nouveau comme une gamine.

Bartell est revenu au bout d'une heure.

— J'ai pas beaucoup de temps, a-t-il dit. On a retrouvé les traces de la gamine. On dirait bien qu'elle vient de braquer une station-service du côté de Deer Lodge.

Il avait l'air triste d'un type dont la vie se résume à n'être jamais au bon endroit.

— Il semblerait que Sam soit mêlé à une histoire de vente d'armes, j'ai fait. Sophie l'a entendu en parler avec quelqu'un du Montana.

— C'est tout ?

— Oui, a dit Sophie. Il avait peur... Il disait que la livraison serait faite... C'est tout ce que je sais.

— Ça pourrait coller, a fait Bartell. Ces cinglés parlent de déclarer la guerre à l'État fédéral. Ils disent que les présidents ont vendu la nation à l'ONU depuis longtemps et que les troupes russes s'exercent sur le territoire... C'est pour ça qu'ils s'arment jusqu'aux dents. Ils sont persuadés que les projets de loi sur la limitation de la vente d'armes sont une magouille pour laisser les vrais Américains sans défense.

— Ils ont pas l'air d'avoir trop de problèmes pour en trouver, j'ai fait. Ce qu'il y a dans votre putain de supermarché suffirait à fournir l'Afrique entière.

— C'est un peu plus difficile dans l'Est, a soupiré Bartell. Les lois locales sont différentes et les flics veillent au grain. Ils n'ont aucune envie que les ghettos s'équipent de matériel lourd.

J'ai pensé à ce que Teissere m'avait dit sur le changement de situation de Sam après la party du maire de New York. Importateur d'armes de l'Ouest pour le compte des milices de l'Est... C'était difficile à croire, encore plus difficile que le reste, mais pas impossible.

— Le plus incroyable c'est qu'il se soit risqué à essayer de baiser ces crotales, fit Bartell comme s'il m'avait suivi pas à pas. Leur propagande est aussi débile que les bouseux qui l'avalent mais les chefs ne le sont pas... Ces salopards infiltrent la police de la plupart des grandes villes de l'Ouest.

— Pourquoi le Montana ?

— MOM, a-t-il fait sur le ton d'un gosse qui appelle sa mère. MOM pour maman ou pour *Militia of Montana*, ou pour *Mother of Militia*, si vous préférez...

Il sortit une enveloppe de la poche de sa veste.

— Je vous ai trouvé l'adresse du Big Chief du coin. Je crois que c'est aussi un des leaders de toute cette putain de nébuleuse... Un des idéologues...

Il a ricané avant d'ajouter :

— J'ai pas eu à chercher longtemps, ces bâtards ont un site sur Internet... Comme dit Clinton : « Le progrès vole au secours de la démocratie. » Bon, faut que j'y aille...

Avant de partir, il a désigné le sac de Sophie.

— Je vous conseille de laisser cet engin au fond de votre valise. Voire de l'oublier complètement...

17

Le QG idéologique de la Milice du Montana siégeait à Noxon, un petit bled au nord-ouest de Missoula, tout près de la frontière de l'Idaho, et le big boss s'appelait John Wasserman. C'est tout ce que disait le petit mot de Bartell. On a trouvé Noxon sur la carte et on s'est retrouvés sur la route sans vraiment l'avoir décidé. Sans se consulter, on a aussi gardé le flingue et les cartouches.

Nous avons roulé un bon moment en silence, impressionnés par l'ampleur et la beauté du paysage. La route s'enfonçait entre deux rangées de collines abruptes, elles-mêmes entourées de montagnes sombres où des lambeaux de nuages s'accrochaient comme les haillons d'un gigantesque T-shirt. Sur le bord du fossé, des cadavres de biches, de putois ou de chiens servaient de fast-food aux corbeaux.

Une fois de plus, je me suis demandé pourquoi les colons s'étaient crus obligés d'éliminer les Indiens pour finalement occuper si peu cet espace immense et vide.

— Tu crois que tu saurais t'en servir ? demanda soudain Sophie.

— Je suis même pas sûr de savoir le charger.

— T'as fait l'armée, non ?

Oui, et comme grenadier-voltigeur, en plus. Un an

dans les chasseurs alpins à faire le clown avec ma tarte, mon sac et un fusil qui aurait fait mourir de rire les clients du *Gunshow*. J'avais bien tiré quelquefois au pistolet, à la mitrailleuse et même au bazooka mais j'y mettais une telle bonne volonté que le capitaine avait décidé que j'étais plus utile dans les travaux d'écriture que sur le terrain. Chaque fois que du matériel disparaissait de la compagnie, je lui torchais des comptes rendus de perte qui le mettaient en joie. Avec tous les détails que j'inventais, sous ma plume la perte d'un ceinturon devenait la rencontre épique de la nécessité et du hasard.

Je me suis arrêté sur une aire de repos et j'ai sorti le Ruger du sac sous le regard attentif de Sophie et d'un écureuil plein d'illusions. C'était vraiment un gros flingue. Bien plus gros que dans mon souvenir. Pas étonnant que les clodos aient filé en le voyant.

— Le chargeur doit être dans la crosse, j'ai fait en tripotant l'engin dans tous les sens.

Propulsé par un ressort, le chargeur est venu se loger dans ma main avec un bruit souple de mécanique bien huilée. J'ai pris une poignée de cartouches et j'ai commencé à les enfiler. J'étais incapable d'en identifier le calibre mais elles étaient bien plus grosses que celles que j'avais manipulées à l'armée.

— Je te comprends pas, Manu. Qu'est-ce que tu cherches à prouver ?

L'opération avançait de manière satisfaisante. On aurait dit que les cartouches étaient attirées par le chargeur et qu'elles venaient s'y ajuster *ad proprio motu*. Un petit coup de pouce, un petit déclic, et la douille de laiton se logeait dans l'acier.

— C'est fascinant, j'ai fait. À croire qu'elles n'attendent que ça...

L'écureuil, sans doute enhardi par ma bonne humeur, s'est perché sur une table de pique-nique pour mieux nous regarder.

— Tire lui dedans, ricana Sophie. Juste histoire de savoir si ça marche.

J'ai enfoncé le chargeur dans la crosse, j'ai fait monter une balle dans le canon et je suis descendu de voiture. L'écureuil n'a pris aucun risque, il a disparu avant même que je n'aie posé le pied par terre. J'ai fait quelques pas et j'ai tiré une fois en direction de la cime des arbres. Je m'attendais au bruit, pas à la secousse qui fit partir mon bras à la verticale malgré le poids du Ruger. C'était comme si on m'avait shooté un penalty dans le poignet. J'ai attendu que l'écho de la détonation s'éteigne et je suis revenu vers la voiture.

— Ça marche, j'ai fait en me frottant le poignet.

— Tu parles... Faudrait encore qu'il t'obéisse.

J'ai souri sans répondre. C'était pas avouable mais je me sentais plutôt fier de moi. Moi, mon flingue et la solitude apaisante du Montana, *just my rifle, my poney and me*, comme dans la chanson...

J'ai mis la sécurité avant de fourrer le pistolet dans le sac et de poser le tout sur les genoux de Sophie.

— Ruger Blackhawk, j'ai dit. Tu ne trouves pas que c'est un joli nom ?

— Ravissant... J'espère que Wasserman va aussi tomber sous le charme.

Je me suis penché contre elle et j'ai ouvert sa portière. J'ai senti ses seins s'écraser contre ma poitrine.

— Rien ne t'oblige à me suivre... Tu peux faire du stop et m'attendre à l'hôtel.

— Pour que tu te colles à la première rouquine venue, fit-elle en refermant violemment la porte. Tu rêves, mon pauvre ami...

Mon pauvre ami... Encore un truc qu'elle tenait de son crétin de père. Il m'appelait comme ça chaque fois qu'il se souvenait que sa fille avait épousé un libraire au lieu de la culotte de peau qu'il lui destinait.

De toute façon, son accès de jalousie sonnait aussi faux qu'une pièce de trois francs. Ça ressemblait plutôt à un paravent posé contre quelque chose de beaucoup plus fort. Peut-être la certitude de ne pouvoir résister à l'envie de perforer Sam à coups de Ruger aussitôt qu'elle le verrait ?

Après Saint Regis, la route suit le cours de la Fork Clark River entre les contreforts des Cabinet Mountains et ceux de la Bitterroot Range. Une fois de plus, le paysage nous réduisit au silence. Il s'était élargi avec la rivière qui prenait ses aises au fond d'une vallée large et fertile ponctuée de bleds minuscules et de stations-service imposantes. Le soleil avait fait place nette et l'eau de la Clark Fork était bleue comme un morceau de ciel en mouvement.

Sophie mastiquait sa rogne dans son coin mais son humeur n'était pas de taille à perturber la mienne. Conduire dans ce pays me faisait l'effet d'une pilule de Valium. Les mains sur le volant et la tête en balade, je me contentais de rester dans le décor sans me faire remarquer, comme si j'étais le premier à y débarquer et que ma présence était déjà une irrémédiable souillure. Je regrettais bien un peu la Cad mais le 4 x 4 se comportait comme une bonne grosse bête puissante et domestique. J'avais fini par trouver une station qui débitait de la country entrecoupée de pubs enthousiastes sur tout le tas de dollars qu'on pouvait économiser dans la jungle de la concurrence absolue. *What kind of fool do you think I am ?* demandait un chanteur à la belle qui le traînait régulièrement dans la farine.

— On pourrait peut-être en parler avant, non ? Juste histoire de changer un peu, a fait Sophie quand j'ai engagé la Land Cruiser sur le pont métallique qui enjambait la rivière pour mener à Noxon.

— Qu'est-ce que tu proposes ?

— De laisser ce truc dans la voiture pour commencer...

J'ai sorti le truc du sac et je l'ai glissé sous mon siège. J'avais l'impression de ne faire que ça depuis ce matin : manipuler ce putain de flingue.

— Et maintenant ?

— J'en sais rien...

Et elle est venue se pelotonner contre moi. J'ai fourré mon nez dans ses cheveux et j'ai laissé ma main droite flâner dans son dos comme un aveugle relisant son poème favori.

— Arrête-toi, a-t-elle dit en m'embrassant sous l'oreille.

J'ai pris le premier chemin de terre après le pont, loupant de peu un couple de daims qui fila à travers les hautes herbes en levant haut les pattes. La rivière fut tout de suite là. Large et profonde, elle semblait aussi calme qu'un lac de montagne.

Sophie m'a embrassé en prenant tout son temps. Elle a pris mes mains et les a forcées à se balader le long de sa peau douce et crémeuse, si fine que je sentais ses muscles frissonner sous mes doigts.

— Tu as oublié ta géographie ? a-t-elle fait d'un ton de reproche en me laissant happer un bol d'air.

— Disons que je révise...

J'ai réussi à me dépêtrer suffisamment de ses bras et jambes pour arriver à peu près à respirer.

— Je te concède que j'ai dû perdre un peu la main...

Et je me suis cru obliger d'ajouter, stupide :

— J'ai pas couché avec Rosie, si c'est ça qui t'inquiète.

— Je me fous de Rosie...

Elle m'a renversé de force d'un coup sec, sans la moindre frivolité, et sa bouche s'est activée à nouveau sur la mienne. Je me suis laissé faire mais je ne voulais pas que les choses aillent trop loin.

— Jamais dans une voiture de location, j'ai fait en me dégageant. On pend des gens pour moins que ça dans ce pays.

— Tu ne m'aimes plus, a-t-elle affirmé avec cette logique qu'elle invoquait toujours chaque fois qu'elle avait décidé de faire tourner le monde à l'envers.

Comme si c'était la putain de question ? Bien sûr que je l'aimais. Depuis vingt-cinq ans et six mois pour être précis. Et aucun des mecs qu'elle s'était offerts comme des suppléments de dessert ne m'avait fait changer d'avis. C'était pas dur à savoir, elle s'y prenait comme un manche. Elle laissait traîner des indices partout, rougissait comme une gourde en prononçant certains noms et se croyait obligée de me raconter sa vie quand je lui demandais si elle avait passé une bonne journée. Je ne pouvais pas lui en vouloir. C'était sa façon à elle de dealer avec le temps qui passe ; jouer les bourgeoises adultères avec des maladresses de gamine. Mais elle n'était jamais partie, elle n'avait même jamais découché en ma présence.

— C'est pas moi qui suis parti, merde !

— C'est le moins qu'on puisse dire... Je me demande si tu en as une seule fois eu envie...

Pourquoi faire ? J'avais une femme, une boutique pleine de livres, un couple de vieux potes pour le dimanche et Sam qui soulevait les pierres à notre place.

— T'étais pas heureuse ?

— J'étais en train de crever... Quand j'entendais tes pantoufles traînant sur le parquet dès le matin, j'avais envie de sauter par la fenêtre... Tu devenais vieux, Manu. Plus vieux que moi à mesure que les années passaient.

— Pourquoi tu n'as rien dit ?

— Il aurait fallu que je te filme tous les jours pendant quinze ans pour que tu comprennes mais je crois que ça t'aurait tué net.

C'était probable. Contrairement à elle, j'avais soigneusement évité de me confronter à mon âge. Je m'appliquais à paraître vieux depuis si longtemps que j'en étais arrivé à me croire immuable.

— Quand je t'ai vu sortir de ton espèce de voiture de maquereau pour entrer chez le shérif de Morgan City, je me suis souvenue de toi sur le parvis de la fac... Tu chargeais les fachos avec un manche de pioche et un couvercle de poubelle et j'ai su que j'avais enfin trouvé mon mec.

Je l'avais repérée moi aussi. Une étudiante de psycho qui tournait autour des gauchos en jupe Cacharel et pull Rodier. On voulait tous l'avoir mais elle se contentait de nous faire parler politique et de venir de plus en plus souvent aux AG en ignorant les coups d'œil furax que lui jetaient nos copines en jean et battle dress. Elle était là le jour où Occident a attaqué la fac sous un déluge de gadins et j'avais si envie d'elle que j'ai mené la charge rien que pour l'éblouir et avoir une chance de découvrir enfin ce qui faisait valser sa jupe quand elle nous tournait le dos...

J'ai à peine eu le temps d'entendre le bruit des sabots que deux cavaliers débouchaient du rideau d'arbres. Ils se sont arrêtés près de la voiture et le plus vieux a soulevé son chapeau d'un doigt.

— Joli temps que nous avons là, a-t-il fait en se penchant vers nous.

Il a regardé nos vêtements en désordre et l'endroit où les roues du 4 x 4 s'enfonçaient dans l'eau de la rivière.

— M'est avis que vous avez stoppé à temps, m'sieur. J'ai pas l'impression que votre voiture aurait été capable de flotter bien longtemps.

Le plus jeune, sans doute son fils, a laissé échapper un rire joyeux.

— J'm'appelle Budd et lui c'est Pete... C'est mon garçon... On a vu votre voiture depuis là-haut et on s'est dit que vous aviez p'têt besoin d'un coup de main... Le sable est vicieux dans ce coin-là.

J'ai remis le contact et j'ai reculé de quelques mètres.

— On dirait que tout va bien, a dit Budd en ramenant son cheval contre ma portière. Désolé, mais je crois que j'ai pas bien compris votre nom...

Il s'est mis à scruter l'intérieur de la voiture en insistant sur nos fringues encore déboutonnées. Pete était monté sur ses étriers pour voir par-dessus l'épaule de son père.

— C'est p'têt qu'on vous l'a pas dit, m'sieur, j'ai fait en imitant son accent traînant et sa façon de parler sans remuer les lèvres.

C'était déjà pas une idée bien fameuse mais les choses auraient peut-être pu s'arranger si Sophie n'avait pas éclaté de rire.

— Descendez donc de voiture, a fait Budd en faisant reculer son cheval.

Et il a exhibé l'étoile qu'il portait épinglée à l'intérieur de sa veste en s'arrangeant pour que je voie aussi le colt accroché à sa ceinture.

— Rajustez-vous d'abord, a-t-il ajouté d'un air dégoûté. Vous avez l'air de deux coyotes en chaleur... Fouille-les, Pete...

On a eu droit au grand jeu. Mains posées sur le toit du 4 x 4, jambes écartées et fouille corporelle bien humiliante.

— Des Français, a ricané Pete en passant nos papiers à son père. Pas étonnant qu'ils baisent dans les fourrés... Ils font tous ça en France... Je l'ai lu dans le journal.

— C'est ma femme, officier, j'ai dit d'un ton conciliant. On s'est juste arrêtés pour discuter et...

— Faut pas nous prendre pour des bouseux, Monsieur le Français, a fait Budd en sortant une paire de jumelles de ses fontes. On vous a vus depuis la colline... Par ici, on prend une chambre de motel pour ce genre de discussion.

— Je suis sûr qu'ils ont de la dope, p'pa, a dit Pete. Laisse-moi fouiller la bagnole...

J'ai pensé à la Désoxyne dans la boîte à gants, au Ruger sous le siège et à toutes ces histoires de pauvres gars des villes coincés sur la route par un shérif vicieux.

— Je suis désolé pour tout à l'heure, shérif... C'était juste une manière de plaisanter...

— On peut pas faire ça, fiston, a fait Budd sans même me regarder. Faudrait un mandat... J'crois bien qu'il va falloir les garder ici en attendant le shérif.

— Attendez, j'ai dit. Je croyais que c'était vous le shérif.

— Non, m'sieur. On est juste des citoyens qu'en ont marre de voir ce pays passer aux mains des dealers tous les putains d'étés...

Il a désigné le paysage d'un large geste de la main avant d'ajouter en crachant par terre :

— Si on ne fait rien, y aura bientôt plus de saloperies de drogues dans ces collines que dans les putains de rues de L.A....

J'ai regardé autour de moi mais je n'ai vu que la rivière, des buissons d'armoise et la masse vert sombre des montagnes.

— Si vous le dites... j'ai fait en haussant les épaules.

— Je vais vous garder chez moi jusqu'à l'arrivée du shérif, dit Budd. Montez dans la voiture, c'est Pete qui conduira.

Ces deux dingues avaient l'air plus sérieux que l'enfer. Sophie m'a regardé comme si elle s'attendait à ce que je lui rejoue la charge de la brigade légère.

— Attendez une minute, j'ai dit avec un geste d'apaisement. C'est vrai qu'on a eu une conduite un peu indécente mais c'est tout. On serait même pas capables de faire la différence entre de la drogue et un cachet d'aspirine... Merde, on cherche juste un type qui habite dans le coin.

— Vous connaissez quelqu'un à Noxon ? a fait Budd en ricanant. T'entends ça, Pete ? Ils viennent de France pour voir un type de Noxon...

— John Wasserman, j'ai lâché sans savoir si c'était une si bonne idée que ça.

Ça leur a coupé la chique. Pete s'est mis à se dandiner sur ses bottes et Budd m'a aussitôt rendu les papiers.

— J'pouvais pas savoir, dit-il en touchant le bord de son chapeau. J'suis pas sûr que John soit là mais vous trouverez sûrement sa femme ou son neveu... C'est la grande maison jaune derrière le Landmark Café... Sans indiscrétion, vous lui voulez quoi au vieux John ?

— L'interviewer, dit Sophie d'une voix ferme. On est venus de Paris pour ça.

— *Jesus*... a fait Budd. Alors c'est vrai qu'on le connaît dans le monde entier...

Il avait l'air aussi saisi que si je lui avais sorti la Vierge d'une de mes poches.

— Dites-lui bien qu'on n'a fait que notre boulot, hein...

Il était descendu de cheval pour me tenir la portière. De l'autre côté, Pete en faisait autant pour Sophie. J'ai trouvé qu'ils avaient l'air encore plus cinglés qu'avant et je me suis dépêché de monter avant qu'ils ne se mettent à nous tirer dessus en criant au poisson d'avril.

— Dites, j'ai dit en démarrant, c'est quoi cette histoire de drogue ?

— C'est à cause de ces types de la côte Ouest... Ils achètent toutes les baraques du coin histoire de venir se défoncer au grand air...

Il cracha à nouveau par terre avant de faire volter son cheval.

— Dites bien au vieux John qu'on fait notre boulot... Budd et Pete, vous vous rappellerez ?

Et ils sont repartis d'où ils étaient venus.

— Je risque pas de les oublier, grinça Sophie. C'était quoi ces fils de pute ?

— Des braves gars de la Milice, j'ai fait. Je crois qu'on est arrivés...

Vue de l'autre côté de la rivière et planquée qu'elle était par un rideau de peupliers et de verdure, Noxon avait l'air d'une jolie ville. De près, elle l'était beaucoup moins. C'était juste une rangée sinueuse de bungalows écaillés et de vieux trailers posés n'importe où. À part le Landmark Café, il n'y avait qu'une épicerie et un bazar qui vendait des clous, des outils et des armes. Si ce bled était vraiment le QG de la puissante Milice du Montana, il cachait sacrément bien son jeu.

La maison de Wasserman avait l'air aussi vide que le reste du village. Je suis passé devant sans m'arrêter et j'ai refait le tour pour venir me garer devant le Landmark Café.

— Qu'est-ce qu'on fait ?

— On va manger.

— Là-dedans ?

— Je crois pas qu'on ait beaucoup de choix.

— Bien sûr que si... On pourrait filer sans se retourner, par exemple.

Elle m'a quand même suivi. La salle était vide et la propriétaire a eu l'air vachement contente de nous voir. Surprise mais contente. C'était une jolie femme d'une cinquantaine d'années avec des joues rouges, des yeux bleus et une tresse de cheveux argentés qui lui tombait jusqu'au bas du dos. Elle nous servit deux grands verres d'eau glacée avant de nous tendre la carte.

— C'est un bon choix, approuva-t-elle avec un sourire quand je commandai deux hamburgers salade.

Elle se retira au fond de sa cuisine sans cesser de nous mater du coin de l'œil.

— Pourquoi tu ne m'as rien dit avant ? j'ai demandé.

— À propos de quoi ?

J'ai haussé les épaules sans répondre.

— Tu crois vraiment que c'est facile de dire à un mec qu'il devient vieux ? Merde, Manu, tu ne me regardais même plus...

Je ne me souvenais pas d'avoir cessé de la regarder. Au point d'y penser à chaque instant.

— C'était peut-être mon regard qui avait vieilli, j'ai fait, plutôt piteux.

— S'il n'y avait que le regard...

Ses joues avaient brusquement rosi, ses yeux crépitaient de colère. J'ai jeté un coup d'œil vers le fond de la cuisine. Le nez dans l'odeur de viande et d'oignons frits, la proprio nous ignorait ostensiblement. Encore une qui devait regretter de ne pas avoir appris les langues étrangères à l'école.

— Je sais ce que tu vas me dire, j'ai fait avec un geste d'apaisement. C'est peut-être pas l'endroit...

— Je me fous de l'endroit, Manu... Tu sais combien de fois on a baisé cette année ?

Cinq fois. Je les avais comptées. Cinq malheureuses fois. L'année n'était pas finie, n'empêche que ça faisait pas beaucoup. J'y pensais souvent pourtant, mais jamais au bon moment. Le désir qui m'avait saisi pendant la journée semblait me laisser tomber l'instant venu et j'attendais lâchement que Sophie s'endorme pour remettre les choses au lendemain. Elle avait ses amants et ma tolérance sur le sujet m'ôtait tout scrupule à leur déléguer mes fonctions. Du moins, c'était ce que je me disais. C'était une pensée assez minable mais je n'avais rien trouvé d'autre pour éviter d'en parler.

— Cinq fois ! fit-elle en écartant bien les doigts de la

main droite. Son geste était si éloquent que je fus sûr que la patronne l'avait compris. Elle me gratifia d'un sourire cynique avant d'ajouter :

— Six en comptant la jolie tentative de tout à l'heure.

— C'est pas souvent qu'on voit des étrangers par ici, dit la patronne en nous servant. Vous venez d'où ?

— De France, dit Sophie un peu agressivement. C'est un peu plus à l'est de Noxon mais c'est largement aussi grand que le Montana.

— Oh ! Je ne savais pas que la France était si petite, fit la dame avec un sourire malicieux. Mangez vite... Ça va être froid.

La viande était parfaite et le *cole slaw* délicieusement assaisonné. Sauvé par le gong, me suis-je dit en attaquant mon assiette. Erreur. Malgré la présence attentive de la patronne, Sophie n'avait pas désarmé.

— Et ne me dis surtout pas que c'est de ma faute, chuchota-t-elle.

Je n'y pensais pas. J'aurais seulement voulu parler d'autre chose mais le feu dans les yeux de Sophie cavalait déjà trop vite pour s'arrêter de lui-même. J'ai écouté le portrait de ce que j'étais devenu avec un curieux mélange de désarroi et de délectation. Ce fut comme si ce que j'avais fui toute ma vie me rattrapait dans ce trou perdu du Montana. La rivière qui coulait de l'autre côté de la vitre du Landmark Café avait pris le rythme de l'amour déçu de Sophie. Je me souvenais pourtant d'avoir essayé d'être autre chose. À quinze ans je m'étais juré de devenir missionnaire, à vingt je m'étais consacré à la révolution, à trente je voulais faire de ma librairie un carrefour vivant de toutes les cultures... et Sophie soulignait cruellement ces tentatives avortées comme un inquisiteur qui porte le fer rouge dans la plaie. Il ne m'avait manqué que le petit déclic qui pousse les autres à soudain se bouger le cul. Enfin, quelques autres car, à entendre Sophie, je n'étais guère plus qu'un spécimen lambda de l'espèce la plus commune.

— Pourquoi Sam ? j'ai demandé comme si j'avais déjà accepté tacitement le reste.

— Parce qu'il était là, idiot... Il est là depuis le début à me tourner autour en attendant que je tombe comme une vieille figue. Il aurait été capable d'attendre encore plus longtemps... Même centenaire, il m'aurait prise... Rien que pour le plaisir de me laisser tomber après t'avoir dépouillé...

La patronne écoutait maintenant sans chercher à se faire oublier. Posée devant nous comme un santon, elle semblait fascinée par tout ce déballage exotique.

— Vous comprenez le français ? lui demanda soudain Sophie avec un sourire tordu.

— Non... Excusez-moi, fit-elle en rougissant. Je ne voulais pas être indiscrète... C'est juste pour la musique...

La musique... Je me suis retenu d'éclater de rire. Sophie était en train de finir de m'écorcher vif et l'autre gourde adorait la musique du couteau raclant l'os.

Je me suis levé, j'ai payé et je suis sorti.

Sophie m'a rejoint au bord de la rivière. Elle avait les yeux et le bout du nez rouges. J'ai tout de suite senti que le ressort s'était cassé.

— Je t'ai pas encore tout dit, Manu, fit-elle avec un sourire froid.

— Laisse-moi le temps de la digestion...

Une voiture est sortie de la rangée tordue de trailers qui faisait comme une banlieue à ce petit bout de village. Elle a remonté doucement la rue jusque devant le Landmark Café et s'est arrêtée devant. Une Thunderbird. J'ai pas eu besoin d'aller voir si le côté était rayé pour savoir que c'était elle.

18

Le type était assis à une table au fond de la salle. Il m'a jeté un bref coup d'œil avant de replonger le nez dans son journal. Toujours ça de gagné. Il ne m'avait jamais vu mais j'avais quand même une sacrée trouille qu'il me reconnaisse. J'ai filé vers les chiottes en faisant un petit signe d'urgence à la patronne et j'ai regardé le type par l'entrebâillement de la porte. Il lisait son canard en jouant des lèvres et des maxillaires, comme s'il y puisait de puissantes raisons de se foutre en rogne. La patronne lui a apporté sa commande et il s'est tout de suite mis à couper son steak avec le couteau qu'il a sorti de sa poche. C'était un vrai costaud, un balèze froid et sûr de lui, le genre à toujours s'asseoir dos au mur. C'est du reste ce qu'il avait fait. Il avait gardé son blouson de toile malgré la chaleur et j'ai repensé aux types que j'avais vus dans ce bled de Sicile réputé pour être un vivier d'hommes de main pour la mafia. C'était en plein après-midi, le soleil plombait si fort que même les arbres évitaient de bouger, mais aucun de ces gars n'avait eu l'idée d'enlever sa veste. J'avais mis un peu de temps à comprendre que, même en Sicile, on n'exhibe pas son flingue à la terrasse des bistrots.

— Alors ? a fait Sophie après que je l'eus rejointe.

— Pas facile... Il a l'air plutôt coriace et je suis sûr qu'il a un flingue.

— T'en as un aussi, non ?

— C'est vrai, j'ai dit, feignant de ne pas remarquer la provocation.

J'ai pris le Ruger sous le siège du 4 x 4 et je l'ai passé dans ma ceinture avant de m'installer au volant. Je me sentais aussi à l'aise qu'un nageur attaché à une enclume mais je ne voyais vraiment pas ce que je pouvais faire d'autre à part foutre le camp à toute allure.

— Et maintenant ? a fait Sophie avec un petit rire sec.

— On attend qu'il sorte et on lui saute dessus...

— Comment ?

J'en savais rien. Comme au cinoche, sans doute. Le flingue dans le dos et la voix ferme : « Bouge pas d'un poil, mec, ou je t'ouvre un tunnel dans les tripes. »

— T'es vraiment prêt à risquer ta vie pour cette ordure ?

J'en savais rien non plus. C'était même plus la bonne question. Pas facile de trouver les bonnes questions quand on a déjà basculé dans l'entonnoir.

— Mais tu t'es vu, bordel ! T'as du bide et...

... Et je lui ai balancé une baffe avant d'en savoir plus. Un revers de la main droite qui lui écrasa les lèvres sur les dents en m'écorchant les jointures. J'ai cherché quelque chose à dire mais le type est sorti du Landmark avant que je ne trouve.

Je l'ai chopé pendant qu'il ouvrait sa portière. Ça s'est passé comme prévu sauf que j'ai pas dit un mot. Il s'est redressé en sentant le canon du Ruger et il a mis ses mains à plat sur le toit de la voiture.

— Doucement avec ce truc, il a fait en tournant légèrement la tête vers moi. Vous êtes le copain de Sam, non ?

J'ai fait signe que oui.

— Marrant, a-t-il dit avec un demi-sourire. Il était sûr que vous viendriez.

Et il s'est retourné d'un bloc en me balançant son coude dans la gorge. Je me suis effondré en tenant mon gosier à deux mains. L'air ne passait plus. Cet enfoiré m'avait sûrement démonté quelque chose de vital.

— Allez y sans forcer, a-t-il dit en ramassant le Ruger. Ça fait mal mais c'est que du cartilage.

J'ai fait comme il disait jusqu'à ce que je me sente assez vaillant pour me remettre debout. Sophie m'a laissé faire sans bouger. Le mouchoir qu'elle tenait contre sa bouche était rouge de sang.

— Désolé, a fait le type en me tendant ma pétoire. Je pouvais pas savoir que vous aviez laissé la sécurité.

— Vous allez rigoler mais je l'ai pas fait exprès... Où est Sam ?

— Avec ceux qui m'ont payé pour le retrouver...

Il a jeté un coup d'œil autour de lui. Deux barbus en casquette camouflée étaient sortis de l'armurerie. Ils nous regardaient en se dandinant sur leurs bottes.

— Restons pas là... Ces fêlés me rendent nerveux...

On l'a suivi jusqu'à Thompson Falls. Ma gorge me brûlait mais moins que la honte d'avoir cogné Sophie. Sur mon échelle des actes impardonnables, frapper sa femme se situait à peu près au zénith, juste en dessous du viol mais pas loin. J'ai passé une bonne dizaine de miles à ruminer sur le naufrage de notre couple et une dizaine d'autres à espérer qu'un miracle vienne recoller les morceaux.

Avant Thompson Falls, la rivière s'élargissait suffisamment pour abriter une foule de petites îles boisées en forme de cigare. Elle ne laissait pas beaucoup de place aux fermes qui se pressaient dans le fond de la vallée. Bien qu'on fût en été, la végétation montait presque jusqu'au poitrail des quelques vaches laitières et des poneys qui semblaient nager au beau milieu d'un lac de verdure.

Avec sa grand-rue bordée de petits commerces logés dans des maisons de brique à un étage, Thompson Falls ressemblait à toutes les villes du coin sauf qu'elle sentait la merde. Une odeur fade et douceâtre de vieille diarrhée qui nous colla à la peau dès que nous mîmes le nez dehors, devant le rade où le type à la Thunderbird s'était arrêté.

— Ça vient des usines, nous expliqua le barman. Une scierie, une taxidermie et une fabrique de *log-cabins*...

Il nous regarda comme s'il nous défiait de continuer à plisser le nez d'un air dégoûté, avant de rajouter :

— Ça schlingue peut-être mais ça fait du boulot...

On est allés s'asseoir au fond de la salle. À part un poivrot sans âge qui sirotait son bourbon avec du lait, elle était vide. La bouche de Sophie avait cessé de saigner mais des traînées roses de sang et de salive souillaient encore ses dents.

Le type ne fit aucune difficulté pour nous dire ce que j'avais cru être de taille à lui extorquer. Il s'appelait Clete et venait de Phoenix. On l'avait engagé par téléphone pour retrouver un Français qui avait quitté New York avec du fric qui ne lui appartenait pas.

— C'est Jack McSheep qui m'a mis sur le coup, fit-il comme s'il m'annonçait que Sam avait filé avec la paye du FBI. Vous savez qui c'est, au moins... ?

Je fis signe que non et Clete eut soudain l'air très ennuyé.

— Sam non plus n'en savait rien... Remarquez qu'il ne savait pas non plus se servir d'un flingue... Vous avez vraiment l'intention d'aller le chercher ?

J'ai regardé Sophie.

— Oui, fit-elle en me regardant droit dans les yeux. Je crois que maintenant on ne peut plus faire autrement.

— J'ai de l'argent, dis-je en sortant un rouleau de billets de ma poche. Je peux vous embaucher... C'est quoi votre tarif ?

— Rien du tout, fit Clete en secouant vigoureusement la tête. Je n'affronterais pas ces malades pour tout l'or du monde.

— Mais vous avez quand même pris leur pognon, fit Sophie d'un ton méprisant. Ça vous a rapporté combien la peau de Sam ?

— Pas mal... Mais j'étais surtout du bon côté du manche et ça fait toute la putain de différence. Sam avait passé un deal avec la milice. C'est lui qui a salement merdé. Ces types sont complètement ravagés mais ils sont réglos en affaires...

— C'était quoi ce deal ? j'ai demandé.

— Qu'est-ce que vous voulez que ce soit ? il a dit en haussant les épaules. Sam recevait des armes de l'Ouest et les revendait dans les bleds de l'Est, là où le second amendement de la Constitution est pratiquement abrogé. Vous connaissez le second amendement, au moins ?

J'ai à nouveau fait signe que non.

— Vous sortez vraiment de l'œuf, vous, soupira-t-il avant de se mettre à réciter : *A well regulated militia, being necessary to the security of a free state, the right of the people to keep and bear arms shall not be intringed...* C'est le Credo des milices. Pour elles, c'est clair : le gouvernement veut abroger le second amendement pour livrer les vrais Américains aux nègres, aux juifs et aux communistes... À l'ONU, en fait... Tout ça pour dire qu'il faut être sérieusement frappé pour vendre les armes des milices et croire qu'on peut garder le pognon. C'est à peu près aussi malin que d'essayer de rouler les banquiers du Vatican...

The right of the people to keep and bear arms shall not

be intringed... Ça sonnait comme un slogan révolutionnaire. J'ai repensé à ces autres cinglés du Montana, les *freemen*, qui s'étaient mis à fabriquer leur propre monnaie en brandissant aussi un article de la Constitution. L'affaire avait débuté comme une farce et s'était terminée en Fort Alamo.

— Vous devriez peut-être commencer par changer la Constitution, j'ai dit. Celle que vous avez se fait un peu vieille, non ?

— Ouais. C'est aussi ce que craignent les milices, mais ça, c'est pas votre problème. Si vous voulez récupérer votre pote, va falloir casquer. Je ne vois aucun autre moyen.

— Il est encore à Noxon ?

— Non. Ils l'ont emmené dans un bled qu'ils tiennent dans l'Idaho. Idaho County, ça s'appelle. Une sorte de colonie peuplée uniquement de miliciens pur jus où ils n'appliquent que leurs propres lois. Je ne sais pas exactement où c'est mais vous feriez aussi bien de ne pas chercher... Ils peuvent vous pendre sans que personne n'en sache jamais rien...

Il s'interrompit et me tendit sa paume ouverte.

— Pour deux cents thunes, je vous dis où ils seront le week-end prochain. C'est pas cher mais vous leur direz que vous avez trouvé seul... Rien de très compliqué, ils ont dû mettre des affiches dans tout le Nord-Ouest.

Je lui ai mis deux billets de cent dans la main. Le barman et le vieux poivrot suivaient l'opération en fronçant les sourcils.

— Faites gaffe à McSheep, a fait Clete en fourrant l'argent dans la poche de sa chemise. Ne lui parlez surtout pas de moi.

— Faudrait d'abord que je le rencontre...

— Vous bilez pas pour ça, a-t-il coupé nerveusement. Il sera à Wenatchee... Vous avez une carte ?

Je suis allé la chercher dans la voiture. Au retour le barman m'a fait signe d'approcher.

— Vous venez d'où ? a-t-il demandé d'un ton rogue.

— De Paris... France.

Il a hoché la tête, comme pour aider l'information à entrer.

— Merde ! il a fait. J'ai encore jamais vu de Français dans la vallée...

Il a rempli deux petits verres de bourbon et en a poussé un vers moi.

— C'est la maison qui rince, a-t-il précisé.

J'ai remercié d'un sourire et j'ai levé mon verre.

— Vous aimez le Montana ? a-t-il fait sans toucher au sien.

— Beaucoup, j'ai dit avec enthousiasme.

— Alors aimez-le aussi... Aidez-nous à le garder propre.

Et il a vidé son verre. J'en ai fait autant en me demandant à quoi diable je venais de trinquer.

Clete avait maintenant l'air pressé de partir. Il a fait un gros rond au milieu de la carte de l'État de Washington avant de me la rendre.

— Wenatchee... Vous demandez la convention annuelle des milices... C'est sûrement dans un des hôtels un peu chicos de l'entrée de la ville...

Et il est parti sans se retourner.

— Sale con de macho, a fait Sophie quand il eut passé la porte. Il n'a même pas fait semblant de me remarquer.

Sa lèvre supérieure commençait à enfler salement. J'ai ouvert la bouche pour m'excuser mais elle ne m'en a pas laissé le temps.

— Je l'avais cherché, a-t-elle fait en ne souriant que d'un côté. Viens... Allons-nous-en d'ici.

Merde, mon gars, me suis-je dit en retournant vers Missoula, les miracles existent bel et bien. Sophie avait l'air d'une humeur de rêve et, même si ça me gênait un peu de penser que c'était la baffe qui lui avait fait du bien, j'en ai profité à fond. Quand elle était de bon poil en voyage, Sophie était plus drôle et douce qu'un chaton après sa sieste. Elle ronronnait pour un rien et commentait le décor à petits coups de griffes malicieux. Ma fascination pour la grandiose solitude du paysage la faisait particulièrement rigoler.

— Regarde un peu le nom de ce ruisseau, fit-elle alors que nous passions sur un pont. *Sucker-Creek*... Ça devait être un type dans ton genre qui le lui a laissé...

C'était dit en rigolant, alors j'ai rigolé aussi. De toute façon, j'étais déjà tombé amoureux du Montana. Avec ses paysages sublimement vides, son humour rugueux et sa tendance à produire des ravagés plus dangereux qu'un gang du South Bronx, ce pays ressemblait enfin à l'Amérique de mes rêves de gosse. Sophie dut le sentir car elle mit assez vite une veilleuse à sa séance d'ironie.

— Comment va ta gorge ? demanda-t-elle avec sollicitude, ignorant bravement l'œuf de caille qui lui déformait le sourire.

— Mieux, j'ai fait en me massant. Putain ! j'ai vraiment cru qu'il m'avait coupé l'arrivée d'air...

— C'est ce qu'il a fait. Je crois bien que j'ai jamais vu quelqu'un tomber si vite...

Moi non plus, sans doute. Le pire, c'était pas la force du coup mais sa vitesse d'exécution. C'était de n'avoir rien vu venir que je me reprochais le plus.

— Ouais, j'ai fait. On dirait que je suis un peu vieux pour ce genre de cirque...

— Tu as été merveilleux... J'étais prête à tout pour t'empêcher de sortir de la voiture mais tu l'as fait quand même...

Elle avait l'air de le penser. Était-ce du lard ou du cochon ? Allez savoir avec Sophie...

— J'ai rien vu venir, putain ! Ce type m'a descendu comme une merde et je sais toujours pas comment...

J'avais laissé Sophie filer vers sa chambre avant de rejoindre illico le bar, histoire de raconter mes exploits à Rosie devant un coup de gin. Elle m'écoutait en pinçant le nez et les lèvres, comme si je lui parlais avec une charogne dans la bouche.

— Tu ferais mieux de te demander ce qui t'a pris de sortir ton flingue, fit-elle avec une moue dégoûtée. C'est l'Ouest, *imbécile*. Si ce type n'avait pas été cool, il t'aurait descendu et tout le monde aurait trouvé ça normal.

— C'est ce que j'ai essayé de lui dire, fit Sophie en se perchant sur le tabouret d'à côté.

Elle regarda Rosie bien en face avant d'ajouter :

— J'ai mis tes affaires dans ma chambre. J'ai bien fait, non ?

Je crus que la poudre allait se mettre à parler mais c'était pure vanité de ma part. Aucune de ces deux femmes n'avait envie de se battre pour moi. Rosie se contenta de sourire en tendant la main à Sophie.

— Vous êtes Sophie, je suppose... Je suis Rosie... C'est moi qui les soûle mais c'est aussi moi qui les ramène... Enfin, quelquefois...

— Je sais, dit Sophie en prenant la main tendue. Merci.

— De quoi ?

Et elles éclatèrent de rire sans faire plus attention à moi.

Plus tard, après quelques *Dead Solid Perfect Martinis* accompagnés d'autres fous rires complices et de confidences à mi-mots qui me laissaient sur la touche comme un joueur soudain trop balourd, Rosie revint à notre virée à Noxon.

— Vous ne pouvez pas continuer à jouer sur la

chance... Et, pour l'amour de Dieu, cessez de vous balader avec cette artillerie ridicule.

J'étais d'accord. La simple pensée du Ruger me déprimait et le gin n'arrangeait pas les choses. Je me suis dit qu'il était plus facile de se soûler avec une femme qu'avec deux. À moins d'avoir la perspective de coucher avec les deux, bien sûr, mais elles avaient l'air de si bien s'entendre qu'aucun bookmaker n'aurait parié sur le chiffre trois. J'ai essayé de les imaginer au lit. C'était terriblement excitant au début mais je me suis très vite arrêté en m'imaginant me branler dans le fauteuil de Michel.

— À quoi tu penses ? a demandé Sophie.

— À Michel, j'ai dit. Il avait raison. Ce pays a rendu Sam aussi cinglé que ses habitants et il est en train de me faire le même effet.

— Michel te parlait de Sam ?

— De temps en temps. Ça t'étonne ?

Elle a fait signe que non mais j'ai senti que son humeur venait d'en prendre un coup.

— Je crois qu'il lui donnait souvent de ses nouvelles. Plus souvent qu'à moi, en tout cas, ai-je ajouté d'un ton que j'aurais voulu un peu plus neutre.

— On dirait du dépit amoureux, a dit joyeusement Rosie en regardant Sophie.

Mais Sophie n'avait plus envie de rire. Les yeux dans le vague, les lèvres tremblantes, elle avait l'air de chercher des raisons de ne pas pleurer. Gênée, Rosie fila gérer l'autre extrémité de son bar.

— Pourquoi tu ne m'en as jamais parlé ? Pourquoi tu ne me parles jamais de rien ?

Je n'avais rien à répondre. C'était venu lentement, sournoisement, comme cet oubli progressif du désir qu'elle m'avait déjà reproché. On ne faisait presque plus l'amour et, sans doute en était-ce le corollaire, on ne parlait plus non plus. J'emmagasinais des tas de choses à lui dire, puis le soir, je renonçais, comme devant une tâche impossible, comme si parler m'eût entraîné dans un dédale de complications menant bien plus loin que la simple relation des événements quotidiens. J'avais toujours cru que le silence était le moyen d'échapper aux écorchures, je savais aujourd'hui qu'il ne préservait pas du cancer.

— C'était pas grand-chose, j'ai fait en me sentant encore plus minable. Des conversations de mecs... Et puis Michel me faisait chier avec son air d'en savoir plus que moi...

— De savoir quoi ?

— Des trucs sur les fréquentations de Sam... Sur le soi-disant fric qu'il gagnait... Je croyais qu'il extrapolait sur les lettres que Sam ne m'envoyaient pas...

La vérité, c'est que j'étais jaloux comme une teigne. Sam m'avait toujours laissé entendre que j'étais son pote favori et je prenais très mal d'être laissé à l'écart de son flirt avec Michel.

— Et maintenant ? a dit Sophie. T'en penses quoi, maintenant ?

— Rien, j'ai fait en haussant les épaules. Michel est mort et Sam...

— Et Sam ne vaut guère mieux... C'est ça que tu penses ?

— Non. Je pense qu'on doit aller le chercher et lui demander sa version des faits...

J'ai fait signe à Rosie de venir nous rejoindre. Elle n'attendait que ça mais ça ne l'empêcha pas de prendre son temps.

— Je sais, a fait Sophie avec un sourire triste. Toujours loyal comme un boy-scout... J'espère que tu te feras pas trop mal en tombant.

— En arrivant, j'ai rectifié. Tu connais l'histoire du

type qui dégringole du toit de l'Empire State Building ? Il tombe en comptant les étages et en se disant « Pour l'instant, tout va bien. »

Rosie la connaissait. Celle-là et tout un tas d'autres qu'elle nous raconta sans cesser d'étancher notre soif et celle des autres poivrots qui nous avaient rejoints.

Sophie faisait semblant de répondre aux avances d'un jeunot qui rêvait manifestement d'accrocher une Française à son tableau de chasse. Il lui débitait du Verlaine en s'arrangeant pour laisser traîner ses mains partout. Je me suis levé pour lui casser la gueule mais j'ai dû oublier en chemin et je me suis retrouvé sur la terrasse en train d'insulter un type qui voulait savoir de quelle couleur était la chatte de Rosie. Il m'avait vu partir avec elle la veille et il se foutait complètement de mes insultes.

— C'est juste pour savoir, mec... Je sais qu'elle me la montrera jamais mais il faut que je sache... C'est comme pour Dieu... Chaque fois que je vois une femme, je me demande si elle a la chatte comme les cheveux... Tu comprends ce que je veux dire ?

Je comprenais si bien que j'ai fini par le lui dire.

— Elle est rousse... Enfin, c'est elle qui me l'a dit.

— Tu ne l'as pas vue ? il a fait avec un profond désespoir. Alors tu ne sais rien, mec... Rien du tout... C'est comme ça qu'elles nous tiennent.

J'ai regretté de ne pas pouvoir en faire plus pour ce brave type. C'était ça la bonne question. Celle qui vous fait jeter la première gomme sous les jupes de la maîtresse d'école pour constater avec désespoir que la réponse est infiniment plus difficile à trouver.

Plus tard, on est allés dans ma chambre avaler le reste de speed et j'ai dû louper encore une séquence vu qu'on s'est retrouvés tous les trois dans un autre bar en train de discuter avec un costaud d'une soixantaine d'années qui avait l'air de se foutre de moi. Il devait se foutre aussi que je le comprenne car il parlait dans sa moustache, sans prendre la peine de desserrer les dents.

— Ça va aller, a dit Rosie en m'épongeant le front.

— Merde, j'ai fait. Pas la peine de la ramener... Vous avez picolé autant que moi...

Le type a ricané. Je lui ai balancé mon poing mais j'étais trop court d'une bonne dizaine de mètres. Sophie a ricané aussi et le type s'est levé en lui donnant sa carte. Il m'a même pas regardé. Il a juste marmonné un truc que j'ai pas compris et il nous a tourné le dos.

— Qui c'est ce type ? j'ai demandé.

— Un détective privé, a dit Sophie.

Elle avait l'air salement en rogne.

— Qu'est-ce qui t'as pris de picoler autant, connard ?

Connard... Elle s'y prenait vraiment comme avec une putain de muleta ! Je me suis levé et je suis resté comme ça jusqu'à ce que le décor se calme. Le speed m'a sans doute donné un sérieux coup de main, je ne suis pas tombé et la table a cessé de chercher à me pousser.

— Je fais ce que je veux pendant la récré, connasse, j'ai dit en me rasseyant. Et j'ai pas besoin d'un putain de détective...

— Ah bon, elle a fait en me passant gentiment la main sur la nuque. Et Clete ? Tu voulais l'engager pour laver la voiture ?

Elle a continué à me masser comme ça un bon moment. Je me suis laissé aller en fermant les yeux.

— Ne bois plus jamais comme ça, murmura-t-elle. J'ai cru que tu voulais te tuer.

— C'est ta faute, j'ai dit. Ne me dis plus rien... Laisse-nous le temps d'aller chercher Sam.

— Shorty va nous aider... C'est un ami de Rosie... Il est d'accord pour nous accompagner à Wenatchee.

— Shorty... ? j'ai fait en revoyant le gabarit du gars.

— Shorty Crumb, a souri Rosie. Comme son père... Il vous en parlera sûrement.

— Il est au courant de tout ?

— De tout... Ça a pris un peu de temps mais tu lui as tout raconté.

Évidemment, je ne me souvenais plus de rien. J'ai rien demandé sur le coup, mais ça m'a travaillé pendant tout le trajet du retour et tout le temps que mit Sophie à me déshabiller.

— Merde, j'ai fait en me glissant dans les draps. J'espère que j'ai pas trop déconné...

— À pleins tuyaux, mon amour, mais ça n'a aucune importance...

Elle était nue et chaude et sa langue me chatouillait l'oreille.

— ... Tu craignais que Rosie ne t'ait menti sur la couleur de sa chatte... J'ai trouvé ça plutôt mignon...

19

Assis dans son bureau bordélique de Hellgate Drive, la pupille rouge et les yeux bordés de jambon, Shorty Crumb avait l'air encore plus mauvais que la veille. Carré dans son fauteuil, le bide sur la ceinture et les bottes posées sur un bureau de bois définitivement en jachère, il ressemblait à un cachalot colérique surpris en train de faire la planche.

— Désolé, fit-il en nous voyant entrer. Il est encore trop tôt pour que je me lève.

C'est du moins ce que j'ai compris. Je pensais qu'a jeun je le comprendrais un peu mieux, c'était raté. Je ne savais pas trop avec quoi il parlait mais ça se situait quelque part entre la clope fichée dans sa moustache et la boîte de bière posée sur son nombril.

Il avait dû être en forme mais c'était il y a longtemps. La couperose lui dessinait des filets de sang dans la barbe et son pif jouait les lumignons dès le matin. Mais c'est son ventre qui devait le gêner le plus. Bien qu'il fût presque allongé on ne voyait que lui dans la pièce. Son ventre et ses yeux bleu et rouge qui semblaient se moquer de tout et de vous en particulier.

— Je suppose que vous étiez trop bourré pour vous souvenir de nos accords ?

— Je me souviens à peine de vous avoir vu, mais Sophie m'a raconté. Vous nous accompagnez, vous négociez pour nous et vous touchez dix pour cent du montant de la transaction...

— Exact.

— Et si je n'ai pas la somme qu'ils demandent ?

Il a décollé ses bottes du bureau et il a basculé contre le rebord du meuble comme un culbuto géant.

— Vous avez plutôt intérêt à le savoir maintenant, mon pote, a-t-il fait. Vous me payez pour négocier avec ces putains de dingues, pas pour me colleter avec.

— C'est plus cher ?

— Non, mon pote. C'est juste hors de prix... Comptez votre fric tout de suite, mon vieux... Et je vous conseille de ne pas vous gourer. S'il manque un centime, je me tire avec votre pognon et je vous laisse finir la transaction.

Il avait l'air de le penser vraiment.

On est sortis s'asseoir sur un banc et on a compté notre pognon. Ça faisait un bon petit tas de briques mais allez savoir jusqu'où était allé la folie de Sam ?

— Ça ira, j'ai dit à Crumb en me croisant les doigts dans le dos.

Entre Missoula et Saint Regis, j'ai pas vu la route. Je la connaissais déjà mais c'est surtout la gueule de bois qui m'a privé de paysage. Une gueule de bois certes enluminée par les souvenirs de ma fin de nuit avec Sophie, mais qui cognait quand même comme une armée de guerriers zoulous. Allongé à l'arrière, la tête calée contre une glacière pleine de bières, j'ai recompté mes sous dans tous les sens avant de m'endormir, épuisé.

Je me suis réveillé en sueur, avec l'impression que quelqu'un cherchait à prendre ma tête pour la poser ailleurs. C'était juste Crumb qui ouvrait la glacière pour attraper une bière mais l'impression est restée. Je me suis assis et j'ai regardé la route qui grimpait à travers les immenses collines boisées de la Lolo National Forest. J'ai repensé à l'histoire que Bartell avait écrite sur cet ancien du Vietnam qui couchait avec les grizzlis pour se donner des raisons d'avoir peur. Ça collait assez à l'idée que je me faisais maintenant de Sam. Trahir ses potes, piquer leurs femmes, avait dû cesser de l'amuser. Il fallait quelque chose de plus puissant pour le faire bander. Quelque chose qui lui fasse oublier les cinquante ans qui le poussaient doucement vers la casse. Lui et moi, on était au moins à égalité sur un point et ça m'a requinqué de me dire qu'il était, lui aussi, aux prises avec l'irrémédiable.

Coincé entre le Montana, le Canada et l'État de Washington, l'extrême nord de l'Idaho est un ruban de terre si étroit qu'on l'a appelé *The Panhandle*, la queue de la poêle. Le guide disait aussi que c'était un territoire presque vide où s'ébattaient pêle-mêle des ours, des élans, des wapitis et tout un tas de cinglés d'extrême droite en tenues camouflées. Survivalistes, partisans de la suprématie blanche et autres membres de l'*Aryan Nation*, crapahutaient dans ce coin de nature quasi intact les armes à la main, rêvant de descendre en plein vol les hélicoptères de l'ONU.

— C'est à peu près ça, fit Crumb. Sauf que ces pauvres connards sont encore moins nombreux que les grizzlis... Dites, j'ai trouvé ça sous votre siège...

Il agitait le Ruger en rigolant comme si ce n'était qu'un pétard à amorces.

— Qu'est-ce qui vous a pris d'acheter ce truc ?

— Oh ! mais il l'a déjà expérimenté avec les clodos du Warden's, vous savez, fit Sophie d'un ton admiratif. Il n'a même pas eu besoin de mettre des balles dedans.

— Des cartouches, rectifia Crumb. Les balles c'est ce qui sort des cartouches... *Jesus*, ces gars auraient pu vous couper le bras d'un coup de machette rien que pour rigoler...

Il a continué sur le même sujet pendant un petit moment. Une série d'histoires de flingues et d'affrontements avec des types plus dangereux que des crotales shootés aux amphétamines. Sophie l'écoutait en riant et j'en ai fait autant malgré le petit pincement de jalousie qui s'était mis à me titiller le plexus. Tout à l'heure, pour aller de son bureau à la voiture, Crumb avait clopiné comme une oie arthritique. Manifestement ses genoux avaient du mal à le porter et son énorme torse oscillait sur ses cannes comme une maison sur des pilotis trop faibles. Sophie l'avait regardé grimper dans le 4 x 4 avec une moue dubitative. Notre coriace avait peut-être un peu de vent dans les voiles mais il avait surtout l'air d'un gros type usé partant pour sa dernière virée. Maintenant, même avec son bide posé sur les genoux, sa tronche de grognard et sa voix de caillasses secouées dans une lessiveuse, il occupait tout l'espace.

— Je connais Wasserman, dit-il, sautant soudain d'El Paso à Noxon. Ce fils de pute est malin comme un singe. C'est un vrai facho mais je suis pas sûr qu'il croie le dixième des conneries qu'il raconte... En revanche, pour ce qui est de les vendre, c'est un champion.

Il écrasa la boîte de bière vide dans sa pogne, la jeta à ses pieds et en attrapa une autre. J'en profitai pour en prendre une et pour faire l'inspection de la glacière.

— Vous avez l'intention d'ouvrir un bar en route ? j'ai demandé en découvrant la bouteille de bourbon et les deux de tequila.

— Pourquoi pas ? Ça vaut mieux que de crever de soif, non ? Servez-vous, mon vieux... C'est vous qui payez, après tout.

Et il s'est mis à raconter sa première et unique rencontre avec Wasserman. Il était allé le voir pour rechercher un fille disparue que ses parents soupçonnaient d'avoir filé avec une jeune recrue de la Nation aryenne. Il s'était vite rendu compte que Wasserman ne savait rien sur la gamine et que, de toute façon, les salopards d'Idaho County étaient bien trop futés pour accepter des mineures en cavale dans leur phalanstère, mais il était quand même resté une demi-journée à bavarder avec lui.

— J'arrivais pas à décider si ce type était bon à jeter au cabanon ou si c'était un putain d'escroc génial... Il a commencé par me servir les foutaises habituelles sur le complot communiste qui avait fini par gangrener la Maison-Blanche et toute la putain d'administration mais je les connaissais toutes...

— Pas moi, fit Sophie avec son sourire de petite fille.

— Vous les entendrez sûrement à Wenatchee... Il fait le même discours partout. Il m'a même dit que les étudiants de Harvard l'avaient invité à faire une conférence... Putain ! J'aurais bien voulu voir tout ces crânes d'œuf écouter comment on déchiffre les instructions secrètes de l'ONU au dos des panneaux routiers ou apprendre que tout le fourbi de satellites qui tournent autour de la Terre aboutit à un seul bouton qui peut arrêter toutes les mécaniques du monde sur une simple pression...

— Personne ne peut avaler ça, j'ai fait.

Crumb a haussé les épaules. Dans le rétro, ses yeux matois pétillaient de malice.

— Pourquoi pas ? On nous a bien fait croire que l'Irak pouvait détruire le monde libre... Plus c'est gros, plus ça marche, mon vieux... Je suis sûr que vous y avez réfléchi à deux fois avant de rejeter les saloperies sur la négation de l'holocauste... À moins que vous ne les ayez pas rejetées du tout...

— J'aurais eu un peu de mal, j'ai dit. Ma grand-mère est sortie des camps...

Je me suis quand même souvenu de quelques discussions sanglantes avec des potes qui s'étaient soudain mis à se poser des questions. « Juste histoire de ne pas se faire baiser une fois de plus », disaient-ils en fonçant tête baissée dans le piège.

— Toujours est-il qu'il a cherché à me bourrer le mou avec quelque chose d'inédit, reprit Crumb. On était assis à boire de la bière sur une table à pique-nique au bord de la rivière quand un train est passé sur la vieille voie ferrée. « Putain, regardez ce train », il a fait en sortant un appareil photo de sa poche. Je n'ai vu qu'un pauvre convoi de wagons rouillés et déglingués mais Wasserman avait l'air d'avoir surpris le putain de Diable dans sa tanière. « C'est des voitures de voyageurs, jubilait-il, vous ne comprenez pas ? Il ne passe que des trains de marchandise sur cette voie... Jamais de voyageurs... C'est comme ça qu'ils font passer leurs troupes... » Je lui ai fait remarqué que c'était peu probable que l'ennemi trimballe ses troupes à Noxon, juste sous le nez du QG de la MOM, mais il n'a pas voulu en démordre... Putain, il était si convaincant qu'il a bien failli me baiser...

Il demanda à Sophie de lui allumer une clope. Elle montra un tel plaisir que je me suis demandé si je n'allais pas me remettre à fumer.

— Où vous avez attrapé ça ? fit-il en désignant sa lèvre.

— Je me souviens plus, répondit-elle avec un sourire vague. Sans doute un accident de parcours.

— Ça arrive, convint-il en me jetant un sale œil. Faut juste que ça soit pas trop souvent.

Le vieux salaud me faisait des reproches... J'ai repensé à la façon dont Sophie m'avait manifesté son pardon mais je l'ai aussi imaginée en train de chevaucher la bedaine de Crumb pendant qu'il me tenait en respect avec mon propre flingue. J'étais sûr que Sophie y pensait aussi. Au flingue peut-être pas mais à la bedaine et au torse de grizzli, sûrement. Aucune femme ne devait y échapper.

— Ils sont nombreux ? j'ai demandé, histoire de penser à autre chose.

— Trois, rigola Crumb. Wasserman, sa femme et son neveu. Il avait une petite fabrique de pièces automobiles dans le Missouri avant de se souvenir qu'il était né dans le Montana et de venir se déclarer chef de la milice... Tous les citoyens sont membres de la milice. La plupart n'en savent rien mais Wasserman s'en fout... Il vend ses salades dans tout le pays sur Internet. Ça lui donne droit à une armée virtuelle, non ?

On a roulé jusqu'à Coeur d'Alene à travers les forêts, les torrents et les lacs de montagne. Crumb nous signalait avec des cris de gamin tous les animaux qu'on débusquait sur le bord de la route. Malgré les bières qu'il éclusait à la chaîne, il avait un œil infaillible. Il scannait le paysage tout en maintenant une trajectoire parfaite. Il avait pris le volant de ma voiture sans daigner me demander mon avis mais je ne regrettais rien. Les yeux collés à la vitre, le regard en CinémasScope, j'avalais le décor et je piaillais comme un môme quand Crumb ralentissait sur un pont pour nous laisser voir un couple de wapitis boire dans un méandre de la rivière ou un sconse jaillir du fossé puis plonger dans la forêt.

En d'autres circonstances, ç'aurait pu être une virée tranquille de fin d'après-midi, une sorte de safari alcoolique sans fusils ni caméras, à picoler tranquillement en parlant de choses et d'autres et de l'incroyable beauté du monde. Mais chaque fois qu'on passait un nouveau bled, je regardais la carte en pensant à ce qui nous attendait au bout de la route. Si Sam avait piqué plus que la valeur de la librairie, de l'appartement et des quelques ronds qu'on avait mis de côté, le safari risquait de se transformer en chasse à courre et je me demandais de quel côté serait Crumb. Sophie faisait tout ce qu'elle pouvait, un peu trop même à mon goût, pour le mettre dans sa poche mais je doutais que Shorty Crumb soit du genre à échanger ses intérêts contre les promesses d'un joli minois.

Crumb avait décidé de s'arrêter à Coeur d'Alene.

— On est en avance et je ne tiens pas à ce que ces serpents nous repèrent trop vite... fit-il en se garant sur le parking du Flamingo Motel, une série de bungalows éparpillés dans le gazon et les fleurs tout à côté de downtown.

On a fait comme il a dit. Je me suis senti un peu dépossédé de toute initiative mais j'ai vite compris qu'il voulait surtout profiter de cette balade gratuite pour rendre visite à ses potes. Celui qui tenait le Flamingo Motel avait l'air vachement content de le voir. Il nous loua ses deux meilleures chambres et tint à fêter ça sans plus attendre.

Coeur d'Alene est situé tout en haut du lac du même nom, une sorte de fjord qui serpente à travers un détroit bordé de glaciers et de montagnes basses et couvertes de toutes les nuances de vert. La lumière du jour finissant déposait une couche d'or fin sur l'ensemble. J'ai laissé Sophie dans sa chambre et Crumb au bar et je suis parti faire un tour en voiture. La ville était pleine de familles en tenue de randonnée et de jeunes gens en shorts immenses, tous bronzés et d'une santé désespérante. Au loin, les tétons des glaciers accrochaient les derniers rayons du soleil. J'ai roulé le long du lac jusqu'à ne plus voir personne et j'ai attendu que la nuit tombe en compagnie d'une des bouteilles de tequila. C'était un chouette crépuscule. La tequila était fraîche et le silence du soir prenait des airs d'éternité à mesure que l'ombre brouillait le contour des montagnes.

Crumb n'était plus au bar du Flamingo quand je suis rentré. Il avait filé avec son pote et, d'après le barman, on avait peu de chance de les revoir avant la camionnette du laitier. J'ai grignoté une assiette de *buffalos wings* en écoutant mes deux jeunes crétins de voisins parler de leurs prouesses amoureuses. Ils avaient chacun deux ou trois rendez-vous et se cassaient la tête pour mettre au point le timing parfait qui leur permettrait de tirer les trois coups avant minuit. L'heure était importante car ces deux Cendrillons tenaient à être en forme pour le lendemain. C'était si déprimant que je suis parti sans finir ma bière.

C'est à peine si Sophie remarqua mon haleine. Elle avait un tas d'idées sur la façon de passer la nuit et je crois bien qu'on les a toutes expérimentées.

20

Crumb a absolument tenu à ce qu'on fasse le plein de bière et de gnôle à Spokane.

— Après, c'est le désert jusqu'à Wenatchee, dit-il avec une grimace convaincante.

Il était debout avant nous mais sans sa chemise propre et ses cheveux encore mouillés par la douche, on aurait pu croire qu'il avait dormi sur un tabouret de bar. À part ça, il se sentait suffisamment en forme pour prendre le volant sans rien me demander.

— Je suis malade à l'arrière, consentit-il à préciser, c'est peut-être bien la bière... Mon père disait que conduire est la seule façon de picoler en voiture sans être malade.

Il a raconté quelques histoires sur son sacré bonhomme de père et sur le coin pourri du Sud Texas où Shorty senior avait essayé de nourrir décemment sa famille, mais le cœur n'y était pas. Quelque chose le tracassait. Il mâchonnait ses moustaches tâchées de nicotine en me jetant de fréquents coups d'œil violacés dans le rétro.

— Pourquoi vous ne m'avez pas dit que Jack McSheep était dans le coup ?

— Vous ne me l'avez pas demandé... Ça change quelque chose ?

— À peine... Ça rend juste les choses cent fois plus compliquées...

— Bah ! j'ai fait en haussant les épaules. On n'est plus à un dingue près.

— Si, justement...

J'ai cru qu'il était en train d'essayer de me soutirer une rallonge mais il avait l'air trop en rogne pour y penser. Honnêtement, il aurait pu. C'était tout à fait sciemment que j'avais oublié de lui parler de McSheep.

— Vous mériteriez que je vous rende mon putain de tablier et que je vous taxe au prix fort... Merde ! Je sais pas ce qui me retient de faire demi-tour tout de suite.

— Écoutez, Shorty, j'ai fait. Si c'est une question d'argent je peux...

— Vous pouvez que dalle, pauvre con... Juste prier pour que McSheep ne soit pas de trop mauvais poil... Cet enculé est capable de nous tirer dedans rien que pour essayer son nouveau flingue...

Je me suis demandé s'il n'en faisait pas un peu trop mais je ne le lui ai pas dit. J'ai laissé Sophie prendre le relais et j'ai fermé ma gueule.

— Désolée, fit elle en lui massant l'épaule. On avait trop peur que vous refusiez de nous aider...

Il a grogné quelque chose que je n'ai pas compris. À moins que ça ne fût sa façon de ronronner.

— Je suis sûre qu'on a suffisamment d'argent pour négocier, reprit-elle. C'est ça qu'ils veulent, non ?

— Personne ne sait ce que veut McSheep... Quand il était dans la police de Phoenix, ce type a flingué dix fois plus d'Américains que Sadam Hussein... Toujours en mission... Aucune bavure... C'est juste qu'il ne leur laissait jamais la moindre putain de chance... L'officier de police le plus médaillé de toute cette putain de police fasciste de Phoenix. Ils l'aiment tellement qu'ils l'ont nommé super-flic honoraire.

— Il a pris sa retraite ?

Elle lui massait toujours l'épaule. Ça m'avait tout l'air de marcher. Je me suis demandé jusqu'où elle était capable d'aller.

— Ouais, si on veut. Officiellement, il donne des conférences sur sa-vie-son-œuvre dans tout le pays, mais depuis son départ les milices de l'Arizona, les *Vipers*, ont commencé à faire sérieusement parler d'elles... Je crois bien que c'est aussi lui qui est à l'origine de la fondation d'Idaho County.

— Clete avait l'air d'en avoir une trouille bleue, fit Sophie d'une toute petite voix. C'est le détective qui nous...

— Je sais qui est Clete O'Bannion, coupa Crumb. Il connaît assez McSheep pour savoir ce qu'il dit...

Il prit la main de Sophie et la plaqua contre sa cuisse, là où le bide faisait sa jonction.

— Vous êtes prête à aller jusqu'où ? fit-il avec un sourire tordu. C'est vous l'as d'atout ?

— Je ne joue pas, Monsieur Crumb... Vous me plaisez mais je ne suis pas disponible... Enfin je ne le suis plus. Je suppose que vous l'aviez déjà compris...

— De vraies colombes en rut, ricana-t-il en me jetant un coup d'œil.

Il désigna la lèvre de Sophie avant d'ajouter :

— Généralement, les femmes comme vous se tirent après ce genre d'*accident de parcours*.... On dirait bien que ça vous a fait l'effet inverse.

— Possible, a fait Sophie. C'est quoi une femme comme moi ?

Elle n'avait pas dégagé sa main que la grosse pogne de Crumb ensevelissait totalement.

— Une bourgeoise... Une fille qui a tout eu au moment où il fallait. Ça fait combien de temps que vous êtes ensemble ?

J'ai essayé de me mettre en colère, de l'envoyer se faire foutre, lui et ses questions. C'était moi qui le payais, merde ! Quatre cents dollars, jusqu'à présent. Cent pour les chambres et trois cents pour la gnôle qu'il avait éclusée avec ses potes. J'ai essayé, mais ça ne venait pas.

— Vingt-sept ans, j'ai fait.

— Putain ! Un bail... Et combien de gosses ?

— Aucun, fit Sophie en regardant droit devant elle.

— Et vous ? j'ai grogné. Qu'est-ce que ça peut vous foutre, de toute façon ? Me dites pas que vous tenez des statistiques sur la généalogie de vos clients ?

— Non, mais je devrais... Surtout avec des fils de pute dans votre genre. Passez-moi une bière, voulez-vous...

Il a lâché Sophie pour ouvrir la boîte mais elle n'a pas ôté sa main de la cuisse de Crumb. J'ai eu envie de l'enlever de là, sans doute histoire d'être ridicule jusqu'au bout, mais je me suis retenu.

— J'ai trois gosses, dit-il en rotant discrètement dans son poing. Pour le premier, la première en fait, c'était une vraie connerie... Je pensais déjà au divorce le jour des noces et ma femme devait avoir encore plus d'avance. Pour les deux autres, je regrette... On aurait pu s'en sortir mais j'étais bien trop dingue pour le comprendre... On passe sa vie à se colleter avec les difficultés et on choisit la facilité quand il s'agit de ses gosses...

Il est resté un bon moment silencieux. Dehors, le paysage ressemblait à mon humeur. Morne, aplati et sans points de repère.

— Désolé pour le « fils de pute », dit-il en levant sa bière en signe de paix.

— Je l'ai mérité... J'aurais dû vous parler de McSheep.

— Pas que de McSheep, il a fait en regardant Sophie. J'ai bien compris que vous étiez venu chercher un pote avec les cendres du troisième mais quelque chose me dit que vous avez trouvé votre femme sur la route et que ça, vous ne vous y attendiez pas. Je me trompe ?

— Quelqu'un, j'ai dit. Pas quelque chose... C'est Rosie qui vous a rencardé.

— C'est vrai, admit-il. Cette fille a du chou. Elle connaît mieux la vie que vous deux réunis. Donc, Sam était bien parti avec votre femme avant que vous décidiez d'aller le chercher ?

— Ça change quelque chose que je sois cocu ? j'ai fait en évitant de justesse le regard de Sophie.

C'était venu tout seul et je me dégoûtais d'autant plus. C'est un de ces mots cradingues, souillés par des millions de plaisanteries débiles, que je m'étais juré de ne jamais employer mais, merde, c'est ce que j'étais. Cocu par son meilleur ami, comme dans les vaudevilles.

— Ne vous attendrissez pas sur vous-même, mon vieux, ricana Crumb. C'est pas le moment... Rosie m'a dit aussi que vous étiez libraire. Ça va vous étonner, c'est un métier que j'aurais pu faire... Vous avez dû lire un tas d'histoires de privés mais vous ne valez pas tripette quand il s'agit d'en engager un. Si j'avais appris en route ce que Rosie m'a dit, je vous aurais sacrément mis à l'amende avant de vous larguer aussi sec.

— Manu, Sam et Michel se connaissent depuis l'âge de quinze ans... Michel est mort et je ne crois pas que les deux autres aient envie de se tirer dessus.

— Et vous ? demanda Crumb. Il vous a salement larguée, non ?

— Je crois plutôt qu'il cherchait à la protéger, j'ai fait. Il savait que son avenir n'était pas très brillant.

— J'ai toujours su qui était Sam, a fait Sophie en lâchant la cuisse de Crumb pour me caresser la joue. Il finira sans doute par se faire tuer mais pas par moi.

— Ouais, c'est ce que disent la plupart des gens avant de se mettre à flinguer leurs voisins... Vous ne savez jamais ce qui fait péter le dernier fusible. Pas vrai, camarade ? ajouta-t-il en me matant dans le rétro.

J'ai rien dit. Dehors, le soleil cramait un paysage quadrillé par des kilomètres de clôtures barbelées. La route était posée dessus comme un morceau de ruban tombé de la robe des dieux. Le Grand Nulle Part. J'y étais enfin. Il était aussi vide, aussi paisible, aussi réconfortant que dans les livres. Juste rien, mais cette fois j'étais là.

On a quitté la 90 à George et on a piqué vers le nord le long de la Columbia River. Personne n'avait plus envie de parler. Crumb avait mis une cassette de Jimmy Buffett et il chantonnait chaque morceau en s'accompagnant des doigts sur le volant. Sophie était d'un calme impressionnant, et moi, j'étais bêtement concentré, comme un môme pris à son propre jeu. Moi qui avais toujours eu autant de flair qu'une cafetière, je sentais maintenant distinctement la présence de Sam. L'instinct du chasseur ? Pourquoi pas ? Des tas de trucs viennent avec l'âge, pourquoi pas celui-là ?

À l'entrée de la ville, des panneaux vendaient Wenatchee comme l'une des capitales mondiales de la pomme. Certains affirmaient aussi que les rodéos avaient une place non négligeable dans l'économie locale mais c'était quand même la pomme qui se taillait la part du lion. Arrosés par un réseau de puissants canaux d'irrigations, seuls les vergers arboraient une fraîcheur insolente dans ce paysage semi-aride que le soleil de fin de journée pilonnait encore. Avec ses vingt-deux mille habitants et après la longue solitude de la route, Wenatchee me parut d'une délicieuse sophistication. C'était une de ces villes plates qui s'étalent sans grâce autour d'un carrefour, mais les eaux vives de la Columbia River, bien plus large que la Seine à certains endroits, lui donnaient un petit air pimpant de capitale fluviale.

— Capitale de pedzouilles, ouais, fit Crumb avec une moue dégoûtée. Pour eux, le communisme commence juste après l'aile droite du Parti républicain...

Il a continué à grommeler des trucs dans sa moustache en remontant Wenatchee Avenue jusqu'au West Coast Wenatchee Center Hotel. C'était manifestement l'hôtel le plus cher de la ville, mais Crumb tint quand même à me le faire remarquer.

— Autant ne pas mégoter, fit-il avec un sourire cynique. D'abord parce que c'est vous qui payez, ensuite parce qu'il vaut mieux qu'ils sachent qu'on a le fric pour discuter.

Et il nous a accompagnés jusqu'à notre chambre avant de filer avec la voiture.

21

On a passé deux jours sans nouvelles de Crumb ni de la voiture. Deux jours à rien faire et à rien se dire. Sophie passait la plupart du temps au bord de la piscine pendant que je me traînais du lit au bar suivant les caprices de mes nerfs. Si, comme dit le poète, nous ne sommes sur terre que les ombres de notre imagination, la mienne ne devait pas être sur la même longueur d'onde que celle de Sophie car elle affichait un calme imperturbable que j'ai fini par trouver tout à fait suspect.

— Je suis sûr que t'as mijoté quelque chose avec Crumb, j'ai fait à la fin du premier jour.

C'était le genre de pensée idiote qu'on garde soigneusement pour soi, une de ces petites douleurs à usage interne qu'on s'inflige pour ne pas oublier les joies saines de la parano et j'aurais bien voulu pouvoir la ravaler tout de suite. Trop tard, elle était sortie.

— Ah ouais ? a fait Sophie sans prendre la peine de me regarder. Quoi, par exemple ?

— Rien...

Et j'ai continué à lui mettre de la crème solaire sur le dos.

— T'étais pas obligée de lui caresser la cuisse, j'ai dit en me rallongeant à côté d'elle.

— C'est vrai... Ça m'est venu comme ça... Il avait l'air vraiment triste qu'on ne lui ait pas tout dit.

— Triste ? j'ai ricané. Ce bâtard ne pense qu'à mon pognon...

— Notre pognon, si ça ne te fait rien...

Elle s'est redressée en laissant voir la pointe rose de ses seins.

— On est toujours mariés, non ? ajouta-t-elle avec un sourire ironique.

— Justement. Tu pourrais y penser avant de te comporter comme...

— Comme quoi ?

J'ai pas répondu. Le type en face de nous la matait derrière ses lunettes noires.

— Qu'est-ce qui t'arrive, Manu ? a-t-elle dit en posant sa main sur mon bras après avoir suivi mon regard. Tu vas quand même pas chercher la bagarre à la terre entière ?

Pourquoi pas ? Je me suis levé, j'ai massacré le type d'un seul coup d'œil et je suis allé me réfugier dans la chambre. Planté devant la glace de la salle de bains, je me suis payé une inspection honnête des dégâts. J'avais largement passé la ligne médiane et ça se voyait. L'abus d'alcool et le manque de sommeil n'avaient pas arrangé le tableau et, sous la lumière du néon, je me sentais aussi excitant qu'un œuf au plat refroidi. Je me suis demandé comment Sam avait franchi le cap. Mieux que moi, sans doute. Avec sa tignasse et son ventre plat, il avait dû étaler la bourrasque sans trop de casse. De toute façon, Sam avait toujours eu le génie de me faire sentir con et moche chaque fois qu'il voulait briller. Et puis, je n'arrivais pas à oublier tout ce que Sophie m'avait dit à Noxon. Elle m'avait chargé d'un handicap maximum juste avant la fin de la course. Je pourrais peut-être persuader Wasserman et McSheep de laisser filer Sam mais quelles chances avais-je de repartir avec elle ? Comment effacer dans sa mémoire les traces de savates et d'ennui que j'y avais laissées ?

— Tu te trouves moche ? a-t-elle dit en venant me rejoindre sous la douche.

— Assez... Je me demandais comment Sam avait tenu le coup.

— Pas mal... Mais pas mieux que toi, a-t-elle fait en glissant ses mains contre ma peau. J'ai le même âge que vous deux, tu sais ?

— C'est pas faux, j'ai dit, mais c'est pas tout à fait vrai non plus...

Et je l'ai serrée contre moi.

J'ai descendu quelques verres en regardant Sophie s'endormir. Elle avait entortillé son corps dans le drap mais ce qui restait visible me faisait encore penser à la troublante indécence des instants précédents. La bouche entrouverte, elle ronflotait doucement comme un chiot repu et, en la voyant si calme, je me suis demandé ce que les femmes savent de plus sur nous et le monde. Comme un gamin qui s'apprête à faire le mur, je me suis levé sans faire bouger le matelas et je me suis rhabillé. Elle a gémi faiblement en entendant la porte s'ouvrir. Mes doigts et ma moustache sentaient l'amour, j'avais envie de pleurer et le cœur aussi vide que mon verre.

J'ai marché jusqu'à Downtown Wenatchee. J'étais bien le seul. Les gens me dévisageaient de l'intérieur de leurs voitures comme si j'étais un type particulièrement bizarre de handicapé moteur. J'avais la vague idée de récupérer Crumb avant de me mettre à boire mais il n'était nulle part et j'ai fini par me scotcher au bar d'un rade à cow-boys aussi sinistre que mon humeur. À l'entrée, une grande affiche annonçait le show du week-end : « GRANDE RÉUNION DES MILICES DU NORD-OUEST POUR LA DÉFENSE DU SECOND AMENDEMENT ET CONTRE LES MENSONGES DU GOUVERNEMENT SUR LA BOMBE D'OKLAHOMA CITY »... L'affiche promettait les conférences de John Wasserman et de Jack McSheep, plus celle d'un invité surprise que les authentiques Américains feraient bien de venir écouter s'ils voulaient connaître enfin la vérité sur l'ennemi *FOREIGN AND DOMESTIC* qui les menaçait dangereusement.

Le reste du bar était décoré de têtes de vache, de photos de rodéos et de tout l'attirail nécessaire pour attraper et marquer le bétail. Derrière le comptoir, le texte du Second Amendement était affiché au-dessus d'un colt 44 et d'une Winchester. L'ensemble aurait pu faire penser au décor d'un western réaliste des années soixante-dix, pour touristes en quête d'exotisme, s'il n'avait été aussi manifestement dépourvu de toute trace d'humour.

Je me suis mis à picoler en écoutant les trois autres clients du bistrot et le barman discuter du meeting des milices. Avec leurs hanches minces et leurs longues jambes serrées dans leur jean tuyau de poêle, ils avaient tous l'air de descendre de cheval. Dans mes fringues de citadin, je me sentais aussi visible que si j'avais porté une robe de bal, des escarpins vernis et une perruque. Ils connaissaient déjà les deux vedettes du show mais l'invité surprise les intriguait presque autant que la présence soudaine d'un étranger dans leur univers.

— Il paraît que c'est un agent du FBI... Un type qu'ils ont retourné et qui parle avec une cagoule sur la figure.

— Ouais... Un de ces salauds qu'ont posé la bombe pour faire accuser Tim McVeigh.

— Conneries, fit le barman en me regardant. Ça fait longtemps que le FBI a fait flinguer tous les témoins...

Pour ce que j'en savais, McVeigh était un parfait spécimen d'abruti. Il s'était quasiment fait coincer la main dans le sac après l'attentat qui avait détruit le bâtiment fédéral en tuant cent soixante-huit personnes. Un peu dépassées par l'ampleur de la casse, les milices s'étaient tout de suite mises à crier à la provocation mais McVeigh avait autant de chances de s'en sortir qu'un cafard sous une douche de Baygon.

— Bo a raison, fit celui qui n'avait encore rien dit. Si les feds sont en ville c'est sûrement pas pour aider McVeigh...

Et il a craché par terre en louchant de mon côté. J'aurais dû foutre le camp, je me suis contenté de demander un autre verre.

— L'année dernière, c'était un savant, fit Bo en me servant. Un type vraiment calé qu'avait fait des études dans l'Est avant de venir travailler dans le Montana...

Il faisait mine de s'adresser aux autres mais c'était pour moi qu'il parlait. En menant ses recherches sur la faune du Montana et de l'Idaho, le savant en question avait découvert qu'il n'y avait jamais eu de grizzlis dans le coin avant qu'*ils* n'aillent les capturer de l'autre côté de la frontière et ne les balancent en hélicoptère sur ce bord des Rocheuses après les avoir shootés au PCP.

— Des putains de grizzlis aussi défoncés que des nègres du Bronx ou de South L.A... Vous imaginez ça... ? Non... ? Ben c'est pourtant ce qu'*ils* ont fait...

Les trois cow-boys connaissaient déjà l'histoire mais elle leur faisait manifestement toujours autant d'effet. Ils hochaient la tête en mastiquant leur chique et je me suis cru obligé d'en faire autant.

— Merde ! j'ai fait. Faut être dingue pour faire un truc pareil...

— Vous venez d'où ? a demandé Bo en fronçant les sourcils.

— Paris, France...

Ils ont eu un peu de mal à assimiler l'information mais

ils ont fini par sourire, comme si les choses devenaient soudain claires. J'ai fait signe à Bo de remettre une tournée sur mon compte avant de préciser :

— On manque un peu de grizzlis par chez nous... Alors, vous comprenez...

Ils comprenaient et ils ne firent aucune difficulté pour m'instruire des dangers qui planaient sur le pays de la liberté. J'avais espéré que le coup des grizzlis défoncés à mort n'était qu'une plaisanterie à l'usage des pieds-tendres, une galéjade bien épaisse du même genre que celle du dahut ou de la sardine du port de Marseille, mais ces débiles y croyaient dur comme fer, comme ils croyaient à tout ce que Wasserman et sa bande de dingues leur faisaient avaler sur le complot ourdi par l'ONU et Washington DC dans le seul but de les livrer sans armes aux rouges, aux juifs et aux communistes. J'ai vaguement essayé de discuter mais ces types avaient l'ignorance chevillée au corps. Ils prenaient mes faibles objections pour de la naïveté et j'ai fini par faire semblant d'entrer dans leur monde paranoïaque d'angoissés du nucléaire et de la légitimité biblique, un monde où les notions farouches d'autodéfense et d'autonomie poussaient les pauvres fermiers à s'équiper de jumelles à vision infrarouge pour fouiller les ombres de la forêt et y débusquer les agents fédéraux.

Crumb a fini par réapparaître. Il a cogné sur la porte de notre chambre en pleine nuit en gueulant qu'il avait des nouvelles qui ne pouvaient pas attendre. L'air harassé, les yeux plus rouges que jamais, il s'est tout de suite précipité sur le minibar.

— Désolé de vous réveiller mais le mien est vide.... Notez que j'ai des nouvelles fraîches... J'ai vu Wasserman et McSheep... Ils sont d'accord pour négocier, après la conférence.

— C'est quand ?

— Demain après-midi, mais vous feriez mieux de vous demander pourquoi.

— Qu'est-ce que ça peut foutre ? j'ai fait en haussant les épaules. Ils font ce qu'ils veulent, non ? Ils vous ont dit combien ils demandaient ?

— Vingt mille dollars... Plus deux mille pour moi, bien sûr... Je vous avoue que je suis un peu déçu. Je m'attendais à plus.

Moi aussi. Une grosse centaine de mille francs. Pas de quoi organiser une chasse à l'homme à travers tout le pays. Peut-être que Sam était aussi un gagne-petit, après tout. C'était une pensée réconfortante, en tout cas elle me fit sourire.

— Désolé, j'ai dit. Rien ne nous empêche de vous augmenter si les choses se passent bien.

— Trop bon, Mon Prince, fit Crumb avec l'air de se foutre de ma gueule. Soit dit en passant, vous n'avez pas l'air désolé du tout...

Il sécha son verre et me gratifia d'un ricanement cynique.

— J'aurais dû vous demander plus... Je suppose que vous vous êtes occupé de réunir du cash. Ça m'étonnerait qu'ils acceptent les chèques.

J'ai fait signe que oui. Sophie n'a rien dit malgré l'étonnement qui se lisait dans son regard.

— Comment vous faites pour cacher ça à votre femme, mon vieux ? a rigolé Crumb. En deux mariages, j'ai jamais pu planquer un centime...

— Le mensonge est le secret des couples heureux, a dit Sophie avec un sourire lumineux. Vous êtes sans doute trop entier pour y avoir pensé.

— Manière élégante de me traiter de brute, jolie madame, a-t-il fait en lorgnant délibérément le corps de Sophie, nue sous le drap, mais vous devez avoir raison.

C'est le genre de sophistication qui n'est pas encore arrivée dans l'Ouest... Ma mère pardonnait pas mal de choses à mon forban de père mais elle l'aurait largué dans la minute s'il avait gardé son pognon pour lui.

Il a laissé passer un petit silence avant d'ajouter en forçant encore son accent texan :

— Vous connaissez le test des flocons d'avoine ? Non... ? Maudie, ma première femme, adorait ça. Elle le tenait de sa mère qui, elle-même... Enfin, vous voyez ce que je veux dire ?

— Un truc de femme, en somme, a fait Sophie.

— C'est cela. Quand un homme rentre un peu tard à la maison, sa femme attend qu'il soit à poil et lui lance une poignée de flocons d'avoine sur la queue. Si ça colle, il est bon pour la grande scène du deux... C'est ça aussi, l'esprit pionnier.

Sophie a éclaté de rire. Je me suis demandé ce qui nous prenait d'être aussi détendus à la veille d'une confrontation avec une colonie de crotales. Les nerfs, sans doute. Crumb avait sorti toutes les bouteilles d'alcool du minibar. Il venait de passer du scotch au bourbon et j'ai raflé la vodka pendant qu'il était encore temps.

— Joli réflexe, mon vieux, a-t-il ricané. Vous commencez à vous faire à nos bonnes vieilles coutumes de l'Ouest...

Debout, droit et massif comme une tour de guet, il avait passé le cap de l'ivresse. L'alcool semblait lui faire autant d'effet qu'une poignée de brindilles sur un brasier. Il allumait des Dunhill à la chaîne et la nicotine méchait sa moustache de traînées blondes.

— Merde, vous n'êtes vraiment pas curieux, a-t-il fait en secouant la tête d'un air dégoûté. Vous ne voulez pas savoir comment ça s'est passé ?

— C'est vous la vedette du show, Shorty, a répondu Sophie avec un petit rire espiègle.

— C'est juste... Avec un cachet de deux mille dollars et plus si affinités... *Jeeze*, je croyais que votre pote était capable de faire mieux. C'est ce que j'ai dit à Wasserman quand il m'a annoncé la somme mais je ne serais pas étonné si le vieux coyote avait une idée derrière la tête.

— Prendre l'argent et garder Sam ? j'ai demandé.

— Hors de question... Ces types ne se comporteront jamais comme des gangsters... Ils respecteront leur parole, ne serait-ce que pour donner une bonne image de leur cause. J'ai eu l'impression que ma visite ne les étonnait pas, qu'ils s'attendaient à ce que quelqu'un vienne récupérer Tordjman et que leur prix était calculé pour ne pas faire capoter la transaction.

— Une espèce de forfait, a dit Sophie.

— Une indemnité, plutôt. Qu'est-ce que vous voulez qu'ils en fassent, de toute façon ? Le flinguer ? Pas la peine de le traîner jusqu'à Wenatchee pour ça... Je crois qu'ils l'auraient relâché avec ou sans la rançon après le meeting. Vous leur donnez juste l'occasion de rentrer un peu dans leurs frais.

J'étais arrivé aux mêmes conclusions depuis que j'avais appris le montant demandé. Ils auraient pu l'obtenir en faisant pression sur Sam sans avoir besoin de le balader d'un bout à l'autre du continent. Tous les copains de Sam restés au pays, moi le premier, auraient été ravis de casquer pour leur héros en exil. Avec un joli mensonge en prime car je ne doutais pas que les milices auraient été remplacées par quelque panache rouge ou noir de la révolution perdue.

— Vous avez une idée ?

— Non, mais vous pouvez vous attendre à quelque chose de vicelard. Ne faites pas l'erreur de confondre Wasserman et McSheep avec les cow-boys des bars de Downtown... Qu'est-ce qui vous a pris de choisir ce repaire de *red-necks* ?

— Vous m'avez suivi ?

— Je vous ai vu entrer. Je m'attendais à ce que vous en ressortiez aussi vite mais on dirait que vous avez réussi à les mettre dans votre poche...

Maintenant, j'étais plutôt navré des conneries que j'avais entendues la nuit précédente et du plaisir cynique que j'y avais pris. Je m'étais réveillé avec un goût de vieux gant de toilette dans la bouche et l'impression d'avoir regardé le monde par le trou d'une serrure.

— C'était pas très difficile, j'ai fait. Suffisait de les laisser déconner... Vous saviez qu'on shootait les grizzlis au PCP avant de les balancer de ce côté-ci de la frontière ?

Crumb m'a jeté un sale œil avant de répondre.

— Vous foutez pas trop de la gueule des gens d'ici, mon vieux. D'abord parce que vous risquez de vous trouver nez à nez avec un bon vieux 45, ensuite parce que vos paysans qui clouent des chouettes en croix sur leur porte sont pas plus malins que les nôtres... Je connais des coins où les gosses sont obligés de se taper cent soixante kilomètres par jour pour aller à l'école et l'État ne file pas un rond aux parents pour ça... Sur ce, je me tire...

Il a fourré quelques mignonnettes de gnôle dans ses poches et s'est dirigé vers la sortie sans tanguer d'un pouce.

— Soyez prêts pour deux heures, a-t-il dit en rigolant. Prêts à tout...

La pièce a paru vide, tout à coup. Je me sentais miteux. Miteux d'avoir douté de l'honnêteté de Crumb, miteux d'avoir confondu de braves ploucs avec les salopards qui leur mentent, miteux de trimballer depuis le début mon fric dans l'urne funéraire de mon pote et de ne pas l'avoir dit à Sophie.

— L'argent est avec Michel, j'ai fait en désignant le vase posé sur un fauteuil. Tout l'argent... Je l'ai converti en dollars avant de partir et j'ai tout emporté.

— Qu'est-ce qui te gêne ? a-t-elle dit d'une voix douce. D'avoir tout pris ou de l'avoir planqué avec Michel ?

— Les deux, je suppose.

Comme la plupart de mes contemporains, j'avais vécu à crédit toute ma vie. Traites, effets de commerce, chèques, cartes bancaires et découverts, tout ce que je gagnais avait eu la gueule abstraite et rébarbative des jeunes crétins bien mis qui me faisaient signer leurs formulaires en m'accablant de leurs discours pontifiants sur la morale capitaliste. Vers la fin, la seule évocation d'un employé de banque me filait l'envie d'attaquer le guichet à coups de hache.

— J'ai eu envie de voir le pognon qu'on avait gagné, j'ai fait. Juste une fois... J'ai pris l'argent en liquide et je l'ai posé en tas devant moi... Après avoir tout payé, il restait cinquante briques. J'ai pas eu le courage de les ramener à la banque...

— Tu as tout vendu ? La librairie ? L'appartement... ? Tout ?

Cette fois, je l'avais vraiment sciée. C'était peut-être pas aussi fort que le jour du baston à la fac mais quand même explosif. Entre stupéfaction et fureur, elle ressemblait à la Sophie de mes vingt ans.

— Je te l'ai dit tout de suite, j'ai protesté. Souviens-toi... À Morgan City...

— Comment voulais-tu que je te croies ? J'arrivais même pas à croire que ce soit toi le type qui entrait dans le bureau du shérif... T'étais la seule personne que j'avais envie de voir et t'as déboulé devant moi, bronzé, cool et au volant de la voiture de Robert Mitchum... T'es arrivé juste à temps, Manu... Je suis pas sûre que tu t'en rendes bien compte.

Sans doute pas. J'avais surtout le souvenir de n'avoir pensé qu'à moi.

— De toute façon, je t'en aurais fait parvenir la moitié... Dès que j'aurais su où te trouver...

Ce qu'il y a de chouette avec la vérité c'est qu'elle ressemble tellement au mensonge qu'on se demande pourquoi on prend le risque de la dire. Sophie ne me crut pas. Sans doute parce que ça ne collait plus avec l'image du type qui était venu la chercher en Louisiane.

— Ne te raconte pas d'histoires, Manu, dit-elle en se découvrant pour venir m'embrasser. Tu étais parti pour de bon... Tu n'as jamais eu l'intention de revenir...

C'était vrai aussi mais je ne l'ai su que plus tard. Elle est venue se blottir contre moi en m'enfourchant de ses jambes nues.

— J'ai vraiment cru que toi t'étais partie pour de bon, j'ai murmuré.

— C'était vrai... Je n'aurais jamais osé revenir.

— Et maintenant ?

— On dirait que je suis revenue, non ?

Chi lo sa ? Elle était là, c'était bien tout ce que je pouvais en dire.

22

L'aube. Après une nuit sans sommeil, nous roulons le nez au vent sur une petite route en suivant le cours de la Wenatchee River. Je repense à notre conversation. Ai-je jamais eu l'intention de revenir ? Rien n'est moins sûr. Inconsciemment, j'ai conçu ce voyage comme le dernier. Pour la première fois de ma vie, j'ai agi sans me soucier de l'avenir, comme quelqu'un qui sait enfin qu'il va mourir. Le lit de la rivière est taillé à coups de serpe dans la rocaille, j'ai l'impression de revenir aux sources du monde. Et maintenant ? Le soleil orange se lève au-dessus des corniches. J'aimerais que ma mère voie ça. Elle n'en a pas eu le temps... bien que le temps n'ait sans doute pas eu grand-chose à voir avec ce qu'elle avait fait de sa vie. Je regarde Sophie. La fumée de sa cigarette ressemble à une nébuleuse, à une mini voie lactée dans l'univers de son visage. Je me souviens du bateau que nous avions acheté tous les cinq. C'était un vieux Muscadet, un de ces voiliers à bouchins vifs construits dans la région de Nantes et qui tenait le vent au plus près dans des mers déjà bien formées. Nous l'avions baptisé *Long John Silver* et aucun de nous ne doutait de le mener un jour bien au-delà de la ligne d'horizon. Le tour du monde à cinq dans un bateau de vingt-deux pieds... Il a terminé sa vie, éventré par un récif vicieux, un jour où Sam, Michel et moi avions parié avec un vrai marin breton de le rentrer vent debout et sur un seul bord dans la rade de Lorient...

— Manu ! Tu m'écoutes ?

Sophie me regardait en souriant. Je me suis demandé si elle pensait elle aussi au *Long John Silver* et aux vieilles voiles grisâtres qu'elle raccommodait sur la machine à coudre de sa mère.

— Non... Je pensais aux rivières d'ici. Il y en a des milliers mais je crois que je pourrais me souvenir de toutes...

— Parce que tu les regardes... Tu ne regardais rien, avant.

Avant quoi ? Un puissant sentiment d'irréalité me submergea. Des larmes me montèrent aux yeux qui furent ravalées par une volonté incertaine. Pourquoi avais-je tant attendu pour commettre enfin un acte irréparable et qu'est-ce qui m'avait pris de croire qu'on pouvait échapper à la mort en restant immobile dans le courant ? Je me suis souvenu de ce que Jimmy, le vieux joueur de trompette rencontré aux Catskill, m'avait dit à propos de la route : « Tu crois d'abord que tu vas quelque part et tu finis par découvrir que tu marches parce que tu n'as plus nulle part où aller. »

À l'époque, ça sonnait trop comme un refrain de blues pour que j'y prête une réelle attention.

— T'as pas envie de les voir toutes ? j'ai fait.

— Les rivières ?

— Oui... On pourrait continuer tout droit. Ne pas retourner à Wenatchee... Laisser Sam finir tout seul ce qu'il a commencé...

Elle n'a pas répondu. Elle s'est contenté de rire joyeusement, comme on rit d'une bonne blague.

On a suivi la Wenatchee jusqu'à Leavenworth à travers la forêt sombre et dense qui couvre les contreforts des Cascades Moutains. Le soleil du matin laquait le paysage comme les chromos vendus dans les stations-service. Nichée dans les bois et dominée par des montagnes culminant à plus de trois mille mètres, Leavenworth tient à la fois de la ville de chemin de fer abandonnée et du village bavarois revu par le plus kitch décorateur hollywoodien des années soixante. Elle se réveillait à peine quand nous sommes arrivés mais les marchands de souvenirs, tous fringués comme dans un film sur la jeunesse de Hitler, souriaient déjà aux rares touristes tombés du lit.

— C'est quoi ce délire ? rigola Sophie.

— J'en sais rien... Un ersatz de Bavière, sans doute.

Sur une douzaine de rues s'alignait une invraisemblable théorie de pseudo-chalets en bois peint avec rideaux à fleurs, de galeries marchandes bizarrement tyroliennes et de boutiques vendant des T-shirts et des objets horribles en bois sculpté. Même le McDo local avait succombé à la mode du short en cuir à bretelles.

— Ça remonte aux années soixante, nous expliqua le serveur du Gingerbread Factory, une espèce de café-boulangerie qui servait des viennoiseries compactes et douceâtres. Le chemin de fer était mort depuis longtemps, les grandes scieries avaient toutes fermé, il fallait bien trouver quelque chose, alors on a fait ça.

Le *ça* n'avait pas l'air de l'emballer. Je le comprenais un peu. Se déguiser en péquenaud germanique pour gagner sa croûte dans un bled dessiné par Hannah et Barbera devait être passablement déprimant.

C'est en descendant du lac Wenatchee que Sophie s'est décidé à me balancer ce qui lui restait sur le cœur. Je m'y attendais un peu. Depuis qu'elle m'avait tiré du lit pour cette balade aussi matutinale qu'imprévue, elle me guettait comme un chat tourne autour d'un bouvreuil. Je l'ai écoutée sans trop frémir. Je ne l'ai pas interrompue. C'était comme une histoire que je connaissais déjà pour l'avoir souvent lue sans la comprendre : les gestes furtifs de Sam et d'Agathe, les fréquentes disparitions d'Agathe depuis que Sam était parti vivre à New York, la déprime hautaine et grandissante de Michel et son suicide comme péroraison. Sophie avait raison, j'avais traversé ma vie et celle des autres sans les regarder. Je m'étais cru naïf alors que je n'avais été qu'indifférent. Comme dit Boby Lapointe : *Nous étions trois, je commence par moi, moi que l'on nomme le...* Le quoi ? L'un était devenu une ordure plutôt flamboyante, l'autre s'était tué par amour, les deux avaient atteint à l'immortalité des héros de roman. Mais moi... ?

— Il fallait que tu le saches avant d'y aller, a dit Sophie après un long silence.

C'était sans doute vrai mais c'était trop tard pour changer quoi que ce soit. J'aurais pu le savoir depuis longtemps, il suffisait d'ouvrir les yeux, mais qu'est-ce j'aurais fait ? Prévenir Michel... ? Sermonner Sam... ? Maudire Agathe... ? Ou me taire pour oublier ?

— Pourquoi tu ne m'as rien dit avant ? j'ai demandé sans vraiment souhaiter de réponse.

— Parce que je ne t'aimais plus assez pour ça... Je l'ai compris bien plus tard mais c'est la seule raison possible.

Et maintenant ? L'unique question à ne pas poser si je voulais conserver le fragile équilibre qui nous maintenait encore debout ensemble. Je ne pensais pourtant plus qu'à ça, je me le chantais même sur tous les airs de blues que jouait la radio.

Plus tard, en arrivant à Wenatchee, je lui ai demandé pourquoi elle était partie avec Sam après la mort de Michel. Elle n'a pas répondu, sans doute aussi une question d'équilibre.

Le meeting des milices avait lieu au sous-sol du Red Lion Inn. L'hôtel était plutôt chic et les touristes en tenue de tennis passant du hall au bar mataient d'un air soupçonneux les rustauds en jean et chemise à carreaux qui s'engouffraient dans la descente d'escalier. En bas, John Wasserman et son staff avait dressé leur petit commerce sur deux grandes tables chargées de livres, de dossiers, de T-shirts et de casquettes. Wasserman fit un signe de tête à Crumb et vint vers nous, le pas vif, l'œil pétillant. Je ne sais pas à quoi je m'attendais, à un boucher solennel taillé comme un menhir ou à une fouine déjantée par ses propres déjections ? Certainement pas à ce type sec et barbu dont les yeux fixes, creusés sous un large front, crépitaient d'intelligence et de malice.

— Sophie et Manu, je suppose, fit-il en nous tendant une main sèche et musclée. Les amis de Sam...

Il a plongé son regard dans le mien. Pas longtemps mais ça m'a suffi à comprendre comment les serpents chopent les grenouilles.

— Désolé de n'avoir pu vous recevoir à Noxon... Je crois que mes amis vous ont accueillis à ma place...

— Dans le genre « Descends de ton cheval, étranger, et garde tes mains bien en vue », ils ont été parfaits... Devriez les faire engager par le syndicat d'initiative.

— La protection de la nature leur convient mieux, fit-il sans cesser de sourire. Le Montana est vaste, il faut bien que ses habitants se chargent eux-mêmes des ordures... Je ne parle pas pour vous, bien sûr. Depuis que vous êtes passés au Landmark Café, Mary rêve de voir son nom dans un livre de cuisine française...

Il se tourna vers une des tables, l'inspecta d'un air gourmand et me tendit un petit livre à la couverture bordeaux. Elle ne portait que le nom de l'auteur et le titre : Frédéric Bastiat, *The Law*.

— C'est un auteur français du XIXe siècle... Lisez juste les premières lignes.

J'ai lu la déclaration liminaire écrite en italique au-dessus du premier chapitre : « La Vie Est un Don de Dieu » :

La loi pervertit ! Et les pouvoirs de répression de l'État pervertissent avec elle ! Je dis que la loi ne se détourne pas seulement de son propre objet mais qu'elle est faite pour suivre un objet radicalement contraire ! La loi devient l'arme de toutes les sortes de cupidités ! Au lieu de chasser le crime, elle est elle-même coupable du mal qu'elle est censée punir !

C'est la vérité, c'est un fait avéré, et mon devoir moral m'impose d'attirer l'attention de mes camarades-citoyens sur cette vérité.

Pas mal, j'ai fait en souriant. J'aime bien les points d'exclamation... Ça donne un petit ton bluesy...

J'ai voulu passer le bouquin à Sophie et à Crumb mais Wasserman leur en a offert deux autres.

— Cadeau de la maison... Les Français ont oublié Bastiat. Ils ont tort. Frédéric Bastiat était un économiste, un homme politique et un écrivain... Toute son œuvre dénonce les dangers et les mensonges du socialisme dans lequel la France est tombée après la révolution de février 1848... Il démontre comment le socialisme dégénère inévitablement en communisme. Vous n'en seriez pas là si vous l'aviez écouté.

Je ne comprenais pas trop où on en était mais Wasserman semblait le savoir parfaitement. En fait, il semblait tout savoir parfaitement. Cet allumé diabolique s'était autoproclamé pape des milices et tout dans son attitude indiquait qu'il ne plaisantait pas sur la règle de sa propre infaillibilité. Plus tard, j'appris que Bastiat était un libre-échangiste un peu illuminé qui s'était retourné contre Proudhon après la révolution de 48. *La Loi* n'était même pas répertoriée dans ses œuvres. Rien d'étonnant. Avec ces soixante-quinze pages de déclarations simplistes à l'emporte-pièce, la Bible des milices ressemblait plus à un catéchisme libertaro-chrétien confus qu'à un livre taillé pour l'Histoire des idées.

— C'est la vingt-septième édition que vous tenez dans vos mains, fit Wasserman d'un ton pénétré. Plus de cinq cent mille exemplaires vendus...

Il avait l'air vachement content de lui. Il pouvait. Mettre l'œuvre la moins connue d'un obscur économiste français du siècle dernier sur la liste des best-sellers américains méritait au moins la Légion d'honneur. Pauvre Bastiat ! On ne se méfie jamais assez de la postérité.

Wasserman nous fit les honneurs du reste de son fond de commerce avec une exquise amabilité. Crumb était remonté vers le bar. Avant de disparaître, il m'avait fait signe d'y aller mollo avec le sens de l'humour de l'assemblée mais celui de Wasserman était du genre inattaquable. À part les armes – son public devait déjà être largement pourvu en machines à dézinguer de toutes sortes, il vendait tout ce qui pouvait servir à prendre le maquis après une sérieuse atteinte de paranoïa. Une parfaite ligne de produits, des documents susceptibles de déclencher la crise jusqu'aux filets camouflés à tendre sur les arbres en cas d'attaque héliportée, en passant par une série de livres et des kits médicaux à l'usage des épouses désireuses d'élever leur famille au milieu des bois.

— Joli délire systématisé, souffla Sophie, qui n'avait pas fait de la psycho dans sa jeunesse pour rien.

Surtout une jolie manière de se faire un maximum de fric sur le dos du bon peuple. Wasserman débitait son baratin de camelot sans sourciller. Aussi hiératique qu'un prophète de l'Apocalypse, il faisait monter la tension avec un mélange subtil de sous-entendus et de déclarations ahurissantes sur l'imminence du dernier combat contre les forces du mal.

Et ça marchait. Craintifs ou exaltés, les gens achetaient le bazar et sa sauce comme s'ils cherchaient à se débarrasser très vite de leurs quelques dollars et du regard d'aigle initié que Wasserman vrillait sur leurs pauvres consciences de crétins élus. Ça aurait dû être à gerber, c'était tout simplement fascinant.

Wasserman était le premier orateur du meeting. Pendant plus d'une heure et devant une grosse centaine de personnes, il expliqua en détail comment les communistes avaient baisé la terre entière avec la complicité de tous les présidents depuis Roosevelt. Vu de loin, avec ses lunettes et sa barbiche d'instituteur de la laïque, il ressemblait aux bons maîtres qui nous enseignaient la morale et l'instruction civique à coups de règle sur les doigts. Pas la moindre passion mais un appareillage optique sophistiqué et le ton monocorde, à peine ironique, qui ne laisse aucune place au doute. Plus besoin d'attendre que les communistes débarquent, ils étaient déjà là. Gorbatchev et Reagan les avaient fait rentrer sous l'uniforme des soldats de l'ONU. Pendant que l'un faisait semblant de ne plus être rouge, l'autre détournait l'attention et l'argent des Américains avec sa ligne Maginot céleste pour mieux ouvrir les frontières terrestres à l'invasion. D'ailleurs, le prétendu bouclier de la guerre des étoiles n'était qu'un gigantesque disjoncteur pour couper le jus à la planète et les étranges pannes d'électricité qui frappent si souvent nos grandes villes, des preuves qu'il y a bien quelqu'un qui s'amuse à tripoter le bouton. C'était pas un scénario si idiot que ça. J'avais un peu de mal à imaginer Reagan dans la peau d'un communiste mais Wasserman y avait aussi pensé. Un chaman sibérien avait lancé un raid contre les neurones du pauvre vieux avant de l'envoyer se faire élire par ces pauvres pommes d'Américains. Le président était bien gâteux mais Alzheimer était innocent. Raison de plus pour acheter les groupes électrogènes que le clan Wasserman vendait à la sortie.

Tout collait au petit poil. Chaque affirmation était prouvée par un document secret volé par les amis de la milice infiltrés dans le cœur de la bête ou par un innocent article de presse que Wasserman autopsiait jusqu'à l'absurde. Il dévoilait le monde aux pauvres d'esprit et tant mieux si ça leur donnait l'idée de tirer sur tout ce qui bouge chaque fois qu'une branche craquait dans le jardin.

J'en suis sorti sonné comme une cloche un jour de noces. Sophie avait déjà craqué. Je suis monté la rejoindre au bar où Crumb la soignait à coups de margaritas.

— Il a fait le même cours à Harvard et personne n'a rigolé, fit Crumb avant que je n'aie eu le temps d'ouvrir la bouche. Je viens de voir McSheep. Vous irez chercher le fric tout de suite après son discours... Ils ne vérifieront pas mais il vous conseille de ne pas vous gourer...

— Et l'invité surprise ? j'ai fait, vaguement déçu de ne pas avoir ma ration complète de dingueries.

— Vous le verrez, dit-il d'un air sombre. Mais je suis pas sûr que vous allez aimer ça.

J'ai jeté un coup d'œil inquiet vers Sophie.

— C'est Sam, confirma-t-elle.

— Rassurez-vous, a dit Crumb. Ils ne vont pas le dépecer en public... Et par pitié, oubliez votre pétoire dans la voiture.

J'aurais dû la prendre pour flinguer McSheep.

Contrairement à Wasserman, il avait choisi de faire dans le lyrisme incantatoire. Aucune information, mais une série de coups de boutoir à l'estomac servi sans lésiner sur les effets de manche. Il commença par souhaiter la bienvenue aux agents fédéraux planqués dans l'assistance et quand chacun eut bien regardé son voisin en chien de faïence, il arracha sa veste, sa chemise et sa cravate, pour apparaître dans son uniforme de flic le plus médaillé de Phoenix.

— J'ai tué beaucoup de gens mais je ne regrette aucun de mes actes, martela-t-il sous les applaudissements soudain hystériques du public. Dieu a armé le bras de la justice pour que justice soit faite car le Pardon et la Miséricorde n'appartiennent qu'à Lui... Ce pays doit apprendre que les Justes sont revenus et que Dieu leur a donné la mission de débarrasser Son troupeau des séides de l'Antéchrist...

Il a continué sur ce ton pendant une bonne heure, alternant coups de gueule et numéros d'émotion jusqu'à devoir s'interrompre, la voix cassée par les larmes, pour jurer qu'il souffrait plus que tout autre de la condition dans laquelle le gouvernement maintenait ses frères humains de couleur. Reagan était communiste et le Klan, une organisation antiraciste... J'aurais au moins appris ça.

À l'entracte, j'ai filé chercher l'argent. En revenant dans la salle, j'ai vu Crumb installé dans le fond. Il m'a fait signe que tout allait bien mais il n'avait pas l'air d'en croire un mot.

Wasserman a refait son entrée. Il était seul mais il avait une bonne nouvelle pour les braves gens de Wenatchee. Une personnalité politique française de premier plan était venue spécialement apporté son soutien à la manifestation. Le fait que Samuel Tordjman soit de confession israélite était, disait-il, une réplique cinglante à la propagande des juifs vendus au complot communiste.

Sam fit son entrée sur l'air de *God Bless America*. Je lui trouvai l'air plutôt en forme. Il avait un peu blanchi mais sa dégaine d'archange juste dégringolé des cieux faisait toujours son effet. Manifestement, personne ne lui avait dit qu'on était là. Il a pâli si fort en nous voyant que j'ai cru qu'il allait en profiter pour claquer au nez et à la barbe de ses débiteurs. Il m'arrive encore de penser que c'est ce qu'il aurait dû faire, mais Sam a toujours été de ceux qui vont jusqu'au bout. Il s'est redressé et, sans nous lâcher des yeux, il a commencé à parler.

— J'apporte aux milices de l'Amérique le soutien de l'extrême droite française et même européenne... Qu'elles sachent que nos valeurs communes...

Pendant tout son discours, ses doigts formaient fébrilement le signe de détresse maçonnique.

23

Crumb est reparti à Missoula avec la voiture de location. Il était triste et pensif, comme s'il assumait une part de responsabilité du demi-naufrage de l'opération.

— On aurait pu essayer de l'enlever avant, dit-il en comptant soigneusement ses deux mille dollars. Ne serait-ce que pour les pauvres pommes qui ont avalé son discours... Merde, c'est qu'il parle bien, le salaud.

J'ai approuvé en silence. Sam parlait bien en toutes circonstances. Nous n'avions été que quatre à ne pas croire un mot de sa vibrante allocution ; Crumb lui-même avait douté. Fidèle à son satané orgueil, Sam n'avait pas fait les choses à moitié. Il avait emballé son auditoire et quand il salua sous les applaudissements frénétiques de cette bande de handicapés du QI, il avait aux lèvres le sourire cynique qu'il réservait aux conquêtes faciles.

— J'ai l'impression de ne pas les mériter tout à fait, a dit Crumb en empochant la liasse. Vous avez une idée pour la suite ?

— Toujours la même. Jeter les cendres de Michel au-dessous du volcan.

Il décida de se contenter de cette demi-réponse. Ce qu'il pouvait advenir de nous trois n'était plus son problème – j'étais moi-même incapable d'en entrevoir l'issue, mais j'ai senti qu'il y pensait comme à une mission inachevée.

— Il sait que vous êtes venus pour ça ?

— Pas encore... a dit Sophie. Il n'a posé aucune question... Il est juste allé se coucher... On aurait dit...

Elle a terminé sa phrase par une grimace d'impuissance navrée. Après la transaction, Sam nous avait embrassés sans dire un mot. Il n'avait pas manifesté le moindre étonnement, comme si nous n'étions que les pions d'un gambit qu'il avait médité depuis longtemps.

— N'oubliez pas votre flingue, a fait Crumb en me tendant le Ruger. Vous avez eu une très mauvaise idée en l'achetant mais j'ai le sentiment que vous avez l'art de vous débrouiller des mauvaises idées.

— Vous parlez de Sam ?

— Entre autres... Ce type ne vaut pas le pognon que vous avez refilé à ces putains de fascistes... Wasserman voulait juste l'humilier un bon coup avant de le laisser aller se faire pendre ailleurs.

— Je sais... C'était trop tard de toute façon... Il vous a dit pourquoi il tenait tant que ça à l'humilier ?

— Ouais... Ils se sont rencontrés chez le maire de New York il y a quelques années et Sam a tout de suite fait l'erreur de prendre Wasserman pour un plouc débile. Il a gratté sur toutes les livraisons en maquillant habilement les comptes. Wasserman s'en foutait. Il en tenait compte dans ses livres et, de toute façon, un bluesman français au passé révolutionnaire était une couverture qui valait bien quelques pertes... L'ennui c'est que Sam n'a pas pu s'empêcher de vendre un reportage sur les milices de l'Ouest à un canard gauchiste de New York. Il a prétendu ensuite que c'était une ruse pour renforcer sa position mais Wasserman et McSheep n'ont pas du tout apprécié le portrait qu'il avait fait d'eux...

Je pouvais le comprendre ; Sam avait toujours eu la plume aussi acérée que la langue. Quant à l'article, il n'était sans doute qu'une façon de plus de provoquer la chance, une manière bravache de jouer sur les deux tableaux pour se prouver à lui-même qu'il n'était jamais là où on l'attendait.

J'ai serré longuement la main de Crumb. Il allait me manquer. À la façon dont il nous prit brusquement, presque brutalement, dans ses bras, j'ai compris que nous avions percé notre chemin dans le cœur de l'ours et que je reviendrais un jour à Missoula.

J'ai acheté un break Chevrolet sans goût ni grâce et nous avons suivi la 90 en direction de Seattle puis la 5 vers Portland. Quand j'avais installé l'urne dans le coffre, Sam s'était contenté d'un sourire. Nous n'avions échangé que quelques phrases de service ; rien sur notre présence, notre histoire ou notre destination. Rien sur ce qui nous déchirait. Nous nous tenions assez loin les uns des autres pour ne pas risquer de fissurer ce mur de silence. Sophie me semblait insupportablement froide. Elle fixait le paysage comme si elle voulait l'apprendre par cœur, comme si elle s'y accrochait pour ne pas basculer dans l'abîme que nous creusions Sam et moi par notre seule présence. J'ai fini par m'y réfugier aussi et, miles après miles, je me suis laissé aspirer par le vide de cet espace infini auquel la musique binaire des cassettes de Sam essayait en vain de donner un rythme et une épaisseur, refusant de céder ma place au volant comme pour ne rien perdre de cette lassitude physique qui me tirait sur les membres et les yeux.

La nuit, à la sortie d'Olympia, sur le parking d'une gigantesque station-service pour truckers, Sam est allé négocier quelques grammes de méthamphétamine et une once de sinsimilla avec des motards qui tenaient commerce dans un vieux Winnebago au moteur gonflé.

— Je ne suis pas sûr que nous ayons intérêt à nous arrêter trop souvent, a-t-il dit en partageant les cristaux.

Je me suis demandé s'il craignait encore les milices ou si, comme moi, il ne tenait pas à savoir avec qui Sophie choisirait de passer la nuit.

Nous avons pris la première ligne sur place, dans les chiottes d'un bistrot qui vendait de l'alcool et un spectacle de femmes nues qui dansaient sur une scène en vous agitant leurs sexes glabres sous le nez.

J'ai rempli la glacière de bouteilles d'eau, de bière et de vodka et nous sommes repartis sans savoir vers où. Le pied du volcan, bien sûr, mais après ?

Je sais maintenant que c'est la route, l'alcool et la dope qui nous sauvèrent de l'implosion. À eux trois, ils réussirent à rafistoler ce que les années, les mensonges et les trahisons avaient dénoué. Sans avoir eu besoin de se le dire, nous avons fini par comprendre que nous étions en train de réaliser un de nos plus vieux rêves et que le mieux que nous puissions faire était bien de le vivre jusqu'au bout. La route, le blues, la défonce et, dans le coffre, la mort et son serment qui nous poussaient au cul comme un booster moral étincelant de pureté. La jeunesse nous était soudain rendue à l'âge où l'on commence à compter le temps qui reste. Une double jeunesse puisqu'elle nous réunissait bien après celle qui n'avait pas su nous faire bouger ensemble mais dont le naufrage nous avait tant appris. Nous étions revenus à nos origines et qu'importe la fin du voyage quand on sait qu'il ne s'arrête jamais ? C'était bien une idée de défoncés mais nous l'avons sentie se frayer un chemin dans nos cervelles que de vieux ressentiments commençaient à rendre dangereusement compactes. Des regards plus fréquents, la même grimace pour mimer le blues quand la guitare grimpe jusqu'à l'électricité pure, la connivence qui finit par s'imposer chaque fois que les souvenirs se titillent les antennes et le sentiment de ne plus être obligé de faire la gueule qui vient délicieusement vous démêler les nerfs.

— On devrait envoyer une carte à Agathe, a dit Sam un peu après Portland.

C'était, bien sûr, une proposition d'un cynisme effrayant mais nous la prîmes comme une joyeuse volonté d'armistice.

— Vous savez qu'on est à moins de quatre-vingts miles du Pacifique, j'ai dit en quittant la 5 pour la direction de Tillamook.

Après Portland, la route se balade dans ce qui ressemble à un bout d'Autriche. L'aube nous a surpris dans un col au milieu des sapins. Plus le Pacifique approchait et plus nous nous attendions à débouler dans les rues d'Innsbruck. Quand il est arrivé avec sa brume et ses rouleaux, nous fûmes à sec de comparaisons. La forêt, les montagnes, l'océan et la Trask River se rencontraient en un prisme translucide de brumes et de verts. Les sommets rocheux se dressaient très haut au-dessus de l'océan et dégringolaient en falaises abruptes se faire marteler par ses vagues ourlées d'écume. Des aiguilles et des colonnes de roc s'avançaient loin dans les eaux bouillonnantes ou jaillissaient comme des arches gothiques de lave et de basalte au-dessus des plages de sable blanc. Une nuée d'oiseaux glissait le long du vent, ceux qui passaient au-dessus de nous nous engueulaient copieusement au passage.

De toute cette partie du voyage, j'ai le souvenir d'un no man's land miraculeux entre la mort et l'enfance. Nous avons dévalé l'Oregon et la Californie tels des écoliers fugueurs insoucieux du retour. La méth nous dispensait d'avoir à nous poser, l'alcool et l'herbe nous plongeaient à tour de rôle dans de brefs petits sommes agités pris à l'arrière du break pendant que les deux autres continuaient à tailler la route. Sam avait l'art de débusquer les endroits chauds des villes où nous choisissions de souffler un peu. « Bougez pas de là, je vais voir où ça se joue... », disait-il, et il filait prendre le vent du bled en nous laissant, Sophie et moi, picorer le peu de nourriture sucrée que le speed nous permettait d'avaler. Restés seuls, nous ne parlions de rien. Quelques phrases pouffées à mi-voix pour commenter l'état de délabrement mental dans lequel nous voguions, des niaiseries de gamins surpris et ravis par l'ampleur des dégâts, mais rien d'essentiel.

Un soir que nous pissions derrière un bar à blues de Red Bluf-Californie, Sam m'a demandé si Sophie m'avait dit quelque chose.

— Rien, ai-je répondu. Je ne sais même pas de quoi tu parles...

Nous sommes restés là, le nez au ciel et la queue ballante, bien plus longtemps que nos vessies l'exigeaient.

— Tu te souviens de la dernière fois qu'on a pissé ensemble, toi et moi ? il a fait.

J'ai cherché mais je suis resté sec.

— Ça ne fait rien... Moi non plus...

Et il est retourné vers le bar en se reboutonnant de travers.

La route nous avalait comme un long œsophage. Nous la faisions traîner d'escapades en chemins de traverse, en pure perte. Elle finissait toujours par reprendre ses droits et le trait que je traçais en cachette sur ma carte ne s'éloignait jamais longtemps de la direction du volcan.

À force de ne rien se dire, on a fini par ne plus se parler du tout. C'était fatal. Chacun s'est accroché à son bout de route et je crois que la réalité s'est mise à nous échapper complètement.

Quelque part entre Fresno et L.A., Sam a décrété que nous devrions coucher au moins une fois tous ensemble avant de mourir.

— Nous ne savons ni le jour ni l'heure, alors autant le faire tout de suite, a-t-il dit doctement en engageant la Chevy sur le parking d'un motel bourré de camions.

Il restait une chambre avec lit king-size et je me demande encore pourquoi la fille du bureau nous l'a donnée au lieu d'appeler les flics. Je me suis déloqué en évitant de me regarder dans la glace et je les ai rejoints au milieu du lit. Aucun de nous n'était vraiment à son affaire. Décalqués par la dope, nous étions trop affreusement lucides pour ne pas nous voir de l'extérieur. C'est en tout cas ce qui m'est arrivé et si la nudité de Sophie m'excitait un peu, le spectacle de ses deux mains pressant mécaniquement nos queues comme une fermière trayant deux vaches à la fois me donnait juste l'envie de foutre le camp en vitesse. Sam a pris très mal ma retraite. Il a boulé hors du lit et m'a braqué le Ruger sur le ventre.

— Retournes-y, salopard de dégonflé ! il a hurlé, c'est aussi dans le putain de contrat...

Je me souviens avoir applaudi quand j'ai vu Sophie, folle de colère, arracher le flingue des mains de Sam avant de le jeter par la fenêtre. Ce putain d'engin commençait à me les gonfler. Personne n'avouait l'intention de s'en servir mais on le tripotait tous langoureusement au moindre prétexte.

Dans la voiture, Sam s'est mis à pleurer mais j'étais si raide que ses regrets ne m'ont pas plus ému que ses menaces.

On a passé la frontière à Tijuana. Au petit matin et sans s'arrêter. L'échec de notre tentative de partouze nous avait un peu calmés. Sophie avait pris le contrôle de la situation et notre consommation de drogue baissa sérieusement en contrepoint de la trouille respectueuse qui nous avait saisis en pénétrant au Mexique. Nous avions tous lu et vu un tas de trucs sur le Mexique; aucun de nous n'avait envie de jouer les *gringos* au prise avec les *federales*.

Notre moyenne baissa aussi très sensiblement. Tout le long de la côte ouest du Mexique, du Rio Colorado jusqu'à la frontière du Guatemala, c'est une autoroute qui joue à cache-cache avec le Pacifique à travers la végétation débridée des tropiques. Une autoroute mexicaine... Pleine de trous et de toutes sortes d'épaves lancées au maximum de leur vitesse, elle exigeait autant d'attention que si nous avions remonté le grand-huit de Coney Island en sens inverse.

— Personne n'a le permis de conduire ici, nous prévint avec dédain un chauffeur de bus américain rencontré dans une cantina de Puerto Penasco, et si les flics vous arrêtent, sortez directement votre fric, ça gagnera du temps.

C'était un conseil excellent et il ne nous fallut que quatre arrestations pour fixer le prix moyen du péage et l'attitude à adopter face à ces types à l'uniforme dépenaillé et couvert d'auréoles de sueur qui jaillissaient de nulle part, la démarche un peu empesée par le 45 et les cartouches pendouillant sur le ventre. Les flics étaient tous ravis de tomber sur des *estranjeros* qui connaissaient si bien la vie. Ils ne connaissaient qu'un seul délit : l'excès de vitesse et peu importe s'ils nous avaient coincés en train de ramer à dix à l'heure derrière un camion chargé de matériel attaché en équilibre instable avec des bouts de ficelle mais muni à l'arrière du chiffon rouge réglementaire.

— C'est bien parce que vous êtes français, fit une

espèce de sous-off qui avait poussé la curiosité jusqu'à vouloir examiner mon permis. Pour les gringos, c'est beaucoup plus cher.

Sans doute à cause de la chaleur étouffante, il avait troqué sa casquette contre un sombrero qui lui donnait l'air de sortir de l'armée de Pancho Villa. Il baissa ses lunettes noires pour nous examiner de plus près.

— Faites gaffe quand même avec la dope, dit-il en souriant. Le gouvernement aime bien faire quelques exemples de temps en temps... Surtout avec les touristes...

C'était pas une menace mais je me suis senti obligé de rajouter une centaine de pesos.

— *Vaya con Dios*, fit-il joyeusement en soulevant son toit de chaume. Et n'oubliez pas de parler français... Ça vous fera faire des économies...

Encore un bon conseil. On n'annexe pas économiquement un pays sans créer quelques rancunes et les gens qui avaient tendance à tirer la tronche devant notre dégaine de gringos retrouvaient le sourire en entendant notre salade de français, d'espagnol et d'italien. Ça nous rendait tout fiers de constater que cette population de légende nous avait pardonné la calamiteuse expédition de ce pauvre crétin de Maximilien. Un peu comme si on se retrouvait soudain du bon côté de la Révolution.

— C'est les seuls qui nous ont acceptés, nous dit un Italien qu'on avait ramassé sur la route de Hermosillo. C'est un pays de cinglés mais ils adorent les poseurs de bombes.

Sa voiture venait de cracher son dernier boulon et le moteur gisait entre les quatre roues comme un bison nouveau-né sous sa mère mais ça n'avait pas l'air de lui faire trop de peine.

— Je viens de trop loin pour pleurer sur un tas de tôle... Chez moi on m'attend avec la note... Perpèt plus vingt-neuf, pour être exact... C'est vous dire si j'aime le Mexique et ses bagnoles pourries...

La dernière fois que l'Italie s'était intéressé à lui, c'était pour lui proposer le pardon contre quinze ans fermes.

— J'en ai pas loin de cinquante... J'ai dit à mon avocat d'aller se faire foutre... Je lui ai dit aussi que les gens d'ici pourraient bien se mettre à botter le cul du pouvoir gringo et que j'étais prêt à leur donner un coup de main. C'est un peu optimiste mais on frime comme on peut...

Question frime, Beppe en connaissait un rayon. Il transportait assez d'herbe et de cocaïne pour faire planer une locomotive et se vantait d'avoir mis dans sa poche tout les flics du Nord-Ouest. Il savait tout sur tout et le disait sans qu'on ait besoin de lui demander. Ça allait du prix de la marijuana sur pied à la stratégie du sous-commandant Marcos en passant par l'origine du mot *gringo*.

— Ça date de la guerre entre le Mexique et les États-Unis... Les soldats américains chantaient un truc qui disaient « *Green grows the grass* » que les Mex entendaient comme « *Gringos the grass* »...

Sam était fasciné. Il avait mis nos ressources en commun et le mélange des cames l'avait replongé dans l'état d'incohérence enthousiaste qui nous avait déjà valu la séance du motel. Nous étions nous-mêmes bien trop raides pour être vraiment inquiets mais je ne l'avais jamais vu aussi près de péter un fusible.

Beppe connaissait un type qui tenait un petit hôtel à Bahia Kino, une plage à cent kilomètres de Hermosillo. La côte avait copieusement souffert des hordes de touristes qui déboulaient de Phoenix et Tucson par la nouvelle route de Nogales, mais la Bahia Kino s'en était plutôt bien sortie. Sans doute à cause des derniers Indiens Seris qui continuaient à vivre entre la Bahia et l'île Tibujon séparée du continent par un chenal, *El Estrecho del Infierno*.

— Je crois que je vais rester ici, a dit Sam en regardant de son hamac le soir descendre sur l'océan.

Je le comprenais. Même en tenant compte de notre propension à béer comme des débiles devant tout ce qu'on voyait, la Bahia Kino était un endroit de rêve. Il y poussait de délicieux fruits sauvages dont nous n'avions jamais entendu parler et l'océan fournissait le poisson à profusion.

— Tu pourras toujours revenir, j'ai fait d'un ton léger.

— Revenir... ? Pour aller où... ?

Nous n'étions que tous les deux. Sophie arpentait les échoppes du village. Beppe avait disparu.

— N'y pense pas, j'ai fait.

On n'a plus parlé pendant un grand moment mais je pouvais presque entendre sa cervelle grincer.

— J'aurais voulu vivre comme ce type... Beppe... Je ne sais pas ce qui a foiré en chemin...

J'en savais rien non plus. Je pensais à Morgan City et à Sophie appuyée au capot de ma Cadillac.

Il n'a plus dit grand-chose de la soirée mais le lendemain matin, pâle et long comme un spectre, il attendait près de la voiture.

On s'est laissés descendre le long de la côte du Sonora à travers la luxuriante exubérance de la végétation tropicale. De temps en temps, la route débouchait sur l'immensité verte du Pacifique et ses rouleaux frangés d'écume livide avant de replonger dans les massifs montagneux chargés de bananiers, d'avocatiers, de manguiers et de fleurs d'hibiscus larges comme des soucoupes. Le jour, nous nous nourrissions des fruits que les Indiens vendaient sur le bas-côté sur des étals de feuilles épaisses et luisantes, et la nuit de crevettes au piment fourrées dans des galettes de maïs. L'obligation de ne rouler que de jour avait donné un semblant d'ordre à notre vie. (Rouler de nuit au Mexique est à peu près aussi avisé que de discuter de la réalité d'une infraction avec la police locale. La plupart des véhicules n'ont ni feux arrière ni stops mais c'est pas ça qui les empêchent de freiner à mort ou de remonter la route en marche arrière. Les pluies tropicales diluviennes, les vaches, les ânes, les chevaux et les cyclistes bourrés au mezcal sont aussi des paramètres à prendre en considération dès que le soir tombe.) Ces étapes de nuit n'étaient pas moins frénétiques que nos journées en voiture mais elles nous obligeaient à reprendre un comportement à peu près normal. Louer une chambre, commander à manger ou à boire, répondre à la sollicitude des gens, étaient autant de victoires sur notre tendance à confondre la réalité avec notre univers intérieur déglingué par l'abus de route et de drogues.

Sophie avait depuis longtemps levé le pied. Elle sniffait du bout des narines, ne buvait presque plus et soufflait dans le joint au lieu de tirer dessus. Sam ne voyait rien et je faisais semblant de ne pas m'en apercevoir. Un moment, je l'ai soupçonnée de chercher à reprendre le contrôle de la situation, de vouloir entamer le partage de midi avant les fumées du volcan. Mais j'ai fini par comprendre qu'elle ne faisait que suivre la route à son rythme. Elle avait encore maigri. Ses yeux avaient l'air de flotter dans son regard et je pouvais voir ses côtes quand elle se déshabillait en nous tournant le dos. J'avais aussi perdu de ma substance. Mon ventre ne venait plus s'intercaler entre mes pieds et moi quand j'enfilais mes bottes et j'arrivais à me voir pisser malgré l'incroyable petit tas de chairs plissées qu'était devenue ma queue.

Chaque fois que j'y repense, je nous vois comme une

bande de nuages poussée par un vent colérique. Nous nous étirions de plus en plus sous son souffle et toute notre énergie ne nous servait qu'à ne pas nous diluer tout à fait.

À Mazatlan, Sam disparut toute la nuit. Nichée comme une perle dans un écrin de criques et de pics rocheux, la ville nous le fit oublier. Main dans la main, nous avons retrouvé en la parcourant les gestes de tendresse élémentaires des amoureux de la veille. Sur le zocalo rond comme un œuf et presque aussi plein, j'ai acheté des fleurs à une gamine indienne. Elle prit mes pesos mais c'est à Sophie qu'elle tendit les soucis.

— Ils viennent de Los Mochis, fit-elle gravement. On en donne aux poules pour que leurs œufs soient plus jaunes et plus brillants...

Je n'avais jamais vu de soucis aussi beaux. Ils explosaient littéralement de couleurs et d'une odeur étrange d'iode et de pétrole.

— Ils puent mais je les aime bien, dit Sophie. Comme vous deux...

À l'hôtel, je l'ai aidée à se déshabiller. J'y avais mis un maximum de sentiment mais c'était pas le jour.

— Tu vois pas qu'il a fait exprès de nous laisser ? fit-elle en se glissant seule sous les draps. Tu ne vas quand même pas me baiser quand Sam en a envie ?

Je suis ressorti et j'ai attendu Sam en comptant les périodes d'*El Faro*, le phare que les brochures vous vendent comme le plus haut du monde.

— Ça n'a pas marché, hein ? fit Sam en s'asseyant près de moi.

J'ai hoché la tête sans répondre. Il avait mauvaise mine mais l'œil restait aussi alerte que tout à l'heure.

— Tu sais ce qui me fascine dans ce putain de bouquin ? il a fait.

Je l'avais déjà entendu une bonne centaine de fois mais, cette fois, le ton était différent. On aurait dit qu'il y croyait vraiment à son lieu commun.

— La distance entre le brandy et le mezcal... Qu'est-ce qui fait croire à cet alcoolo de consul que c'est le mezcal qui va le tuer... ? Comment il le sait... ?

D'habitude, il ajoutait que c'était ce putain de mezcal qu'il voulait rattraper, mais, là, il ne dit rien de plus. Je suis allé me coucher en le laissant là.

Le lendemain matin, il y était encore.

Acaponeta... Tepic... Guadalajara... La route changeait mais nous avions cessé de la regarder. Tôt ou tard, notre vaisseau devrait atterrir et, têtes baissées et genoux pliés, nous sentions arriver le choc. On était bien trop vieux pour continuer à jouer encore longtemps les Jules et Jim déjantés version Hunter Thomson. Creusés, amaigris, hantés par le vacarme hétéroclite de nos longues introspections solitaires, nous étions au bout du rouleau. Il allait bien falloir qu'on se parle un jour. Cette idée me terrifiait. Je n'avais rien à dire à Sam. Je voulais juste qu'il m'aide à répandre les cendres de Michel et qu'il me laisse seul avec Sophie. Qu'il se casse. Je l'avais retrouvé et, loin de lui en vouloir, je lui étais reconnaissant de ce voyage. À tout prendre, il s'était contenté de rester le Sam que j'avais toujours aimé. C'est moi qui m'étais un peu endormi. Il m'avait réveillé ; raison de plus pour ne pas le laisser me piquer Sophie une nouvelle fois.

Nous avons traversé Mexico de nuit. Vue du haut de la route de Guadalajara, elle s'étalait sur les collines et jusqu'à l'horizon comme une immense vague de petites lumières. L'intérieur était bourré de monde, de bagnoles et d'oxyde de carbone. Déglinguée par le tremblement de terre et les coups de yo-yo de l'économie mondiale, elle semblait hésiter toujours entre la misère et le faste. C'était bien la vague vue de haut ; elle coulait d'un seul bloc compact sur un sol ondulé par les coups de boutoir des éléments.

À l'aube, nous vîmes le volcan un peu avant d'arriver à Cuernavaca, le Quauhnahuac du livre de Lowry. L'air était sec et bleu et l'on ne voyait que lui.

— Merde ! il est vachement loin, fit Sophie.

On s'est regardés et, pour la première fois depuis longtemps, on a éclaté d'un rire commun authentiquement joyeux. Le Popocatépetl n'était pas là où nous l'attendions. Nous le pensions au cœur de l'action, il n'était qu'un panorama de toute beauté, loin au bout de la vallée du Morelos.

— Il est quand même là, fit Sam avec une grimace optimiste. Suffit de s'en approcher...

C'est ce que nous fîmes.

La légèreté de l'air nous rendait insouciants. À moins que ce ne fût cette impression de toucher enfin au mystère de ce livre si terrible que nous en avions fait un serment de mort à l'âge où l'on ne sait pas encore qu'elle est déjà en marche.

Après Tepoztlan, nous avons rejoint la petite ville d'Amacameca et de là, par un chemin caillouteux, à trois mille six cents mètres d'altitude, le *Paso de Cortés*. La route s'arrête là, sur un sol de tuf planté de grands pins sombres. Au pied du volcan.

Sam était radieux. Il gara la voiture au bord du ravin et se pencha sur lui en fredonnant le refrain de *Crossroad*. Des années après, je me demande encore comment je n'ai pas compris qu'il était le seul d'entre nous à avoir pris le roman du Consul au pied de la lettre. C'est cette déchéance aboulique de l'ivrogne brûlé par l'alcool et la connaissance, incapable d'échapper à l'effroyable tyrannie de son moi mais poussé par la soif terrible de dépasser la soif, qui l'avait guidé jusqu'ici à travers un réseau de nécessités tortueuses.

Nous choisîmes longuement l'endroit où nous allions jeter Michel. C'était le bas de la piste d'où les grimpeurs s'élançaient vers le sommet. Une semelle anonyme l'emmènerait peut-être plus haut. Jusqu'au sommet, qui sait ?

— Je vais chercher l'urne, dit Sam.

Mais il se mit au volant et se jeta dans l'abîme avec Michel, la voiture, l'argent, les bagages et les réponses à toutes nos questions.

En le regardant brûler jusqu'au bout, j'ai repensé à ce que nous disait notre prof de philo sur la fin du Consul : « ... dépasser le tournoiement du monde et du temps pour se fixer dans l'immobilité de l'être et la transparence du Nous... »

SOCIÉTÉ NOUVELLE FIRMIN-DIDOT AU MESNIL-SUR-L'ESTRÉE
DÉPÔT LÉGAL : OCTOBRE 1999. N° 37619 (48136)

Collection Points

DERNIERS TITRES PARUS

P319. Un enfant de la balle, *par John Irving*
P320. A la merci d'un courant violent, *par Henry Roth*
P321. Tony et Susan, *par Austin Wright*
P322. La Foi du charbonnier, *par Marguerite Gentzbittel*
P323. Les Armes de la nuit *et* La Puissance du jour *par Vercors*
P324. Voltaire le conquérant, *par Pierre Lepape*
P325. Frère François, *par Julien Green*
P326. Manhattan terminus, *par Michel Rio*
P327. En Russie, *par Olivier Rolin*
P328. Tonkinoise..., *par Morgan Sportès*
P329. Peau de lapin, *par Nicolas Kieffer*
P330. Notre jeu, *par John le Carré*
P331. Brésil, *par John Updike*
P332. Fantômes et Cie, *par Robertson Davies*
P333. Sofka, *par Anita Brookner*
P334. Chienne d'année, *par Françoise Giroud*
P335. Nos hommes, *par Denise Bombardier*
P336. Parlez-moi de la France, *par Michel Winock*
P337. Apolline, *par Dan Franck*
P338. Le Lien, *par Patrick Grainville*
P339. Moi, Franco, *par Manuel Vázquez Montalbán*
P340. Ida, *par Gertrude Stein*
P341. Papillon blanc, *par Walter Mosley*
P342. Le Bonheur d'apprendre, *par François de Closets*
P343. Les Écailles du ciel, *par Tierno Monénembo*
P344. Une tempête, *par Aimé Césaire*
P345. Kamouraska, *par Anne Hébert*
P346. La Journée d'un scrutateur, *par Italo Calvino*
P347. Le Tambour, *par Günter Grass*
P348. La Minute nécessaire de monsieur Cyclopède *par Pierre Desproges*
P349. Fort Saganne, *par Louis Gardel*
P350. Un secret sans importance, *par Agnès Desarthe*
P351. Les Millions d'arlequin, *par Bohumil Hrabal*
P352. La Mort du lion, *par Henry James*
P353. Une sage femme, *par Kaye Gibbons*
P354. Dans un jardin anglais, *par Anne Fine*
P355. Les Oiseaux du ciel, *par Alice Thomas Ellis*
P356. L'Ange traqué, *par Robert Crais*
P357. L'Homme symbiotique, *par Joël de Rosnay*

P358. Moha le fou, Moha le sage, *par Tahar Ben Jelloun*
P359. Les Yeux baissés, *par Tahar Ben Jelloun*
P360. L'Arbre d'amour et de sagesse, *par Henri Gougaud*
P361. L'Arbre aux trésors, *par Henri Gougaud*
P362. Le Vertige, *par Evguénia S. Guinzbourg*
P363. Le Ciel de la Kolyma (Le Vertige, II)
par Evguénia S. Guinzbourg
P364. Les hommes cruels ne courent pas les rues
par Katherine Pancol
P365. Le Pain nu, *par Mohamed Choukri*
P366. Les Lapins du commandant, *par Nedim Gürsel*
P367. Provence toujours, *par Peter Mayle*
P368. La Promeneuse d'oiseaux, *par Didier Decoin*
P369. Un hiver en Bretagne, *par Michel Le Bris*
P370. L'Héritage Windsmith, *par Thierry Gandillot*
P371. Dolly, *par Anita Brookner*
P372. Autobiographie d'un cheval, *par John Hawkes*
P373. Châteaux de la colère, *par Alessandro Baricco*
P374. L'Amant du volcan, *par Susan Sontag*
P375. Chroniques de la haine ordinaire, *par Pierre Desproges*
P376. La Prière de l'absent, *par Tahar Ben Jelloun*
P377. La Plus Haute des solitudes, *par Tahar Ben Jelloun*
P378. Scarlett, si possible, *par Katherine Pancol*
P379. Journal, *par Jean-René Huguenin*
P380. Le Polygone étoilé, *par Kateb Yacine*
P381. La Chasse au lézard, *par William Boyd*
P382. Texas (tome 1), *par James A. Michener*
P383. Texas (tome 2), *par James A. Michener*
P384. Vivons heureux en attendant la mort
par Pierre Desproges
P385. Le Fils de l'ogre, *par Henri Gougaud*
P386. La neige tombait sur les cèdres, *par David Guterson*
P387. Les Seigneurs du thé, *par Hella S. Haasse*
P388. La Fille aux yeux de Botticelli, *par Herbert Lieberman*
P389. Tous les hommes morts, *par Lawrence Block*
P390. La Blonde en béton, *par Michael Connelly*
P391. Palomar, *par Italo Calvino*
P392. Sous le soleil jaguar, *par Italo Calvino*
P393. Félidés, *par Akif Pirinçci*
P394. Trois Heures du matin à New York, *par Herbert Lieberman*
P395. La Maison près du marais, *par Herbert Lieberman*
P396. Le Médecin de Cordoue, *par Herbert Le Porrier*
P397. La Porte de Brandebourg, *par Anita Brookner*
P398. Hôtel du Lac, *par Anita Brookner*
P399. Replay, *par Ken Grimwood*
P400. Chesapeake, *par James A. Michener*

P401. Manuel de savoir-vivre à l'usage des rustres et des malpolis
par Pierre Desproges
P402. Le Rêve de Lucy
par Pierre Pelot et Yves Coppens (dessins de Liberatore)
P403. Dictionnaire superflu à l'usage de l'élite et des bien nantis
par Pierre Desproges
P404. La Mamelouka, *par Robert Solé*
P405. Province, *par Jacques-Pierre Amette*
P406. L'Arbre de vies, *par Bernard Chambaz*
P407. La Vie privée du désert, *par Michel Chaillou*
P408. Trop sensibles, *par Marie Desplechin*
P409. Kennedy et moi, *par Jean-Paul Dubois*
P410. Le Cinquième Livre, *par François Rabelais*
P411. La Petite Amie imaginaire, *par John Irving*
P412. La Vie des insectes, *par Viktor Pelevine*
P413. La Décennie Mitterrand, 3. Les Défis
par Pierre Favier et Michel Martin-Roland
P414. La Grimace, *par Heinrich Böll*
P415. La Famille de Pascal Duarte, *par Camilo José Cela*
P416. Cosmicomics, *par Italo Calvino*
P417. Le Chat et la Souris, *par Günter Grass*
P418. Le Turbot, *par Günter Grass*
P419. Les Années de chien, *par Günter Grass*
P420. L'Atelier du peintre, *par Patrick Grainville*
P421. L'Orgie, la Neige, *par Patrick Grainville*
P422. Topkapi, *par Eric Ambler*
P423. Le Nouveau Désordre amoureux
par Pascal Bruckner et Alain Finkielkraut
P424. Un homme remarquable, *par Robertson Davies*
P425. Le Maître de chasse, *par Mohammed Dib*
P426. El Guanaco, *par Francisco Coloane*
P427. La Grande Bonace des Antilles, *par Italo Calvino*
P428. L'Écrivain public, *par Tahar Ben Jelloun*
P429. Indépendance, *par Richard Ford*
P430. Les Trafiquants d'armes, *par Eric Ambler*
P431. La Sentinelle du rêve, *par René de Ceccatty*
P432. Tuons et créons, c'est l'heure, *par Lawrence Block*
P433. Textes de scène, *par Pierre Desproges*
P434. François Mitterrand, *par Franz-Olivier Giesbert*
P435. L'Héritage Schirmer, *par Eric Ambler*
P436. Ewald Tragy et autres récits de jeunesse
par Rainer Maria Rilke
P437. Histoires pragoises, *par Rainer Maria Rilke*
P438. L'Admiroir, *par Anny Duperey*
P439. Une trop bruyante solitude, *par Bohumil Hrabal*
P440. Temps zéro, *par Italo Calvino*

P441. Le Masque de Dimitrios, *par Eric Ambler*
P442. La Croisière de l'angoisse, *par Eric Ambler*
P443. Milena, *par Margarete Buber-Neumann*
P444. La Compagnie des loups et autres nouvelles *par Angela Carter*
P445. Tu vois, je n'ai pas oublié *par Hervé Hamon et Patrick Rotman*
P446. Week-end de chasse à la mère *par Geneviève Brisac*
P447. Un cercle de famille, *par Michèle Gazier*
P448. Étonne-moi, *par Guillaume Le Touze*
P449. Le Dimanche des réparations, *par Sophie Chérer*
P450. La Suisse, l'Or et les Morts, *par Jean Ziegler*
P451. L'Humanité perdue, *par Alain Finkielkraut*
P452. Abraham de Brooklyn, *par Didier Decoin*
P454. Les Immémoriaux, *par Victor Segalen*
P455. Moi d'abord, *par Katherine Pancol*
P456. Traité du zen et de l'entretien des motocyclettes *par Robert H. Pirsig*
P457. Un air de famille, *par Michael Ondaatje*
P458. Les Moyens d'en sortir, *par Michel Rocard*
P459. Le Mystère de la crypte ensorcelée, *par Eduardo Mendoza*
P460. Le Labyrinthe aux olives, *par Eduardo Mendoza*
P461. La Vérité sur l'affaire Savolta, *par Eduardo Mendoza*
P462. Les Pieds-bleus, *par Claude Ponti*
P463. Un paysage de cendres, *par Élisabeth Gille*
P464. Un été africain, *par Mohammed Dib*
P465. Un rocher sur l'Hudson, *par Henry Roth*
P466. La Misère du monde, *sous la direction de Pierre Bourdieu*
P467. Les Bourreaux volontaires de Hitler *par Daniel Jonah Goldhagen*
P468. Casting pour l'enfer, *par Robert Crais*
P469. La Saint-Valentin de l'homme des cavernes *par George Dawes Green*
P470. Loyola's blues, *par Erik Orsenna*
P472. Les Adieux, *par Dan Franck*
P473. La Séparation, *par Dan Franck*
P474. Ti Jean L'horizon, *par Simone Schwarz-Bart*
P475. Aventures, *par Italo Calvino*
P476. Le Château des destins croisés, *par Italo Calvino*
P477. Capitalisme contre capitalisme, *par Michel Albert*
P478. La Cause des élèves, *par Marguerite Gentzbittel*
P479. Des femmes qui tombent, *par Pierre Desproges*
P480 Le Destin de Nathalie X, *par William Boyd*
P481. Le Dernier Mousse, *par Francisco Coloane*
P482. Jack Frusciante a largué le groupe, *par Enrico Brizzi*

P483. La Dernière Manche, *par Emmett Grogan*
P484. Les Lauriers du lac de Constance, *par Marie Chaix*
P485. Les Fous de Bassan, *par Anne Hébert*
P486. Collection de sable, *par Italo Calvino*
P487. Les étrangers sont nuls, *par Pierre Desproges*
P488. Trainspotting, *par Irvine Welsh*
P489. Suttree, *par Cormac McCarthy*
P490. De si jolis chevaux, *par Cormac McCarthy*
P491. Traité des passions de l'âme
par António Lobo Antunes
P492. N'envoyez plus de roses, *par Eric Ambler*
P493. Le corps a ses raisons, *par Thérèse Bertherat*
P494. Le Neveu d'Amérique, *par Luis Sepúlveda*
P495. Mai 68, histoire des événements
par Laurent Joffrin
P496. Que reste-t-il de Mai 68 ?,
essai sur les interprétations des « événements »
par Henri Weber
P497. Génération
1. Les années de rêve
par Hervé Hamon et Patrick Rotman
P498. Génération
2. Les années de poudre
par Hervé Hamon et Patrick Rotman
P499. Eugène Oniéguine, *par Alexandre Pouchkine*
P500. Montaigne à cheval, *par Jean Lacouture*
P501. Le Mendiant de Jérusalem, *par Elie Wiesel*
P502. … Et la mer n'est pas remplie, *par Elie Wiesel*
P503. Le Sourire du chat, *par François Maspero*
P504. Merlin, *par Michel Rio*
P505. Le Semeur d'étincelles, *par Joseph Bialot*
P506. Hôtel Pastis, *par Peter Mayle*
P507. Les Éblouissements, *par Pierre Mertens*
P508. Aurélien, Clara, mademoiselle et le lieutenant anglais
par Anne Hébert
P509. Dans la plus stricte intimité, *par Myriam Arissimov*
P510. Éthique à l'usage de mon fils, *par Fernando Savater*
P511. Aventures dans le commerce des peaux en Alaska
par John Hawkes
P512. L'Incendie de Los Angeles, *par Nathanaël West*
P513. Montana Avenue, *par April Smith*
P514. Mort à la Fenice, *par Donna Leon*
P515. Jeunes Années, t. 1, *par Julien Green*
P516. Jeunes Années, t. 2, *par Julien Green*
P517. Deux Femmes, *par Frédéric Vitoux*
P518. La Peau du tambour, *par Arturo Perez-Reverte*

P519. L'Agonie de Proserpine, *par Javier Tomeo*
P520. Un jour je reviendrai, *par Juan Marsé*
P521. L'Étrangleur, *par Manuel Vázquez Montalbán*
P522. Gais-z-et-contents, *par Françoise Giroud*
P523. Teresa l'après-midi, *par Juan Marsé*
P524. L'Expédition, *par Henri Gougaud*
P525. Le Grand Partir, *par Henri Gougaud*
P526. Le Tueur des abattoirs et autres nouvelles *par Manuel Vázquez Montalbán*
P527. Le Pianiste, *par Manuel Vázquez Montalbán*
P528. Mes démons, *par Edgar Morin*
P529. Sarah et le Lieutenant français, *par John Fowles*
P530. Le Détroit de Formose, *par Anthony Hyde*
P531. Frontière des ténèbres, *par Eric Ambler*
P532. La Mort des bois, *par Brigitte Aubert*
P533. Le Blues du libraire, *par Lawrence Block*
P534. Le Poète, *par Michael Connelly*
P535. La Huitième Case, *par Herbert Lieberman*
P536. Bloody Waters, *par Carolina Garcia-Aguilera*
P537. Monsieur Tanaka aime les nymphéas *par David Ramus*
P538. Place de Sienne, côté ombre *par Carlo Fruttero et Franco Lucentini*
P539. Énergie du désespoir, *par Eric Ambler*
P540. Épitaphe pour un espion, *par Eric Ambler*
P541. La Nuit de l'erreur, *par Tahar Ben Jelloun*
P542. Compagnons de voyage, *par Hubert Reeves*
P543. Les amandiers sont morts de leurs blessures *par Tahar Ben Jelloun*
P544. La Remontée des cendres, *par Tahar Ben Jelloun*
P545. La Terre et le Sang, *par Mouloud Feraoun*
P546. L'Aurore des bien-aimés, *par Louis Gardel*
P547. L'Éducation féline, *par Bertrand Visage*
P548. Les Insulaires, *par Christian Giudicelli*
P549. Dans un miroir obscur, *par Jostein Gaarder*
P550. Le Jeu du roman, *par Louise L. Lambrichs*
P551. Vice-versa, *par Will Self*
P552. Je voudrais vous dire, *par Nicole Notat*
P553. François, *par Christina Forsne*
P554. Mercure rouge, *par Reggie Nadelson*
P555. Même les scélérats…, *par Lawrence Block*
P556. Monnè, Outrages et Défis, *par Ahmadou Kourouma*
P557. Les Grosses Rêveuses, *par Paul Fournel*
P558. Les Athlètes dans leur tête, *par Paul Fournel*
P559. Allez les filles !, *par Christian Baudelot et Roger Establet*
P560. Quand vient le souvenir, *par Saul Friedländer*

P561. La Compagnie des spectres, *par Lydie Salvayre*
P562. La Poussière du monde, *par Jacques Lacarrière*
P563. Le Tailleur de Panama, *par John Le Carré*
P564. Che, *par Pierre Kalfon*
P565. Du fer dans les épinards, et autres idées reçues *par Jean-François Bouvet*
P566. Étonner les Dieux, *par Ben Okri*
P567. L'Obscurité du dehors, *par Cormac McCarthy*
P568. Push, *par Sapphire*
P569. La Vie et demie, *par Sony Labou Tansi*
P570. La Route de San Giovanni, *par Italo Calvino*
P571. Requiem caraïbe, *par Brigitte Aubert*
P572. Mort en terre étrangère, *par Donna Leon*
P573. Complot à Genève, *par Eric Ambler*
P574. L'Année de la mort de Ricardo Reis, *par José Saramago*
P575. Le Cercle des représailles, *par Kateb Yacine*
P576. La Farce des damnés, *par António Lobo Antunes*
P577. Le Testament, *par Rainer Maria Rilke*
P578. Archipel, *par Michel Rio*
P579. Faux Pas, *par Michel Rio*
P580. La Guitare, *par Michel del Castillo*
P581. Phénomène futur, *par Olivier Rolin*
P582. Tête de cheval, *par Marc Trillard*
P583. Je pense à autre chose, *par Jean-Paul Dubois*
P584. Le Livre des amours, *par Henri Gougaud*
P585. L'Histoire des rêves danois, *par Peter Høeg*
P586. La Musique du diable, *par Walter Mosley*
P587. Amour, Poésie, Sagesse, *par Edgar Morin*
P588. L'Enfant de l'absente, *par Thierry Jonquet*
P589. Madrapour, *par Robert Merle*
P590. La Gloire de Dina, *par Michel del Castillo*
P591. Une femme en soi, *par Michel del Castillo*
P592. Mémoires d'un nomade, *par Paul Bowles*
P593. L'Affreux Pastis de la rue des Merles *par Carlo Emilio Gadda*
P594. En sortant de l'école, *par Michèle Gazier*
P595. Lorsque l'enfant paraît, t. 1, *par Françoise Dolto*
P596. Lorsque l'enfant paraît, t. 2, *par Françoise Dolto*
P597. Lorsque l'enfant paraît, t. 3, *par Françoise Dolto*
P598. La Déclaration, *par Lydie Salvayre*
P599. La Havane pour un infante défunt *par Guillermo Cabrera Infante*
P600. Enfances, *par Françoise Dolto*
P601. Le Golfe des peines, *par Francisco Coloane*
P602. Le Perchoir du perroquet, *par Michel Rio*
P603. Mélancolie Nord, *par Michel Rio*

P604. Paradiso, *par José Lezama Lima*
P605. Le Jeu des décapitations, *par José Lezama Lima*
P606. Bloody Shame, *par Carolina Garcia-Aguilera*
P607. Besoin de mer, *par Hervé Hamon*
P608. Une vie de chien, *par Peter Mayle*
P609. La Tête perdue de Damasceno Monteiro *par Antonio Tabbuchi*
P610. Le Dernier des Savage, *par Jay McInerney*
P611. Un enfant de Dieu, *par Cormac McCarthy*
P612. Explication des oiseaux, *par António Lobo Antunes*
P613. Le Siècle des intellectuels, *par Michel Winock*
P614. Le Colleur d'affiches, *par Michel del Castillo*
P615. L'Enfant chargé de songes, *par Anne Hébert*
P616. Une saison chez Lacan, *par Pierre Rey*
P617. Les Quatre Fils du Dr March, *par Brigitte Aubert*
P618. Un Vénitien anonyme, *par Donna Leon*
P619. Histoire du siège de Lisbonne, *par José Saramago*
P620. Le Tyran éternel, *par Patrick Grainville*
P621. Merle, *par Anne-Marie Garat*
P622. Rendez-vous d'amour dans un pays en guerre *par Luis Sepúlveda*
P623. Marie d'Égypte, *par Jacques Lacarrière*
P624. Les Mystères du Sacré-Cœur, *par Catherine Guigon*
P625. Armadillo, *par William Boyd*
P626. Pavots brûlants, *par Reggie Nadelson*
P627. Dogfish, *par Susan Geason*
P628. Tous les soleils, *par Bertrand Visage*
P629. Petit Louis, dit XIV. L'enfance du Roi-Soleil *par Claude Duneton*
P630. Poisson-chat, *par Jerome Charyn*
P631. Les Seigneurs du crime, *par Jean Ziegler*
P632. Louise, *par Didier Decoin*
P633. Rouge c'est la vie, *par Thierry Jonquet*
P634. Le Mystère de la patience, *par Jostein Gaarder*
P635. Un rire inexplicable, *par Alice Thomas Ellis*
P636. La Clinique, *par Jonathan Kellerman*
P637. Speed Queen, *par Stewart O'Nan*
P638. Égypte, passion française, *par Robert Solé*
P639. Un regrettable accident, *par Jean-Paul Nozière*
P640. Nursery Rhyme, *par Joseph Bialot*
P641. Pologne, *par James A. Michener*
P642. Patty Diphusa, *par Pedro Almodóvar*
P643. Une place pour le père, *par Aldo Naouri*
P644. La Chambre de Barbe-bleue, *par Thierry Gandillot*
P645. L'Épervier de Belsunce, *par Robert Deleuse*
P646. Le Cadavre dans la Rolls, *par Michael Connelly*

P647. Transfixions, *par Brigitte Aubert*
P648. La Spinoza connection, *par Lawrence Block*
P649. Le Cauchemar, *par Alexandra Marinina*
P650. Les Crimes de la rue Jacob, *ouvrage collectif*
P651. Bloody Secrets, *par Carolina Garcia-Aguilera*
P652. La Femme du dimanche
par Carlo Fruttero et Franco Lucentini
P653. Le Jour de l'enfant tueur, *par Pierre Pelot*
P654. Le Chamane du Bout-du-monde, *par Jean Courtin*
P655. Naissance à l'aube, *par Driss Chraïbi*
P656. Une enquête au pays, *par Driss Chraïbi*
P657. L'Île enchantée, *par Eduardo Mendoza*
P658. Une comédie légère, *par Eduardo Mendoza*
P659. Le Jardin de ciment, *par Ian McEwan*
P660. Nu couché, *par Dan Franck*
P661. Premier Regard, *par Oliver Sacks*
P662. Une autre histoire de la littérature française, tome 1,
par Jean d'Ormesson
P663. Une autre histoire de la littérature française, tome 2,
par Jean d'Ormesson
P664. Les Deux Léopards, *par Jacques-Pierre Amette*
P665. Evaristo Carriego, *par Jorge Luis Borges*
P666. Les Jungles pensives, *par Michel Rio*
P667. Pleine Lune, *par Antonio Muñoz Molina*
P668. La Tyrannie du plaisir, *par Jean-Claude Guillebaud*
P669. Le Concierge, *par Herbert Lieberman*
P670. Bogart et Moi, *par Jean-Paul Nozière*
P671. Une affaire pas très catholique, *par Roger Martin*
P673. Histoires d'une femme sans histoire, *par Michèle Gazier*
P674. Le Cimetière des fous, *par Dan Franck*
P675. Les Calendes grecques, *par Dan Franck*
P676. Mon idée du plaisir, *par Will Self*
P677. Mémorial de Sainte-Hélène, tome 1
par Emmanuel De Las Cases
P677. Mémorial de Sainte-Hélène, tome 2
par Emmanuel De Las Cases
P679. La Seiche, *par Maryline Desbiolles*
P680. Le Voyage de Théo, *par Catherine Clément*
P681. Sans moi, *par Marie Desplechin*
P682. En cherchant Sam, *par Patrick Raynal*
P683. Balkans-Transit, *par François Maspero*
P684. La Plus Belle Histoire de Dieu
par Jean Bottéro, Marc-Alain Ouaknin et Joseph Moingt
P685. Le Gardien du verger, *par Cormac McCarthy*
P686. Le Prix de la chair, *par Donna Leon*
P687. Tir au but, *par Jean-Noël Blanc*